Se vende un hombre

ÁNGEL M.ª DE LERA

Se vende un hombre

NOVELA

EDITORIAL PLANETA   BARCELONA

© Ángel M.ª de Lera, 1973
Editorial Planeta, S. A., Calvet, 51-53, Barcelona (España)

Sobrecubierta: Riera Rojas

Primera edición: mayo de 1973 (27.500 ejemplares)

Depósito legal: B. 16298 - 1973

ISBN 84-320-5277-9

Printed in Spain - Impreso en España

Talleres Gráficos «Duplex, S. A.», Ciudad de la Asunción, 26-D, Barcelona

Todo pasa y todo queda;
pero lo nuestro es pasar,
pasar haciendo caminos,
caminos sobre la mar.

ANTONIO MACHADO.

I

SIENTO QUE EL BARBERO me pasa el sucio paño por los labios para limpiarme el jabón. Frente a mí está el pequeño espejo y me quedo mirando mi rostro en él como si lo descubriese ahora. Quizá nunca me he mirado a mí mismo tan intensamente. Nunca tal vez. Me encuentro más delgado. Los pómulos y la mandíbula se señalan más agudamente bajo la piel estirada. Percibo algunas arrugas más en torno a los ojos y a las comisuras de los labios. Y descubro dos pelos blancos, uno en cada ceja, y que las sienes empiezan a grisear y que mi color es más pálido. ¿Y mis ojos? Nunca he sabido bien de qué color son, porque cambian con la luz y el pensamiento. En este instante brillan mucho y me parecen grises. Sobre mis ojos me dijo una mujer:

—Siempre son distintos. Unos, por la mañana, limpios y alegres, casi incoloros; otros, por la tarde, metálicos y agresivos; y, por la noche, más oscuros, más suaves y calientes.

Puede que sólo sean apreciaciones de mujer. Las mujeres, ya se sabe, no comprenden lo que pasa en la cabeza de un hombre más que cuando las acosamos para el amor. Fuera de esas ocasiones, los hombres somos para ellas unos seres extraños y temibles. Por eso fingen tanto y nos engañan. Saben que enfrentarse con el hombre es peligroso e inútil, y le envuelven, le asedian, le adulan y, al final, le dominan. Conocen nuestra arrogancia vacía y la inseguridad de nuestro valor, producto del miedo íntimo, y esperan el primer desfallecimiento para apoderarse de nosotros. Así se explica que los hombres empiecen a perderse en la cama de una mujer. Yo he pensado mucho en esto y he llegado a la conclusión de que nosotros soñamos siempre y ellas nunca, aunque nos hagan creer que sueñan nuestros propios sueños. Y, pobres de nosotros, cuando despertamos, entre sueño y sueño, nos encontramos como el viajero al que han desvalijado en el camino.

Pero dejemos eso ahora, que sería muy largo de contar, y vayamos a lo que es. Tengo cuarenta años cumplidos. Dicen que es ésta la mejor edad del hombre. La madurez. El mediodía. Cuando la vida ha cuajado en uno como el azúcar en el melocotón y en la uva. Eso dicen. Ya veremos. El caso es que tengo cuarenta años y que hoy es un día grande para mí. Sí, un día grande. Sin embargo, no me siento alegre, y es porque he tenido un mal sueño. Me ocurre muy a menudo que un mal sueño me avise de que algo malo me va a suceder. A veces, sólo recuerdo algunos retazos de lo soñado. Son como guedejas de niebla que no logro luego unir. Otras veces, en cambio, consigo reconstruirlo fielmente, como una película recién vista. En todo caso, me despierto con una angustia y un desasosiego que me duran todo el día, en espera de esa desgracia que me anuncian. Es como un mal sabor de boca que uno no sabe a qué atribuir. Y la desgracia llega, pequeña o grande, inexorablemente: la disputa con un amigo, una petición denegada, la cita inútil, la carta desabrida, la sanción inesperada, la ausencia imprevista, la muerte o la desaparición de un ser querido o la catástrofe que cae del cielo como una tormenta.

El mal sueño que he tenido esta noche lo recuerdo perfectamente, porque es una vieja historia que yace agazapada en mi memoria y que, de cuando en cuando, se apodera de mi imaginación mientras duermo. Siempre igual, siempre repetida hasta en sus más mínimos detalles, y que me turba cada vez como si no la conociese de antemano desde el principio al fin.

Es de noche, una noche especialmente calurosa, casi asfixiante. Duermo en la misma habitación con mi hermana Rosa, más pequeña que yo, aunque sólo tengo seis años. De pronto, me despiertan unas voces de hombre y el llanto de mi madre. Doy un brinco en la cama y me pongo a escuchar. Pregunta mi padre:

—¿Adónde me llevan?

—Luego lo sabrás —le responde una voz,

que insiste brutalmente—. Y no andes cogiendo ropa, porque no te va a hacer falta. Vamos a acabar muy pronto, ya lo verás.

—No vayas —dice mi madre entre sollozos—. Van a matarte.

—¿A matarme? No, mujer. Yo no he hecho nada para que me maten. Yo no he hecho otra cosa en mi vida que trabajar. Eso tú lo sabes muy bien. Y no creo que el trabajar sea delito.

—Menos plática y vamos —ordena otra voz secamente.

Mi madre grita.

—Calle o...

Sigue un silencio en el que no se oyen más que unos sollozos ahogados. Luego, un portazo, y, finalmente, el lloro convulsivo de mi madre. Yo siento miedo y me tapo la cabeza con la sábana. Tiemblo y sudo y, sin saber por qué, lloro también. Quiero dormirme y no puedo. Abro los ojos y escucho. Por la ventana abierta entra la platiluz de la noche que se filtra por la sábana y me asusta. El llanto ha callado y empiezo a pensar en mi padre. Él es fuerte, seguro, tranquilo. Anda y habla pausadamente. Nunca se enfada ni grita, y hasta cuando reprende a los chicos siempre sonríe al final, y los chicos le respetan y la gente dice que es el mejor maestro que ha habido en el lugar. Pensando en él se me pasa el susto poco a poco y empiezo a sentir sueño en los párpados, que me pesan, pero cuando ya estoy para caer, me zarandea mi madre, me sisea y me dice:

—Calla, que no se despierte tu hermana.

Me levanta, recoge mi ropa y me lleva a su dormitorio y allí me viste apresuradamente.

—¿Dónde está papá? —le pregunto.

Tiene los ojos hinchados y me contesta sin mirarme:

—Se ha ido con unos señores y ahora vamos nosotros en su busca.

Acaba de vestirme y salimos a la calle. Sólo al final de ella hay una luz muy pobre y muy triste. Todas las puertas y ventanas de las casas están cerradas y oscuras. Sólo se oyen nuestros pasos que estremecen el silencio gelatinoso de la noche. Las sombras se nos echan encima y nos envuelven. Únicamente en lo alto, en el mudo y lejano cielo, espejea el claror de las estrellas.

Mi madre, que me lleva de la mano, se detiene ante una puerta. Busca a tientas la aldaba y la deja caer, sonando a hueco, lúgubremente, en el interior del portal. Esperamos y, como nadie responde, mi madre repite el aldabonazo. Tras una pausa, oímos el chirriar de una ventana, encima de nosotros, y, después, una voz amedrentada:

—¿Quién llama?

—Soy yo, la maestra —contesta mi madre.

—¿Y qué quiere a estas horas?

Nos apartamos de la puerta y vemos asomadas las cabezas de un hombre y de una mujer, muy juntas.

—Señor Lucio —*dice mi madre*—, *que se han llevado a mi marido.*

—*¿Por qué?* —*vuelve a preguntar el hombre, y añade*—: *¿Qué ha hecho?*

—*Por nada. No ha hecho nada. Usted le conoce.*

El rostro de la mujer se adelanta para decir agriamente:

—*Ahora nadie conoce a nadie, doña Rosario. ¿Por qué ha llamado a nuestra puerta?*

—*Somos forasteros y ustedes han sido siempre nuestros mejores amigos.*

—*Lo siento* —*dice el hombre.*

—*Olvídenos* —*dice la mujer*—. *Y búsquese otros amigos.*

Desaparecen del negro recuadro los rostros pálidos del hombre y de la mujer y se cierra la ventana. Y otra vez nos quedamos solos en medio de la calle.

—*¡Cobardes! ¡Desagradecidos! Ya no se acuerdan de cuando venían a pedir consejos y favores a tu padre.*

Mi madre muerde las palabras al tiempo que tira de mi cuerpo. Al arrimo de las sombras llegamos así hasta los soportales de la plaza, en el instante en que arranca un camión desde la puerta del Ayuntamiento. Un camión entolda-

do y oscuro que apareció en el pueblo hace un par de días. Las ventanas del Ayuntamiento están abiertas e iluminadas y vemos figuras de hombres que las cruzan en una y otra dirección. Mi madre se apoya en una de las pilastras. Yo no sé qué es lo que ocurre, pero al oír su llanto silencioso, me abrazo a su cuerpo temblando de miedo. Ella me pone una mano en la mejilla y me aprieta fuertemente contra sí. Y lloro yo también. Lloro hasta que mi madre se inclina sobre mí y me limpia las lágrimas con su pañuelo. Después, parece que duda. Sólo son unos momentos de vacilación. Vuelve a tomarme de la mano y echamos a andar bajo los soportales. Abandonamos la plaza y seguimos por una calle que desemboca en la carretera, por el mismo rumbo del camión. También esta calle aparece silenciosa y vacía, con las puertas y ventanas cerradas y sin rendijas de luz. Nos deslizamos silenciosamente junto a las paredes, donde las sombras son más espesas. De cuando en cuando nos ladra un perro desde un portal, al que contestan otros, prendiéndose por los contornos del pueblo un triquitraque de ladridos que crece y disminuye en ráfagas intermitentes.

Al llegar a la carretera me siento mejor. Corre algún aire en oleadas perezosas. Las sombras se esclarecen, traspasadas por la argentería estelar. Huele a campo, a parva abierta, a

nocturno veraniego. Y el silencio no es tan des-
acompañado, sino rumoroso, por el abaniqueo
de las hojas y el temblor de los matojos.

Marchamos por la linde, siguiendo la rin-
glera de los robustos troncos de los álamos cuyas hojas se platean con el reverbero. De pronto, suenan unos disparos en la cercanía. Unos
disparos rotundos que galopan como truenos
por la llanada. Unos disparos que clavan en mi
brazo las uñas de mi madre. ¿Cuántos han sido?
No lo sé. De un golpe, se me han salido de
cuenta. Pero nos detenemos para alentar, porque nos han quitado el respiro. Sigue una pausa, como si fuera a estallar un grito, pero lo
que se oye después es el runruneo de un motor
en marcha. Entonces mi madre me empuja y me
arrastra hasta detrás del ribazo, y nos echamos
al suelo. La espera es breve. El camión entolda-
do viene hacia nosotros acuchillando la noche
e incendiando fugazmente los árboles con sus
faros encendidos. Pasa ante nosotros haciéndo-
nos temblar y contener el aliento. Cuando se
encuentra ya en la boca de la calle, abandonamos el escondite y reanudamos la marcha, a
toda prisa, por el centro de la carretera de gra-
va, cuyo polvo removido nos hace parpadear.

Es un paseo extraño el nuestro, carretera
adelante, sin saber adónde nos dirigimos, entre
fantasmas silenciosos que quieren abrazarnos,
pero que nos dejan el paso libre. Mi mano se

encoge dentro de la de mi madre, sudosa y fría. Oigo su aliento entrecortado, jadeante, y siento su voluntad correr por mi cuerpo como cuando me entró aquella culebrina al cortar el cordón de la luz con una tijera. Ese hormigueo no me hace daño ahora, pero me da mucho calor, como si hubiera bebido vino. Y tengo que abrir los ojos todo lo que puedo y mirar a mi madre para saber que no estoy soñando.

Nos paramos ante una era, sobre cuyo albero se destacan las figuras borrosas de cinco hombres tendidos. Rápidamente, mi madre suelta mi mano y corre en dirección a ellos y, cuando llega donde están, se detiene, indecisa, y, después, se arrodilla al lado del que ocupa el centro del grupo y desde allí me hace una seña para que me acerque. Obedezco, amedrentado, y oigo que me dice:

—Han matado a tu padre, corazón.

Pero ya no llora. Delicadamente, le cubre el rostro con su pañuelo y le coloca las manos sobre la ensangrentada camisa blanca. Luego, le besa la frente y me invita a mí a hacer lo mismo y yo advierto que todavía está caliente, como si viviera, y quedo de rodillas junto a mi madre en silencio, atónito, mientras ella clama:

—¿Por qué, Dios mío?

Nadie responde. Pero un creciente rumor entre las hacinas me hace volver la cabeza, y entonces veo unas sombras de mujeres asustadi-

zas que avanzan con cautela y miedo hacia no-
sotros e, instintivamente, me agarro a mi ma-
dre. Ella permanece inmóvil, como insensible.
    Por fin, el grupo de mujeres se hace un coro
de llantos y gemidos. Se echan sobre los ca-
dáveres. Besan, lloran, gritan, rezan. Y enton-
ces la noche se hace más oscura a mi alrededor
y me parece que me empujan hacia un abismo
sin fondo y que empiezo a caer, a caer...

Así termina siempre el sueño: cuando me derrumbo entre tinieblas. Ni un detalle más. Mi madre nunca quiso hablarme de ello, por más que se lo pidiera, esquivándose siempre tras las mismas palabras:

—No quiero que críes más hieles por mi culpa, hijo mío.

Mis recuerdos, a partir de la muerte de mi padre, se fragmentan. Son retazos sueltos a través de los oscuros años de mi infancia y de mi adolescencia. Yo diría que son trozos de una película que alguien cortó caprichosamente y que no casan entre sí.

Un día nos hicieron abandonar la casa que habitábamos y fuimos a vivir a un horno abandonado y medio derruido, situado en las afueras del pueblo. Veo por aquella época a mi madre trabajando día y noche en la confección de prendas para los soldados y veo a mi hermana Rosa acostada en una artesa que le servía de cama. La pobre chiquilla se fue muriendo poco a poco de pupas y diarreas, y una mañana se la llevaron en una caja de tablas sin pintar. Mi madre lloraba mien-

16

tras sacudía las moscas de su boca, de su nariz y de sus párpados. Nos quedamos solos mi madre y yo, siempre juntos cuando ella estaba en casa, porque los demás muchachos huían de mí como de la peste y no me dejaban participar en sus juegos.

De aquí salta la película a la estación de Atocha, en Madrid, adonde llegamos mi madre y yo un anochecer de invierno. Había mucha gente que iba de un lado para otro, con apresuramiento, dando empujones. Entonces fue cuando por primera vez vi acercarse un hombre a mi madre y hablarle al oído. Mi madre se sobresaltó al pronto, pero se rehízo en seguida y se apartó bruscamente de él sin contestarle. El hombre no se dio por vencido y nos siguió unos pasos mientras murmuraba:

—No sabes lo que me gustaría despeinarte, morena.

Al fin desistió y yo pregunté a mi madre:

—¿Qué quería ese hombre?

—Calla, hijo —me contestó—, tú no puedes entender esas cosas.

Hasta ese momento, mi madre había sido para mí un ser completamente distinto a los demás: ni vieja ni joven, ni gorda ni flaca, ni guapa ni fea. Sólo era mi madre, es decir, una sombra a veces y, a veces, una luz resplandeciente a mi alrededor; un olor agradable y un aire tibio; una voz que me quitaba el miedo y unas manos que me derretían. Si cerraba los ojos, no podía recordar cómo era. Desconocía el color de sus ojos y la forma de su nariz, de su boca... Sin embargo, resultaba para mí inconfundible, única. Sin necesidad de verla u oírla, yo sabía si estaba o no en casa, si se encontraba lejos o si se me acercaba, de la misma manera que uno siente si es de noche o de día, si hace frío o calor. Pero el incidente con aquel hombre desconocido fue para mí una llamada de atención hacia ella. Me hizo descubrir su figura y compararla con las de otras mujeres. Y me pareció más bien alta, esbelta, y que se movía con mucho donaire, a pesar de que llevaba un hato de ropa en cada mano. Vestía de luto y se recogía el cabello, muy oscuro, en un gran moño sobre la nuca, dejando al aire las orejas, pequeñas, de las que pendían unos abalorios negros. Andaba sin mirar a nadie, abriéndose paso por entre el gentío con uno de los bultos. Yo iba a su lado o detrás, alternativamente, según se abría o cerraba la multitud a nuestro alrededor, cargado con un zurrón en el que guardábamos algunos comestibles y la botella del agua.

—¡Madre!

—¿Qué quieres? —y se volvió a mirarme.

Tuve que inventar rápidamente un pretexto y le pregunté:

—¿Falta mucho?

Porque lo que yo quería era verle la cara, y se la vi por primera vez aquella noche. Era el suyo el rostro de una mujer joven, de grandes ojos pardos, de pequeña nariz, labios carnosos, fino cuello y pálida tez. Yo no supe entonces apreciar hasta qué punto era hermosa, pero me sentí deslumbrado y empequeñecido. Ella debió notar algo extraño en mi expresión, porque me dijo:

—¿Te sientes cansado o es que te asusta ver tanta gente? —y, sonriéndome con sus ojos y sus labios, añadió—: Un poquito más y llegamos. Creo que la casa de tu tío cae muy cerca de la estación.

La seguí en silencio. Traspasamos el gran vestíbulo y, poco después, nos encontramos en plena plaza de Atocha. El frío me hizo encogerme dentro de mi chaquetilla. Mi madre, en cambio, no pareció sentirlo y eso que no llevaba más prenda que un jersey. Se nos echó encima un ruido tremendo de automóviles y tranvías y nos vimos rodeados otra vez de gente apresurada y de rostros desconocidos. Las calles se perdían a lo lejos, sin fin, y sentí un olor nuevo, desagradable, que me revolvía el estómago. Me habían dicho que Madrid era una ciudad muy bonita y muy alegre, siempre de fiesta, donde todo el mundo vivía muy bien y se divertía mucho, pero la primera impresión que de ella recibí fue todo lo contrario a lo que yo imaginara. Madrid me pareció un pueblo muy triste, ruidoso, destartalado y, sobre todo, ajeno, impenetrable. ¿Qué íbamos a hacer allí mi madre y yo?

Al pasar por delante de una taberna, claro que más grande y mejor que las del pueblo, un hombre gordo, allí parado, dijo a mi madre:

—Oiga, buena moza, ¿tiene usted prisa?

Mi madre continuó andando como si no le hubiera oído, pero el hombre empezó a seguirnos y yo a temblar.

—Espera, que no te voy a comer. Bueno, si me dejas...

Habíamos llegado a una esquina y mi madre se paró en seco y, dando cara al tío, le dijo:

—¿Quiere usted dejarme en paz de una vez? ¿No ve que se ha equivocado?

El hombre dejó correr una sonrisa insultante por sus labios oscuros y luego habló en un tono que me hizo mucho daño:

—Pero, chata, si vas declarando el estado de guerra...

Yo hubiera querido ser entonces tan grande como el tipo aquel para abofetearlo, para matarlo, pero no pude hacer otra cosa que interponerme entre él y mi madre, mirar su cara en silencio, porque me temblaban las mandíbulas, y echarme a llorar. El hombre, sorprendido por mi actitud, quedó al pronto desconcertado, sin saber qué decir ni hacer, y mi madre aprovechó su momentánea vacilación para tirar de mí y continuar nuestro camino. Vi vendedoras ambulantes que extraían de la faltriquera o de entre las sayas piezas de pan y otros objetos misteriosos, mujeres que reían al paso de los hombres, parejas abrazadas en las sombras y tropeles de gente al asalto de los tranvías, pero ya no nos ocurrió nada, ni cuando mi madre tuvo que preguntar por dos o tres veces la calle y el número que buscábamos, hasta que nos salió al paso el portero de la casa de mi tío Andrés. Era un viejo enjuto y calvo, con cara de mal humor.

—¿A qué piso van? —nos preguntó.

Mi madre le contestó que veníamos a casa de don Andrés Lorca, cuñado suyo y tío carnal mío. Lo dijo con su voz dulce y pausada, humildemente, pero el portero hizo un gesto de contrariedad.

—Pues llegan tarde.

—¿Tarde? Pero si aún no es la hora de la cena...

El portero miró fijamente a mi madre y, moviendo la cabeza, dijo, en un tono menos áspero:

—Lo siento, pero don Andrés ya no vive aquí.

—¿Es que ha mudado de casa? —insistió ella.

El viejo parecía dudar, como si le fuera difícil y molesto darnos la noticia.

—Verá, señora... A don Andrés, como era muy de derechas, y eso usted ya lo sabrá, se lo llevaron una noche, a poco de empezar la guerra. ¿Sabe usted lo que quiero decir?

—¡Dios mío!

Mi madre soltó los bultos de ropa y se apoyó en la pared para no caer desvanecida. Todos sus planes, urdidos durante los insomnios de los últimos meses, quedaban, de pronto, desbaratados.

El portero seguía diciendo:

—Su señora y sus hijos abandonaron la casa pocos días después. Se fueron sin decir nada, como si salieran a un recado, y no he vuelto a saber nada de esa familia.

Pero mi madre no le escuchaba. Había cerrado los ojos y palidecido intensamente.

—Tenemos que salir de aquí, hijo mío. Este pueblo es un pozo y no quiero que tú seas víctima de sus odios y malos quereres. Además, el

trabajo escasea y ya no podremos resistir mucho tiempo. He pensado que la mejor solución es marcharnos a Madrid, donde tenemos a tu tío Andrés, hermano de tu padre, que ahora debe estar en buena posición. Claro que no se llevaban muy bien los dos por culpa de las ideas. Tu padre solía decir que su hermano Andrés era un carca empedernido. Pero todo eso, después de lo que ha pasado, ¿qué importancia puede-tener? Si escribiera a tu tío y recibiese la carta, cosa de la que no estoy muy segura, es posible que se excusara y nos negara su ayuda con cualquier pretexto, porque, desde lejos y por carta, es muy fácil decir que no. Otra casa es que nos presentemos y llamemos a su puerta... Tendría que ser muy descastado para echarnos a la calle. ¿No te parece? Y sobre todo a ti, que eres de su misma sangre y llevas su apellido. No creo que las ideas políticas tengan nada que ver con la conciencia. Ahora, lo peor es el salvoconducto. Ya lo he pedido, pero no sé cuándo me lo darán. No me han contestado ni que sí ni que no, sino que ya se verá más adelante... Hay que esperar. Iré vendiendo, entretanto, lo poco que nos queda y, así, juntando el dinero necesario para los billetes del tren.

—Luego, ocuparon el piso unas familias evacuadas de Extremadura, y a la presente tiene un nuevo inquilino, un gallego que, si no me equivoco, es un mandamás de los de ahora. Así que no pueden ustedes meterse en él.

El portero había suavizado la voz y se mostraba compasivo en su actitud. Mi madre lloraba en silencio, con una mano puesta sobre los ojos, y yo miraba a uno y a otra tratando de comprender lo que ocurría. Para mí resultaba imprevisto, fantástico, un sueño.

—*Mi padre o sea, tu abuelo, estuvo en la guerra de Melilla y llegó, después, a ser secretario de ayuntamiento. Mi madre, o sea, tu abuela, venía de familia de labradores. Yo no la conocí porque se fue de este mundo cuando yo llegué a él. Antes, se le habían muerto tres hijos varones. Así que me criaron mis dos hermanas mayores, ya que tu abuelo no quiso volver a casarse.*

Es lo que me contaba mi madre. Ya era otoño, y las noches, frías. Dormíamos en el suelo, junto a la lumbre, abrazados. Mi madre había vendido ya los colchones, las mantas y hasta el reloj de mi padre y todo lo que tenía algún valor. Ella, como tenía fama de costurera, seguía yendo a trabajar a las casas de los pudientes, pero cada día menos, porque la situación empeoró para todos. El mejor momento del día era para mí el del regreso de mi madre, al anochecer. Me traía siempre parte de su comida, lo mejor, lo más escogido. Me lavaba, barría y aseaba nuestra habitación y, luego, cenábamos.

—Ya falta poco. Creo que podremos marcharnos antes de Navidad... Mis hermanas se casaron y fueron a vivir con sus maridos. Una de ellas, Sofía, se casó con un viajante de comercio, que siempre andaba de aquí para allá, y murió en su primer parto. El marido de la otra, Isabel, era cobrador de las máquinas Singer. No sé lo que hizo, pero lo cierto es que tuvo que marchar a América, donde le nacieron varios hijos y donde, al parecer, le han ido muy bien las cosas. Sé sus señas y puede que algún día, cuando seas mayor, vayas a visitarle y te quedes en aquella tierra si es tu gusto.

En lo que más insistía, tomando la historia desde distintos puntos de arranque, era en la última fase de su vida:

—Tu padre apareció como el sol. Era el maestro nuevo y todas las muchachas andaban tras él. Tenía entonces veinticinco años, aunque aparentaba más por lo serio y lo bien plantado. Y mira por donde se fue a fijar en mí. Un domingo por la mañana se presentó en casa para hablar con mi padre sobre asuntos de la escuela. Yo tenía ya veinte años, pero no pensaba en novio, porque mi padre estaba muy acabado y muy triste, el pobre, y yo no quería separarme de él y dejarle solo. Pero tu padre me esperó a la salida de misa mayor... ¿Por qué sabía yo que estaba esperándome sin haber hablado nunca con él? Era tan hombre, tan sosegado y tan cabal, que todo resultó muy sencillo, como si nos conociéramos de siempre. Nos hicimos novios y nos casamos en poco más de un año. Y fuimos a vivir con tu abuelo, por poco tiempo, desgraciadamente. Parece como si hubiera estado esperando a que me casase para morirse. No pudo siquiera conocerte. Y como ya no estábamos a gusto en aquel pueblo, nos vinimos a éste, poco antes de nacer tú. ¡Y en mala hora, en mala hora! Aquí nació tu hermana Rosa y... Tu padre sí que era un hombre. Quisieron llevárselo unos y otros, pero no pudieron con él hasta que... ¡Dios mío! Todavía me parece un mal sueño. Era de los que no se venden, de los que no se arrodillan. Se lo dijo a muchos con esas mismas palabras y por eso...

Al fin llegó el salvoconducto y aquella tarde fuimos al camposanto para despedirnos de nuestros muertos. Estábamos solos. Se oían las lejanas esquilas de las ovejas y los ladridos distantes de los perros pastores. No había pájaros ni sol. El cierzo, morado como las nubes, zarandeaba los cipreses y nos hacía tiritar. Sobre las tumbas de mi padre y de mi hermana no había más que tierra, yerbajos y dos cruces de madera. Después de rezar un padrenuestro, una avemaría y un gloriapatri, besamos la tierra y los yerbajos, y mi madre se echó de bruces al suelo con los brazos en cruz, y lloró mucho, mucho. Yo también lloré. El frío y la

tristeza me hacían daño. Salimos de allí ano-
checiendo y volvimos a casa por el campo para
no tropezarnos con nadie.

—Volveremos, volveremos, cuando tú seas
un hombre, para poner hermosas lápidas y cru-
ces de mármol en sus sepulturas. Ya lo verás.

Eso ocurrió ayer. Pero ahora, ¿qué?

—¿De dónde vienen ustedes? —preguntó el portero después de esperar a que mi madre se serenase un poco.

—De la otra zona —contesté yo.

Fueron palabras mágicas que transfiguraron al hombre. Desarrugó el entrecejo y nos brindó una sonrisa amable, casi servil.

—Siendo así, pasen a mi casa. Es la hora de recogerse el personal y no estaría bien que los viesen de esa manera.

Y se agachó a recoger los paquetes de mi madre, anticipándose servicialmente a ella, y se adelantó también para franquearnos la puerta de su cuchitril encristalado, donde nos invitó a tomar asiento, junto a la mesa camilla.

—Vamos a ver, vamos a ver... —dijo luego, mirando a mi madre paternalmente—, ¿tienen cartilla de racionamiento?

—Sí, señor —y mi madre se la mostró.

—Muy bien, señora, muy bien. Y ahora perdone, pero, ¿es usted casada o viuda?

—Soy viuda.

—¿Murió su marido en el frente?

Mi madre, temiendo que yo dijese la verdad, me miró de tal manera que me contuvo.

—No. Murió de enfermedad —contestó ella sonrojándose y con voz temblorosa—. Fue una desgracia muy grande, como puede suponer.

Era la primera mentira que oía en labios de mi madre, y me dejó asombrado y entristecido, y sentí su vergüenza como mía.

—La acompaño en el sentimiento —dijo el portero.

—Gracias.

—De nada —y, tras un breve silencio embarazoso, añadió—: Entonces, no hay problema. Yo vivo solo y el cuarto tiene dos dormitorios. Así que pueden pasar aquí la noche y hasta que haga falta.

—Mire que no tengo más que diez pesetas por todo capital... —le advirtió mi madre.

Pero el portero se irguió sobre la silla para decir con aire solemne:

—Yo no le he preguntado eso, señora. La cuestión es salir del paso esta noche. Mañana, Dios dirá, ¿comprende? Como los inquilinos de esta casa son gentes de orden y muy de derechas, mal ha de ser que no les echen una mano, y más sabiendo que son ustedes parientes cercanos del pobre don Andrés, que en paz descanse.

Y nos quedamos a pasar la noche en una pequeña habitación con un ventanuco a un patio interior, y dormimos en una cama estrecha, pero cama al fin y al cabo, después de varios meses de hacerlo en el suelo. Y aquella noche mi madre no me contó nada cuando nos quedamos solos.

II

MIRO AL BARBERO que me contempla con la navaja de afeitar en la mano, la fina navaja con la que se puede degollar a un hombre sin que él se entere. De ella sí puede decirse que corta un pelo en el aire.

—¿Estás nervioso o qué? —le pregunto.

—¿Nervioso yo?

Sí, sé que lo está. Es amigo mío desde hace varios años. Ya vivía aquí cuando yo llegué y fue la primera persona que me inspiró confianza. Precisamente aquí, en la barbería, y mientras me afeitaba, como ahora, iniciamos una conversación que habría de prolongarse durante días innumerables y que ha durado hasta hoy.

—¿*Piensas quedarte mucho tiempo?* —*me pregunta al tiempo de enjabonarme las mejillas.*

—*El menos posible quisiera yo. Pero ya veremos. Nunca se sabe, ¿no te parece?* —*le contesto.*

—Bien hablado. Cuantas menos explicacio-
nes, mejor. Hay quien hace planes y luego... La
vida tiene también el suyo y ése es el que vale.
Uno quiere tirar para el norte, es un decir, y,
de pronto, se entera de que no se ha movido
o de que ha marchado en dirección opuesta
—es su comentario.

Tenía diez años más que yo, y era un hombre apacible, sensato, enemigo de broncas y disputas. Había leído mucho y daba gusto oírle hablar de tantas cosas como sabía. Nos hablaba de políticos, de guerreros, de sabios y de otros personajes célebres, y nos contaba historias que parecían novelas. También nos recitaba versos, y entonces sus ojos lucían de una manera especial, como si estuviese borracho, y su voz sonaba distinta, más honda y emocionante. A veces, sin embargo, huía de los demás y daba largos paseos a solas. Entonces no se le podía interrumpir, porque se enfadaba, y había que dejarle hasta que él mismo volviese a reunirse con sus amigos. Por eso, algunos decían que estaba loco, pero no era eso verdad. De loco, nada. Lo que le ocurría, pienso yo, es que, de cuando en cuando, necesitaba pensar en sus cosas, quién sabe en qué, o revivir sus recuerdos, a saber cuáles... Yo puedo decir que fue mi maestro, ese que nunca tuve antes, el que me abrió lo ojos y me hizo ver la realidad de la vida con otro cristal y descubrir aspectos de la misma que yo ni sospechaba siquiera.

—Pues si tú no estás nervioso es que la navaja está

como una sierra. ¿Por qué no la suavizas un poco con la correa?

Victoriano, que así se llama el barbero, toma el suavizador y, mientras pasa por él la delgada hoja de acero, murmura:

—A ver si eres tú el que echa chispas como si estuvieses cargado de electricidad...

Mis ojos buscan mi propia imagen en el espejo y me encuentro frente a mí mismo, pero, ¿quién soy yo? ¿Qué clase de hombre es el que me mira? ¿Acaso el de entonces? Y me veo en aquel portal de la casa de mi tío Andrés, destartalado, lóbrego y triste, esperando a que mi madre concluyese de fregar la escalera. ¿Era yo aquel niño hambriento, desconcertado todavía por las novedades de la ciudad?

Las largas calles del barrio, sus tabernas, los garajes, los tranvías, los guardias, los cartelones del cine, las estraperlistas, los puestos con pipas de girasol y tanta gente siempre en movimiento, constituían para mí un mundo nuevo, fabuloso, lleno de sorpresas y maravillas. Me imantaban especialmente los solares, donde se reunían los chiquillos para jugar. Al principio, sólo asomaba la vista un instante por entre los intersticios o por los agujeros de sus vallas para ver cómo se divertían sus ocupantes. Pero me fui confiando poco a poco y llegué a estar horas enteras en mi puesto de observación, envidioso de su suerte, pero sin osar trasponer los límites de las cercas por temor a que me repudiasen o arremetiesen contra mí. En los solares que tanto me atraían se amontonaba la basura y estaban sembrados de botes vacíos, botellas rotas, restos podridos de viguerías, y barro, mucho barro. Hasta que una vez, mientras fisgaba como de costumbre, oí que me gritaban por detrás.

—¡Eh, tú, mirón!

Me volví, atemorizado, y me encontré frente a dos chicos un poco mayores que yo, que me miraban de arriba abajo, agresivamente.

—¿Qué haces aquí? —me preguntó uno de ellos, acercándoseme con gesto amenazador.

—Nada —contesté yo, apercibiéndome para huir.

—Conque nada, ¿eh? Mira, no mientas, porque llevamos varios días viéndote merodear por aquí. Tú eres un espía. Eso está claro. Ahora tienes que decirnos a qué panda perteneces.

Les dije que no sabía nada de espionaje ni de pandillas, pero fue el saber que era nuevo en el barrio lo que les convenció de mi inocencia y me salvó de las represalias que ya habían dispuesto contra mí: embadurnarme la cara de barro amasado con los orines de todos ellos. Me llevaron a empujones hasta el hueco formado por dos tablas desclavadas que quitaban y volvían a poner en su sitio desde fuera, y me hicieron entrar en su campamento. Y siguió allí el interrogatorio, a cargo siempre del mismo:

—¿Con quién estás: con los Vengadores o con los Felinos?

Me encogí de hombros, sin saber qué contestar, y debí parecer tan alelado que añadió él:

32

—Nosotros somos los Vengadores y este solar, nuestro territorio.

—Pues con los Vengadores —me apresuré a decir, sintiéndome aliviado.

—Bien. Yo soy el jefe y me llamo Evaristo. ¿Y tú?

—Enrique.

—¿Quieres entrar en nuestra panda?

—Sí —contesté sin titubeos.

—Pues tendrás que jurar.

—De acuerdo.

—Tu número es el diez. Que no se te olvide.

—Descuida, Evaristo.

Siguió el juramento. A una orden del jefe, se cuadraron todos y yo hube de repetir la fórmula del juramento que me iba dictando Evaristo. "Juro ser fiel a mis camaradas, obedecer siempre al mando, guardar secreto de nuestras operaciones y acudir en ayuda del compañero en peligro." Por último, se me hizo saber que la traición se pagaba con sangre, y la cobardía con la vergüenza. La sangre significaba hacer una cruz con un clavo en la frente del traidor y, la vergüenza, pasear por el barrio al miedoso con un cartel al pecho, donde se leyese: "Soy un cobarde".

Me mostré conforme con las reglas y pasé a formar parte de los Vengadores, pandilla compuesta por diez chiquillos huérfanos de guerra o cuyos padres se encontraban expatriados o en prisión, excepto Tomasín, hijo del sereno de una calle céntrica.

Las de las mañanas eran las horas más excitantes. Las empleábamos en realizar excursiones por el barrio, a la búsqueda de aventuras y, de paso, a la recogida de hierros, botes, botellas, trapos y papel viejo, que almacenábamos en nuestro solar y que después vendíamos a los traperos y chatarreros. Así llegué a conocer todas sus calles, callejas, recovecos, plazas, mercadillos y también los solares donde acampaban otras cuadrillas. Marchábamos en grupos de a tres. Si nos tropezábamos con muchachos de otras bandas, los más pequeños, que encabezábamos el despliegue, teníamos orden de averiguar su fuerza e informar inmediatamente a Evaristo, el último de todos en la formación, y dependía de que oyéramos "¡Adelante!" o "¡Queo!" el que siguiésemos nuestro plan o nos desbandásemos. A veces se producía un choque violento con el grupo enemigo y nos enredábamos en peleas que acababan casi siempre en carreras de unos y otros, tras algunos cachetes y empujones, por la intervención de los transeúntes.

Eran los tiempos del hambre. La gente comía cáscaras de naranja y de plátano, mondas de patatas, hojas de berza y todo lo masticable susceptible de aplacar las exigencias del estómago. El pan de racionamiento consistía en unas bolas amarillentas, de harina de maíz mezclada, según rumores, con cemento, aunque esto último no fuese verdad, ya que el cemento escaseaba entonces tanto o más que el maíz. Había quien se caía de inanición en plena calle; quien se hinchaba, se hinchaba, como si le inflasen, y se moría de pronto, sin decir palabra; quien, por el contrario, se descarnaba y consumía, quedándose en los puros huesos, hasta perecer; quien se pudría poco a poco, cubierto de pústulas; quien moría a causa de la picadura del piojo verde. Nosotros, los Vengadores, al igual que los de otras pandas, explotábamos el filón de la caza de gatos que luego vendíamos, a duro la pieza, a un tipo de Legazpi, quien, según se decía, fabricaba embutidos con ellos. Prevalecía un solo deseo sobre todos los demás deseos, comer, y una preocupación por encima de las demás preocupaciones, encontrar comida donde fuese y a costa de lo que fuese. Eso sí, nadie protestaba, a pesar de los escaparates provocativos, de que hubiese restaurantes donde se podía comer de todo, y de que se viesen individuos y familias bien alimentados, lustrosos y exhibicionistas. A lo más a que se atrevían los hambrientos era a echarle la culpa a la guerra y a correr bulos: "Ayer pasaron dos trenes con trigo para Francia". "De Mérida salen todos los días aviones cargados de cerdos en canal para Alemania." Se podían leer enormes letreros pintados en las parades; que decían: "¡Gibraltar para España!", "¡Rusia es culpable!"

A los pocos días de mi ingreso en los Vengadores, Evaristo dispuso una operación en el mercado de frutas y verduras de la plaza de Legazpi. Caímos allí en la hora de mayor tráfago. Iban y venían los cargadores con sus fardos de verduras, y otros transportaban en carretillas cajas de naranjas y grandes racimos de plátanos, cuya sola visión provocaba escarabajeos en el estómago. Los compradores y compradoras discutían a gritos e interjecciones ante los puestos de los asentadores sobre precio, calidad y peso, mientras las manos de aquéllos y aquéllas palpaban y sobaban las mercancías. Al-

35

gunos se insultaban y reñían antes de cerrar el trato, para volver a enfrentarse de nuevo al formar y pesar los lotes. Las mujeres eran las más descaradas, las más gritonas y agresivas, y también las de manos más ligeras para el escamoteo y las más hábiles para impedir los trucos de los pesadores en la báscula.

—Si todo es basura, ¿lo ves? —gritaba una verdulera triturando un tomate entre sus dedos.

Las palabras y frases ladrón, puta, cabestro, desgraciado, la leche que te dieron, la madre que te parió, cabrón, tía tirá, coñazo y otras del mismo jaez, y aún peores, intercaladas entre risas, gestos obscenos y amenazas, constituían el vocabulario usual en las transacciones mercantiles. Entretanto, merodeaban, por entre los puestos y los montones de mercancías, mozos de mirada rapaz que, de pronto, con una serenidad y una decisión admirables, cargaban con un fardo o con un saco de patatas y desaparecían, sin que nadie se lo impidiese. También pululaban bandadas de chiquillos como enjambres de moscas. Un cargador se enfrentó con una de ellas y consiguió espantar momentáneamente a los golfillos, pero éstos, tras escabullirse rápidamente cada uno por un lado, tornaron a juntarse y a aparecer en otra parte, con la misma avidez de gorriones hambrientos. En cambio, hubo quien les entregó una banasta con trozos de nabo, coles medio podridas, naranjas despachurradas y otros desperdicios, y los muchachos se lanzaron sobre el botín como si se tratase de una bandeja de pasteles y golosinas.

Mientras yo contemplaba, atónito, el abigarrado y

tumultuoso espectáculo que ofrecían los mercaderes y los ladrones, se nos unió Evaristo, alejado de nosotros en plan de descubierta, para decirnos:

—¿Veis a ese viejo? —Era un cargador flaco y canoso que se dirigía a paso lento y cansino a una pila de cajas de naranjas—. Bien, pues, en cuanto cargue y se acerque a nosotros, al ataque, tal y como lo tenemos planteado. El que tenga miedo que lo diga ahora.

Ninguno alegó miedo, en vista de lo cual prosiguió diciendo nuestro jefe:

—Que cada uno guarde en el buche lo que pueda y ¡a correr! ¿Estamos?

Nos desabrochamos en silencio la chaqueta y la camisa para formar en el pecho las bolsas donde esconder la presa y seguimos atentamente los movimientos del viejo cargador. A mí me temblaba todo el cuerpo y empecé a sudar y a tener ganas de orinar. De buena gana hubiera echado a correr, pero las piernas no me obedecían y seguí inmóvil, atrapado por la fascinación del peligro. La palidez de mis camaradas y su actitud tensa, crispada, me hacían comprender que ellos estaban tan asustados como yo, a punto de huir o llorar. Hasta nuestro jefe aparecía lívido y escupía frecuentemente sin duda para disimular su inquietud. Era un muchacho valiente y decidido, enérgico y rápido en sus determinaciones, y poseía, sobre todo, una imaginación inagotable con la que nos seducía y dominaba. Siempre tenía algo que contar o proponer. Él pensaba y proveía por todos. Su padre cumplía condena en el penal de Burgos y su madre sacaba adelante a la familia, compuesta por él y por tres hermanos más pequeños, viajando a los pueblos próximos para intercambiar telas, jabón fabricado en casa y cigarrillos liados con tabaco de colillas, por queso, pan y embutidos que canjeaba en el mercado negro de la ciudad por otros artículos que, a su vez, volvía a trocar por víveres, así ininterrumpidamente, deduciendo una pequeña ganancia en cada cambio.

El viejo cargó sobre sus hombros una caja de naranjas y tomó la dirección prevista. Yo contaba sus pasos y calculaba la distancia, que decrecía pavorosamente.

—¡Ya! —dijo Evaristo.

Y empezó una pelea entre él y otros dos compañeros, uno de los cuales echó a correr en dirección a nuestra víctima, tropezándose con ella. Entonces se abatió sobre él Evaristo y, simultáneamente, se enredó con ellos el otro. Entre los tres, simulando que se peleaban entre sí, derribaron al cargador, cayó al suelo la caja y se desparramó la fruta. Rápidamente, nos lanzamos los demás a recoger naranjas y a guardárnoslas en el cobijo del pecho. El viejo gritaba: "¡Granujas, granujas!" Ya no oí ni vi más. Corrí sorteando los obstáculos. Alcancé la salida a la plaza y continué la carrera por una calle donde se alineaban varios vagones de ferrocarril, hasta llegar al punto de reunión, junto al río. Allí se encontraban ya cinco de mis compañeros, jadeantes y orgullosos de su rapidez. Poco a poco fueron llegando los demás. Evaristo se nos unió el último. Corría y se paraba, alternativamente, para mirar atrás. Cuando nos alcanzó, nos dijo:

—Tranquilos, muchachos. Nadie nos persigue.

Después contamos las naranjas y Evaristo las repartió entre todos equitativamente. Había una de non y la abrió para hacer lo mismo con sus gajos. Los demás presenciamos el reparto en silencio y, cuando hubo terminado, nos sentamos para comérnoslas. La pulpa reventaba entre los dientes y su jugo agridulce fluía por las comisuras de los labios. Algunos se las comían con cáscara, a bocados, y otros, después de mondas, se las aplastaban contra la boca y la nariz, sorbiéndolas y respirándolas a la vez. Pronto nos quedamos ahítos. Alguien eructó y alguien se dejó decir:

—Nos hemos puesto como el Quico.

—Ya tenía ganas de comer naranjas. Ha sido un golpe fenomenal.

Por su parte, el jefe se volvió hacia mí y, dándome una palmada en el hombro, dijo:

—Te has portado como un vengador de los buenos, paleto.

Fue mi espaldarazo y, aquel robo de naranjas, mi bautismo de fuego. La segunda hazaña tuvo lugar pocos días más tarde. Abordé a una estraperlista que trabajaba a la salida del mentro.

—Déme una barra.

La mujer me miró desconfiadamente.

—¿Y el dinero?

—Mire —y abrí el puño para mostrarle las monedas.

—Dámelo —dijo la mujer.

—Primero, la barra —dije yo.

La mujer metió una mano bajo su falda y, luego de

convencerse de que no había por allí ningún agente de la autoridad, la sacó al aire con un panecillo.

—Venga ya —me ordenó.

Tendí hacia ella el puño con el dinero, pero, en vez de abrirlo, le arrebaté el pan con la otra mano y salí corriendo, antes de que pudiera echarme la zarpa.

—¡Ladrón! ¡Golfo! —gritó ella.

Entonces, mis camaradas, prevenidos de antemano, la rodearon para impedir que me siguiera.

—¿Qué faena le ha hecho ese sirvergüenza, señora? —oí que le preguntaba Evaristo tranquilamente.

Crucé la calle a todo correr, sorteando el peligro de algunos camiones y tranvías, y desde la otra acera vi como se arremolinaba, en torno a la estraperlista, la gente que salía del metro y cómo los Vengadores se escabullían aprovechándose de la confusión. El comentario de Evaristo fue:

—Como verás, paleto, aquí, el que no anda listo la diña.

Por las tardes nos reuníamos en el solar para proponer, discutir y ensayar nuevas operaciones, y hacer el recuento y apartado del material reunido: papelote, chatarra y vidrio, principalmente. Si la cantidad nos parecía suficiente la metíamos en sacos y la llevábamos a nuestros compradores. Tras la venta, Evaristo hacía once partes iguales con el dinero y procedía a su distribución. Por acuerdo común, él se reservaba dos partes. Cuando no era día de negocio, Evaristo ordenaba y dirigía una serie de ejercicios consistentes en carreras, saltos, persecuciones y luchas, porque era necesario estar en forma, y, como anochecía muy temprano, dejábamos dos compañeros de vigilancia hasta la hora del cierre de portales, a fin de evitar las excursiones depredatorias de las pandillas rivales. La primera vez que me tocó la guardia y en el momento en que nos disponíamos ya a abandonarla, vi, con gran susto por mi parte, que se movían los tablones del portillo para dar paso a una pareja formada por un hombre y una mujer. Temí que, además de despojarnos de nuestros tesoros, nos apaleasen. "¡Ya están aquí! ¿Qué hacemos ahora?" Miré, desconcertado y temeroso, a mi compañero, pero éste no pareció atemorizado. Me hizo una seña para que callase y le siguiese sin hacer ruido. Gateando silenciosamente y al arrimo de la valla, mientras la pareja intrusa se escondía tras un montón de escombros, logramos alcanzar la salida. Ya en la calle, habló mi compañero:

—No hay cuidado. Es la hermana de Tomasín que hace la carrera por estos contornos.

¿Hacer la carrera? ¿Qué carrera? Porque yo no conocía ni había oído hablar de más carreras que la de maestro, la de abogado, la de médico...

—Oye, tú, ¿qué carrera es ésa? —le pregunté.

Entonces, deteniéndome por un brazo y despreciándome con la mirada, me dijo el muchacho:

—¿Eres gilipollas, o me quieres tomar el pelo, o qué?

Le contesté que no era gilipollas ni mi intención gastarle ninguna broma; que, sencillamente, ignoraba lo que había querido decir con eso de "hacer la carrera".

—Pero, chico, si eso lo saben hasta los negros —me replicó, y, tras una leve pausa, siguió diciendo—: ¿Hasta cuándo te va a durar el pelo de la dehesa, hombre? Anda, vamos...

Y me lo explicó por el camino:

—La hermana de Tomasín se trajina a los tíos en la calle, los lleva al solar y, por guarrear un rato con ellos, les saca la tela. La hermana del Tomasín es puta, ¿comprendes?

Asentí, naturalmente, porque me daba vergüenza demostrar tanta ignorancia, pero sin haber comprendido su explicación. Había oído muchas veces la palabra puta, pero siempre en riñas o como un insulto, pero ignoraba su verdadero significado. Así que estuve a solas aquella noche con mi madre, le pregunté:

—¿Qué es una puta, madre?

Estábamos en la cocina y ella se sobresaltó.

—Pero, ¿qué estás diciendo? ¿Qué palabra es esa? ¡Que no te la vuelva a oír más! —me contestó en tono de reprensión.

Comprendí que se había enfadado y ello me dolió, porque no tenía motivo para tanto esa vez. Por eso me separé de ella con la cabeza gacha y, ya me iba a marchar, cuando su voz me detuvo:

—Ven acá.

Era otra vez su voz tierna y persuasiva. Repitió:

—Ven acá, Enriquito.

No me gustaba que me llamase Enriquito, porque yo no era ya tan pequeño, pero en aquella ocasión me hizo sentirme acariciado. Me quedé quieto, no obstante, pero ella avanzó hacia mí y me obligó a levantar la cabeza cogiéndola con ambas manos por las mejillas, muy suavemente. Me miró luego a los ojos, como si quisiera clavármelos en el alma, y me dijo:

—Como al fin y al cabo te vas a enterar, más vale que te lo diga yo —hizo una pausa y prosiguió—: Putas son las mujeres que se dejan hacer por los hombres lo que los perros les hacen a las perras, ¿comprendes? —Yo también la miraba fijamente, sin pestañear, y añadió—: Y a cambio de dinero. Son las mujeres que se venden.

Fue una revelación fulminante, casi aterradora, que me turbó profundamente.

—¿Has comprendido?

—Entonces, las casadas... no son putas, ¿verdad?

—No, hijo. Las casadas son madres.

Bajé la mirada y asentí en silencio, y aquella noche me dormí viendo con la imaginación a la hermana del Tomasín y a su acompañante haciendo el amor perruno por el solar.

Los chiquillos, en el pueblo, apedreábamos a los canes ligados, y en una de esas ocasiones presencié cómo un grandullón golpeaba con un palo sobre el nudo que los ataba. Yo no había visto nunca nada tan espantoso. Los animales se retorcían y aullaban tan desgarradoramente que no pude resistirlo y me tapé los ojos y los oídos, horrorizado. Por suerte, apareció por allí una mujer, atraída seguramente por el escándalo, la cual logró asustar con sus amenazas al verdugo y poner fin al suplicio de las bestias. Desde aquel día, ya no volví a hostigar a los perros en esas circunstancias, sino que me entretenía en observarlos con el fin de averiguar el mecanismo de su ayuntamiento. Sabía que así quedaban preñadas las perras, pero ¿cómo?, ¿por qué? No logré averiguarlo y, a pesar de lo mucho que me intrigaba y me excitaba el enigma, no me atreví a pedirle explicaciones a nadie.

Nos habíamos quedado a vivir con el señor Eladio, el portero. Mi madre cuidaba la portería, barría y fregaba el portal y las escaleras y aún le quedaba tiempo para realizar otros trabajos en casa de algunos inquilinos. Por las mañanas, mientras ella estaba en sus labores, el señor Eladio vigilaba desde el cuchitril, pero por las tardes se iba a la taberna de al lado a charlar o a jugar al mus con sus amigos, y era mi madre entonces quien ejercía las funciones de portera. "Desde que se murió mi Paqui, la vida me importa un carajo." De los dos hijos que tuvo en su matrimonio, el varón desapareció en Annual, y la hembra casó con un mecánico que luego resultó ser rojo y que se la llevó, primero a Barcelona y, luego, a Francia, cuando los nacionales ocuparon Cataluña. Se llamaba Paquita también y, pasado algún tiempo de silencio, le escribía de cuando en cuando desde Toulouse para darle alguna noticia familiar y anunciarle que regresaría pronto a Madrid, siempre lo dejaba para el verano siguiente, para que conociera a sus nietos. Y el señor Eladio acababa siempre sus confidencias moviendo dolorosamente la cabeza y con las mismas palabras: "No la veré más. Yo estoy ya muy viejo y este régimen va a durar más que un traje de pana".

El vecino más notable de la casa era don Saturio, el gallego que ocupaba el piso de mi tío Andrés: gordo, reluciente, satisfecho, atareado e importante. Se jactaba de ser hombre influyente y enterado, y se hacía notar cada vez que entraba en o salía de la casa, saludando en alta voz a quien estuviere en el cuchitril, con condescendencia campechana de amo, o bien acercándose al portero para decirle:

—¿Qué, ha leído el parte de hoy? No hay que darle vueltas, tenemos asegurada otra vez la victoria, porque no hay quien pueda con los alemanes.

Progresaba ostensiblemente, espectacularmente. En su casa entraban jamones, cajas de fruta, los mejores pescados y, tanto él como doña Gerarda, su esposa, una mujer delgaducha, de ojos acuosos y dientes careados, como sus hijos, dos muchachetes y una niña, más pequeños que yo los tres, estrenaban a menudo trajes, abrigos y zapatos, y dejaban tras de sí una estela de agua de colonia. Tenían una criada, medio sobrina de doña Gerarda, una muchachita mustia de tanto trabajar sin sueldo, naturalmente, y a mi madre, que les lavaba la ropa por los restos de comida que le daban. Don Saturio trabajaba, al parecer, en un banco oficial, al que llamaba "mi banco", pero tenía, además, otros negocios, "mis negocios", según decía, sin que nadie supiese con certeza la índole de los mismos. A mí me era antipático, porque ni siquiera me miraba cuando me veía por la calle, y, en cambio, si me encontraba en el portal, a la vista de mi madre, me revolvía el cabello con la mano, jovialmente, y exclamaba:

—¡Qué cara de listo tiene su rapaz, Rosario! Si alguien con influencia como yo, se ocupase de él, llegaría muy lejos. Tengo un golpe de vista para saber lo que pueden dar de sí las personas que no me falla nunca.

Y se iba tarareando en el ascensor, cuando funcionaba, o escaleras arriba, y le oíamos gritar:

—¡Gerarda! ¡Gerarda!

Una noche me encontré a mi madre llorando, sola. Yo quedé sobrecogido, de pie junto a ella, sin saber qué decir. Pensé y temí que alguien le hubiera ido con el cuento de mis fechorías por el barrio. "Su hijo anda metido en una pandilla de granujas. Su hijo es un golfo más y un ladrón. Que le diga, que le diga lo que hace en la plaza de Legazpi." Pero no. Levantó la cabeza, que se cubría con las palmas de las manos, de codos sobre la mesa, y me dio la noticia:

—Se han llevado al señor Eladio. Eran policías.

¡Dios! Me quedé aterrado.

—¿Por qué?

—No quisieron decírmelo.

¿Qué delito podría achacarse a aquel hombre silencioso, incapaz de hacer mal a nadie y que era como un abuelo para mí? ¿Sería por mi culpa? Esta súbita sospecha se me enroscó a la garganta y me dejó sin aliento.

—Subí a contarle a don Saturio lo ocurrido y pedirle que haga algo por el pobre viejo, él que tiene tantas influencias, pero no ha querido mezclarse en el asunto. Y me dijo... —titubeó—, y me dijo que ya le había dado en la nariz que era un rojo camuflado. "Vaya usted a saber, Rosario; a lo mejor fue él quien denunció a su pariente a los milicianos..."

—¿El señor Eladio denunciar a mi tío?

Las palabras me salieron involuntariamente, como un estallido que me liberó de mi angustia.

—Yo tampoco lo creo, pero la gente es muy mal pensada, qué se le va a hacer.

Entonces sentí el fogonazo de una segunda sospecha. ¿Y si era don Saturio el culpable de la detención del señor Eladio? Y si era así, ¿por qué?

—En fin, que nos hemos quedado solos otra vez y no sabemos cuándo saldrá de la cárcel, si es que sale.

—¿Y qué vamos a hacer ahora, madre?

Mi madre se encogió de hombros.

—De momento, quietos aquí. Don Saturio me ha dicho que hablará con el casero y hará todo lo posible para que me quede yo de portera. Al fin y al cabo, tu tío fue un mártir de la causa, según él.

La promesa de don Saturio era la única esperanza en nuestra situación. Sin embargo, inexplicablemente por supuesto, no me satisfizo saberlo, ni me dio ninguna alegría. Más bien me dejó frío e inquieto.

—Sería nuestra salvación —añadió mi madre— y así podríamos devolverle el favor al señor Eladio si vuelve algún día.

A la mañana siguiente conté a mis compañeros la desventura del señor Eladio. Algunos ya la conocían y, los que no, la escucharon sin dar muestra alguna de interés, con gran sorpresa por mi parte, como si se tratara de un hecho sin importancia, vulgar y corriente, a pesar de que su persona les era familiar y de que yo les había hablado mucho de él y de su generosidad para con mi madre y para conmigo. Nadie se conmovió y mereció tan sólo este comentario:

—No te preocupes, hombre. Hoy, el que no está en la cárcel es porque andan buscándole.

Íbamos hacia la glorieta de Atocha. Era una mañana triste y fría, en que el barrio se mostraba más menesteroso bajo la lluvia. Como los edificios se lavaban la mugre de los humos y el polvo, se formaba en las aceras un barrillo grasiento y, en los cristales de los escaparates, lagrimeos y churretones de suciedad. Se veían niños hambrientos, apostados aquí y allá, a la husma de cáscaras y mendrugos en los cubos de los desperdicios; mujeres con bolsas al brazo, ante las tiendas de comestibles, las carbonerías, las panaderías o las lecherías, indiferentes al agua y al frío, empapadas las ropas, demacrados los rostros, perdida la mirada; hombres grises, vistiendo prendas dispares de guerra y paz, inseguros, ávidos, huidizos; tranvías con los vidrios empañados, desteñidos, trepidantes; taxis valetudinarios e hiposos; camiones cencerreros, chatarrosos, reconstruidos con mil ortopedias; carros de la busca, hediondos, arrastrados por mulos esqueléticos. En el aire gris se mezclaban los olores a putrefacción, a carbonilla, a gases quemados, a humedad, a orines, y se batían ruidos indiscernibles en una batahola retumbante.

Nos cobijamos en la estación del metro, donde la

atmósfera era cálida y pegajosa y trascendía a humanidad densa. Las estraperlistas y vendedoras de cigarrillos y de otros artículos de urgencia, refugiadas también allí, obstruían la entrada y salida de los túneles. Los trenes reventaban y vertían sobre los andenes oleadas turbulentas de viajeros que tenían que abrirse paso a codazos en la contramarea de los que sitiaban las puertas dispuestos al asalto sin contemplaciones ni miramientos. La gente braceaba, maldecía, especialmente las mujeres, que se sentían apretujadas, pellizcadas, exploradas y sobadas. Había que tirar del abrigo, del paraguas o de la bolsa, que se quedaban atrás retenidos por la compresión de los cuerpos, y saltaban los botones, se rompían los paquetes y se desgarraban las ropas. Entretanto, manos furtivas abrían monederos, birlaban carteras y hurgaban en los bolsillos. "¡Mi cartilla, que me han quitado mi cartilla de racionamiento!" "¡Que me roban!" Pero, ¿quién era el ladrón? "¡Vete a magrear a tu madre, tío fresco!" Pero, ¿quién era el atrevido? Al fin, la masa asaltante se detenía ante las puertas corredizas, inflexibles, no sin que quedasen entre sus mandíbulas piernas y brazos que aún seguían coleando cuando el tren se ponía en marcha, y allá se iba éste rompiendo el aire con sus pitidos, para pararse quizás, en medio del túnel, por falta de energía eléctrica.

Agrupados en un rincón, calentitos, esperamos a que nuestro jefe nos propusiera algún plan. Pero Evaristo permanecía callado y, sólo cuando Tomasín protestó por nuestra inactividad, dijo:

—No, no nos vamos a quedar aquí toda la mañana como unos pazguatos, pero hay que esperar a que amaine la lluvia si no queremos ponernos como sopas.

Siguió otro silencio y, de pronto, Evaristo se dirigió a mí:

—Oye, Enrique, ¿qué le pasó a tu padre?

—Lo mataron —respondí, sin poderme contener y arrepintiéndome de haberlo dicho.

—¿Dónde?

—En la otra zona.

—Ya. Y a tu tío en ésta, ¿no?

—Sí.

—Entonces, ¿qué eres tú: rojo o fascista?

Los demás compañeros habían seguido en silencio y con mucha atención nuestro rápido y breve diálogo, señal de que era un tema, pensé yo, muy debatido entre ellos. No sabía cómo salir del paso cuando intervino Tomasín:

—¿Pero no estás viendo, gilipollas, que no es ni una cosa ni otra?

Yo me encogí de hombros y Evaristo no insistió.

Aquella mañana no fuimos a Legazpi y nuestra tarea se redujo a recoger chatarra y papelotes.

Pasó el invierno y llegó el mes de junio. El hambre seguía apretando, ya lo creo, pero había más defensas y uno se sentía más alegre. Nuestras correrías llegaban a otros barrios donde no nos conocían y por eso el botín resultaba más fácil. En una de ellas requisamos un lechoncete que después vendimos al fabricante de embutidos de Legazpi. Por cierto, nos hizo correr como locos y defendernos a pedradas porque, como gruñía con tanta rabia el condenado, les dio el queo a sus amos, unos traperos capaces de molernos a golpes si nos hubiesen echado el guante. También robamos pollos y huevos en los corrales y hasta nos atrevimos a subir al lomo de un camión en marcha para tirar desde lo alto melones y sandías que otros de los nuestros iban guardando en sacos, tal como habíamos visto hacer a otras pandas de golfos mayores. Pero esto fue ya en el verano. ¡Qué gusto daba entonces andar por ahí toda la mañana y, luego, cuando apretaba el calor, zambullirse en el río y correr en cueros por las charcas y el fango! Nos reíamos de nuestra desnudez, luchábamos unos contra otros... Sosteníamos porfías y apuestas por ver quién permanecía más tiempo con la cabeza bajo el agua, o era más veloz o poseía unos atributos masculinos más desarrollados. A veces, nos embadurnábamos el cuerpo con barro y corríamos por los alrededores, y reían las muchachas que encontrábamos al paso, y las mujeres nos increpaban, y los hombres nos perseguían. "¡Sirvergüenzas, granujas!" Pero el escándalo nos regocijaba como una victoria, porque siempre regresábamos indemnes, riendo y gritando, enloquecidos de alegría, de una alegría insensata, absurda, hirviente. ¿Y si amenazaba tormenta? El aire engordaba y nos henchía el pecho. Era un aire pesado, con olor a monte y a río, un aire dulzón que casi se podía coger con las manos. Cuando estallaba, corríamos al descampado y allí nos quitábamos la camisa y recibíamos el agua en la cabeza y en el pecho, y la bebíamos alegremente mientras chispeaban los relámpagos y crujía el cielo. Días de verano, deleitosos, dorados, lentos. ¡Qué tripadas de fruta! ¡Cuánta risa y cuántas horas de juego y de retozo! El mundo era nuestro. La vida era hermosa. Y nosotros nos sentíamos ligeros, libres, audaces, triunfadores. "¿Por qué no es siempre verano?", me preguntaba yo. Uno de tales días nos encontramos con un cortejo fúnebre.

—¿Cómo puede morirse la gente en verano? —pregunté en voz alta.

—Mira tú lo que dice éste, como si con el calor no hubiese enfermedades.

—A muchos les dan la puntilla en invierno y la espichan en verano, qué más da.

Pero no por eso se desvanecía mi asombro. Era una contradicción que yo no era capaz de comprender entonces. Pensaba que si fuese siempre verano, la vida se detendría en el mejor momento y nosotros seríamos felices, sin miedo al frío y al hambre, como los pájaros, las mariposas o como esos indígenas de las islas del Pacífico que veíamos en las películas, siempre cantando dulces melodías y bailando al son de pequeñas guitarras. Al llegar la noche volvía a casa tambaleándome de sueño. Adelgacé y ennegrecí. "¡Huy, hijo mío, pareces un gitano!" Mi madre me obligaba a lavarme con estropajo y jabón antes de meterme en la cama y más de una vez me dijo:

—Siempre andas por ahí, como si no tuvieras casa, y eso no puede ser. Aprovéchate, aprovéchate ahora porque, en cuanto pase el verano, te espera un cambio de vida.

Por aquel entonces conocí dos sensaciones nuevas. Fumé el primer cigarrillo y descubrí el cine. El cigarrillo estaba liado con tabaco de colillas, y me hizo toser y me provocó náuseas. El cine también me mareó. Por supuesto, no entendí casi nada el primer día, pero fue como un milagro, porque veía escenas, personas y lugares, conocidos por mí y olvidados, pero sin poder precisar dónde ni cuándo. ¡Qué mujeres! No parecían de carne y hueso y, sin embargo, reían, hablaban, besaban, lloraban... Y los hombres, igual. Claro que los había buenos y malos, como siempre, pero tanto ellos como ellas resultaban distintos a las personas que van por la calle. Se encendió la luz y sentí ganas de llorar. ¡Era tan hermoso lo que acababa de ver y oír! Evaristo me cogió de un brazo.

—¿Qué, te has enterado de algo, paleto?

Me sentía tan confuso que no contesté.

—Es que tú no conoces el truco... —Y, mientras abandonábamos la sala, me explicó—: Verás... El que parece viajante, no es viajante, es el gachó que se quiere fumar a la dama, y no le vende el collar, sino que se lo regala. Y el hermano de ella no es su hermano, sino su marido. Y el hotel donde van el viajante y la gachí, no es un hotel, sino una casa de citas. Todo es un lío entre putas y cabrones, paleto. Lo cambian para que no nos enteremos, como si fuéramos tontos o niños de pecho, ¿comprendes?

Repetí una y otra vez la prueba del tabaco hasta

que vencí las repugnancias naturales y habitué a él mis pulmones y mi estómago. Y me aficioné al cine. Fui aprendiendo poco a poco a separar el grano de la paja y a distinguir entre lo que ocurría de verdad y lo que ocurría de mentirijillas, y ya no fue necesario que Evaristo me explicase las películas. Iba al cine siempre que podía, a veces solo, porque era donde me sentía más feliz. Nada más apagarse la luz y encenderse la pantalla se abría ante mis ojos otro mundo, más limpio y más hermoso. Y yo era el protagonista. Montaba a caballo, conducía automóviles, perseguía al malo y luchaba con él y le vencía, y besaba a aquellas mujeres tan preciosas, y era millonario, general, cauboy, cherif, pirata... Como era una sala de sesión continua, veía dos veces cada película, pero, aun así, me hubiera gustado seguir en mi asiento hasta no sé cuándo. El cine ha sido como esa otra mitad de mi vida que no pude vivir, justo lo que me ha faltado. Además, en el cine conocí a Maribel, la de los ojos azules, pero eso ocurrió años más tarde...

Y llegó el invierno, entre tiritones de frío, castañeras y remolinos de hojas amarillas. Se hablaba mucho de la guerra: que si Rommel, que Montgomery, que si Stalingrado... Y se empezaba a hablar de los yanquis: que si tienen mucho dinero, pero no saben pelear; que si pueden con ellos los japoneses... Y de los rusos: que si están agotados, que si no pueden ya con su alma, que si los alemanes los van a echar de Europa... Y había retratos de Hitler en todos los periódicos y revistas que yo miraba de paso en los quioscos, con su bigotito y su mano levantada. No me gustó nunca el tipo, demasiado tieso, demasiado chulo, y acerté, porque, además de todo eso, resultó ser un loco y un asesino. El hambre siguió siendo tan negra como siempre. Se vendía y se compraba todo, y no había de nada y había de todo. El racionamiento consistía en un cuarto de litro de aceite y un puñado de arroz cada siete días. Por eso todo el mundo acudía al estraperlo. Había estraperlistas por todas partes, en la calle, en las bocas del metro, en las tabernas, a la entrada de los cines, pero ésos eran los menos importantes. Los peces gordos estraperlaban en oficinas y en pisos normales. Ya se sabía: en tal piso de tal casa se venden telas, calzado, medicinas o, en tal otro, jamón, queso, tabaco.

"—Yo puedo gestionarle unos neumáticos.

"—Tengo libras esterlinas.

"—¿Quiere medias de nylon, americanas auténticas?

"—¿Le interesan unos rodamientos de importación, suecos?

"—Conozco a quien tiene una partida de azúcar y café de Portugal."

Todo a media voz, en semisecreto, pero archisabido. Los trenes salían llenos de contrabandistas del menudeo con las bolsas llenas de artículos para el cambio, y llegaban con los mismos viajeros, como turistas sin equipaje, después de haber tirado las bolsas con embutidos, harina de almortas, patatas, boniatos, aceite y tocino, a sus compinches, que les esperaban a la entrada de la ciudad. El trapicheo era el gran negocio de los españoles.

Don Saturio era el único inquilino de la casa que seguía progresando, de tal manera que hasta se compró un coche, un "Balilla" de tercera o cuarta mano, irrompible. Nos lo presentó a bocinazos y, en adelante, cada mañana o cada noche supimos que se iba o tornaba por las voces que su dueño cruzaba desde la calle con su mujer y sus hijos, que le esperaban o le despedían asomados al balcón. Era un espectáculo.

—No corras, por Dios, Saturio.

—¡Adios, papá!

—Marcha como un reloj, Gerarda, y gasta menos que un mechero. El domingo os llevaré a todos a Segovia y ya veréis lo bien que anda.

Entretanto, limpiaba el parabrisas, pulía los níqueles, golpeaba los neumáticos con el pie, le acariciaba los flancos y, finalmente, agarrado a él, levantaba la mirada hasta los suyos, que le aplaudían y le gritaban entusiasmados.

Mi madre era ya portera, en propiedad, de la finca, de lo que se ufanaba don Saturio siempre que pudiera oírle alguien:

—¿Ve usted, Rosario, como todo se arregla y que yo cumplo siempre lo que prometo? Y, si no, a la vista está, Rosario.

Por mi parte, advertí bien pronto que el hombre se detenía más de lo corriente a hablar con mi madre, y eso me produjo inquietud y malestar, y desde entonces procuré hallarme en casa a las horas en que él tenía por costumbre salir o entrar. Yo me hacía el distraído, pero no le quitaba ojo y me daba cuenta de lo mal que le sentaba verme allí, de testigo, aunque sonriera falsamente.

—¡Ay, el rapaz, el rapaz...! ¿Cuándo quiere que lo metamos en cintura, Rosario?

Algunos días, sin embargo, me descuidaba yo y llegaba tarde. En una de esas ocasiones, mi madre me hizo entrar en su alcoba y allí me enseñó, con mucho sigilo, como si temiera que alguien pudiera vernos u oírnos, unas cartulinas que extrajo del fondo de su armario ropero.

—Mira lo que me ha dejado don Saturio.

Eran cartillas de fumador para el tabaco de racionamiento.

—Para que las venda —siguió diciendo mi madre— al precio de ciento cincuenta pesetas. Por cada una que coloque, don Saturio me dará cinco duros. No me he atrevido a decirle que no, pero yo no valgo para estas cosas... —e hizo intención de restituirlas a su escrondrijo mientras decía—: Me ha dicho también que es asunto de un amigo suyo, y que él sólo pretende echarle una mano.

—Es igual, madre —me apresuré a decir yo para detener su movimiento—, que las cartillas sean suyas o de su amigo. De venderlas me encargo yo.

—¿Tú? —y me miró asombrada—. Pero, hijo, ¿qué diría tu padre?

—Si mi padre viviese, sería otra cosa, pero no vive, por desgracia.

Mi seguridad y mi desparpajo la desconcertaron aún

más, pero no cedía, hasta que se me ocurrió un argumento definitivo:

—¿No tienes que llevar comida al señor Eladio todas las semanas? ¿Y qué comida le vas a llevar si no tienes dinero?

—Hago lo que puedo por él, y tú bien lo sabes, porque el que no es agradecido no es bien nacido.

—Bien, pues por eso mismo.

Le ataqué en uno de sus puntos flacos y no pudo resistirse. No obstante, aún alegó un último escrúpulo:

—¿Y si te pillan?

—Si me pillan..., pues diré que me las he encontrado en la calle, o en un solar, o que se le cayeron a alguien del coche —improvisé—. Además, ¿qué me pueden hacer a mí?

Y accedió, aunque de mala gana. "Entonces, esto es lo que quería don Saturio, ¿eh?" Este pensamiento me quitó un gran peso de encima y me hizo sentirme más libre.

Como es natural, propuse la venta de las cartillas a los Vengadores. A todos ellos les pareció, en principio, un negocio redondo, pero surgieron dudas y escepticismos a la hora de planear la operación.

—¿Y a quién se las vamos a vender? No nos vamos a acercar a un tío y decirle: ¿Me compra usted esta cartilla de fumador? Puede pensar que la hemos robado o que queremos engañarle, y puede ser también un chivato o un miedoso, o un frescales que diga que sí, que a ver si es legítima y que luego se quede con ella sin darnos un céntimo.

Cada uno fue exponiendo su opinión sin que nadie aportara un plan satisfactorio, hasta que habló Evaristo:

—Este es el mejor asunto que ha caído en nuestras manos y no lo vamos a perder por miedo. Ni hablar de eso. Es cuestión de echarle cara al asunto y nada más. Así que... Dejadme a mí y veréis...

Le vimos entrar aquella misma tarde en un estanco, solo, mientras los demás nos quedábamos a la espera, y, al cabo de un rato, que nos pareció interminable por nerviosismo y miedo, le vimos salir tan campante.

—Todo ha salido como la seda —nos dijo—. Vámonos.

Corrimos al solar y allí nos explicó con pocas palabras lo ocurrido.

Llamó aparte al estanquero y le propuso que le comprara una cartilla de fumador que se había encontrado tirada en la calle. El estanquero se mosqueó y, después de comprobar que no le habían oído los clientes a quienes despachaba su hija, le pidió que se la enseñara, y Evaristo se la mostró, pero sin soltarla, y como el hombre siguiese recelando, la rasgó y le entregó la mitad.

—"Como hemos visto hacer en el cine con los billetes."

Después de mirarla y remirarla, al estanquero le pareció legítima.

"—¿Cuánto quieres por ella?

Pero Evaristo se hizo el sordo.

"—Tengo más.

"—¿Cuántas?

"—Muchas."

La codicia del estanquero aceleró el trato.

"—¿A cómo?

"—Una a una, a doscientas cincuenta pesetas. En cantidad a doscientas.

"—Tráeme veinte.

"—Hoy sólo puedo venderle cinco. Mañana le traeré el resto.

"—Bien.

"—Pero a tocateja, eh.

"—Bueno, hombre, a tocateja."

Quiso saber cuándo se las entregaría.

"—Si tiene aquí el dinero, ahora mismo.

"—Espera a que estemos solos."

Y se llevó a cabo el trueque como es de ley, mano a mano.

—Y aquí está la tela —y se señaló el buche.

Sólo en un mes vendimos más de trescientas cartillas de fumador entre estanqueros, tabaqueros de bar y limpiabotas. Fueron nuestros días de opulencia, pero acabaron pronto, como todo lo bueno, la tarde en que, al entrar yo en la portería, oí dentro, en la cocina, la voz de don Saturio, que me sacudió como una descarga eléctrica. Al pronto me quedé suspenso, paralizado, pero la voz de mi madre me hizo reaccionar. Entonces me acerqué cautelosamente a la puerta para escuchar. Decía ella:

—Es usted un hombre casado, don Saturio, y no puede ser.

60

—No me digas don Saturio. Llámame Saturio a secas.

—Es igual. No puede ser.

—¿Y qué culpa tengo yo de estar casado con una piltrafa? Tú eres viuda y sin compromiso y, si quisieras podríamos entendernos y ser felices. Además, está tu hijo. Ya va siendo hora de que deje de hacer el golfo por ahí.

¡Qué cabrón! Tuteaba a mi madre y me echaba a mí por delante para salirse con la suya.

—Ya le he dicho que no, y déjeme.

—Ni hablar de eso. No pararé hasta que te consiga, sea como sea. ¿O es que crees que soy un idiota?

—Yo no creo nada, don Saturio. Soy una mujer honrada y le pido que salga de aquí y me deje en paz.

La voz de mi madre era suave, humilde, y revelaba el cansancio y la pena que la acongojaban.

—Estoy loco por ti, Rosario, y tú tienes la culpa. Claro, don Saturio era muy bueno cuando te dio de comer en su casa, cuando te consiguió la portería, cuando te propuso ganar unas pesetas, pero cuando pide que le correspondas, entonces don Saturio es un hombre casado y tú eres una mujer honrada, llena de melindres, ¿eh? ¿Por qué crees que hice todo lo que hice por ti? ¿Es que hice poco todavía o es que quieres dinero además?

—Se equivoca usted, yo no soy de ésas, yo no me vendo... —dijo mi madre echándose a llorar.

—¿Que no? Tú eres peor. Tú eres de las que calientan los cascos y luego...

Pero no le dejé terminar. Abrí violentamente la puerta y corrí a colocarme al lado de mi madre. Mi presencia desconcertó al tipo y quedamos él y yo mirándonos en silencio, chispeando odio. Y dijo don Saturio en alta voz:

—De acuerdo —y sonrió sarcásticamente—. Sé muy bien por qué mataron a tu marido, por rojo, y que tú eres como él. Pero ahora me toca a mí y ya veremos qué haces con tu orgullo cuando pierdas la portería y te encuentres en la calle.

Entonces grité yo:

—Y usted, en la cárcel, o en otro sitio peor.

Quiso reír, pero sólo le salió un cloqueo, y se marchó, enfurecido, dando portazos.

—¡Hay testigos! —volví a gritarle.

Desde ese día don Saturio no intentó molestar más a mi madre y en aquel día también terminó mi infancia.

III

VICTORIANO ME MIRA sonriendo mientras cierra la navaja. Victoriano, hombre tranquilo, alcalde un día de su pueblo.

—*No hay nada mejor para darse cuenta de la condición humana que ser alcalde. Uno piensa, al tomar la vara, que ha llegado el momento de hacer las cosas bien. Todo está claro y uno sabe, o cree saber, que no hay más que un camino y que dos y dos son cuatro. Que unos te miren con malos ojos y que otros en cambio te den golpecitos en la espalda te parece normal, la cosa más natural del mundo, porque nunca llueve a gusto de todos. Pero empiezas a querer enderezar las cosas y entonces... Mira, los enemigos te tiran a degüello y los amigos quieren servirse de ti para degollar a los otros. Vas a tocar un asunto y te das de cara con un enjambre de avispas rabiosas.*

—Cuidado, que le va a sentar como un tiro al gobernador que tú te metas en eso.

El secretario dice que los papeles del contratista que roba cemento en las obras del matadero están en regla, o bien que el tal contratista tiene amigos con mucho poder en Madrid.

—Pero, hombre, ¿te quieres ensañar con el pobre Paco, el Gordo, que tiene que ir arañando aquí y allá para poder vivir, y que se fue voluntario a la guerra? ¿Por qué no le metes mano a Marcelino, el Tieso?

—Marcelino, el Tieso, también se fue voluntario a la guerra.

—Sí, Victoriano, pero es de los otros y, cuando le tocó ser concejal, se aprovechó todo lo que pudo, y se hizo un regadío enchufando a la conducción de aguas para el pueblo, sin permiso de nadie y a costa del Ayuntamiento.

Uno quiere arreglar el desaguisado con la ayuda y el ejemplo de los amigos, con el fin de tener autoridad y emprenderla luego con los contrarios. Pero no es posible. Se han apropiado tierras del común; se han efectuado obras innecesarias para que un concejal venda ladrillos, para que otro provea la tubería, para que un tercero emplee sus camiones, para que un cuarto pague las letras de la excavadora que compró con ese fin y para que un quinto coloque a su yerno como capataz; el crédito para la biblioteca se ha empleado en la construcción de *un mal campo de fútbol sobre unos terrenos de un amigo del alcalde anterior, que no valían nada; la casa del médico, de reciente construcción, está que se viene abajo y el médico dice que se marcha del pueblo si no se la arreglan; tan sólo se han colocado diez farolas del alumbrado público de las cincuenta que deberían estar ya en uso, aparte de que la hidroeléctrica corta el suministro de energía cuando quiere, sin avisar ni pedir excusas; hay el doble de empleados de los que se necesitan y entre todos trabajan la mitad de lo necesario; el presupuesto del Ayuntamiento apenas da de sí para amortizar los intereses de empréstitos anteriores y se contraen nuevas deudas, porque los impuestos son para pagar a los funcionarios y los funcionarios están para cobrar los impuestos; los comercios se quejan de que no pueden vivir con tantas alcabalas; el mercadillo de los sábados exaspera a los tenderos establecidos que piden mayores cargas para los ambulantes y éstos protestan de la actitud discriminatoria de los guardias municipales que hacen la vista gorda con unos y aprietan las clavijas a otros; Pascual, el del teatro, está que trina en contra del cura por su cine parroquial que no paga contribución, y el cura acusa a Pascual de permitir la entrada de niños en las funciones para mayores, y el público se muestra descontento porque cortan tanto las películas que no hay*

65

quien las entienda; hay una calle cortada por el corral de don Justo, que quiere ahora edificar una casa de cuatro plantas sobre el corral; las escuelas municipales son un asadero en verano y un frigorífico en invierno, tienen rotos la mitad de los cristales, inservibles los retretes, carcomidos los bancos y las mesas por las navajas y los punzones de los muchachos, desconchadas las paredes y agrietados y goterosos los techos; cuando llueve, las calles se convierten en lodazales, salvo los trozos donde tienen sus moradas los que en alguna época fueron munícipes, y en grandes depósitos de polvo cuando no llueve, y todas terminan en estercoleros; en fin, que hay mil papeletas de fácil solución, pero sin solución. Y el caso es que todos los habitantes del pueblo te exigen, como alcalde, que las resuelvas, pero a costa de los otros, es decir, del vecino.

—Que no, Victoriano, que por ahí no hay nada que hacer.

—Entonces, ¿a qué he venido yo a la alcaldía?

—Es que hay que andarse con mucho tiento.

—¿Con mucho tiento? Pero si en cuanto pongo los pies en el suelo parece que le piso los callos a alguien...

Y me dije: «Victoriano, a tus barbas». Pero el gobernador no quería admitirme la dimisión.

—¿A quién nombro yo ahora alcalde allí?

A ver, dame un nombre aceptable y te relevo.

—Nombre usted a don Joaquín, el perito agrónomo. Es un hombre muy formal y no tiene intereses en el pueblo.

—Quita, hombre. Ya sé que anda derecho, pero es de los de la acera de enfrente. No puede ser.

Y tuve que ponerme enfermo para que me diera el cese y nombrase a don Justo, que ya había sido alcalde, y que lo primero que hizo fue autorizarse a sí mismo a contruir la casa de cuatro plantas sobre el corral que tapaba la calle.

—No te quejarás ahora, ¿eh?

—No, no me quejo —me paso las manos por las mejillas y el mentón, y añado—: Pero todavía raspa un poco la barba.

—Es que falta el segundo pase con el verduguillo.

—Ah.

Empuña de nuevo la brocha y empieza a embadurnarme la cara con jabón y siento un cosquilleo en la nariz que me obliga a hacer un gran esfuerzo para no estornudar, como cuando despachaba pimentón de "Ultramarinos Ureña", porque yo trabajé, primeramente como chico de recados y, más tarde, como dependiente, en una tienda de comestibles que se llamaba "Ultramarinos Ureña", propiedad del señor Plácido Ureña. Algunos meses después del incidente con don Saturio, precisamente el día en que cumplí catorce años, mi madre me dijo que había llegado el momento de que yo cambiase de vida. "Basta de correrías. Tienes que pensar en hacerte hombre." Realmente, yo estaba ya un poco harto de hacer el golfo. El instinto me advertía que un día u otro tendríamos un tropiezo y los Vengadores acabaríamos mal. Evaristo, Tomasín y algunos otros excedían ya los quince años y empezaban a preocuparse por otras cosas: las chicas, las exigencias familiares y la necesidad de aprender un oficio para el día de mañana. El mismo Evaristo nos comunicó que como su padre iba a salir muy pronto de la cárcel, no tendría más remedio que apretarse los machos y entrar de aprendiz en un taller mecánico. Quería ser camionero. "Se conoce mucho mundo viajando y trasportando mercancías de una ciudad a otra. Además, se puede ganar mucha pasta estraperlando sin peligro." Pocos días después, Evaristo apareció con su padre en nuestro campamento. Era un hombre flaco. Parecía enfermo. El traje de "antes de la guerra" que vestía le colgaba de los hombros como de un perchero. Nos miró a todos muy atentamente y nos preguntó nuestros nombres y la edad que teníamos cada uno. Nos habló luego de la guerra perdida. "Algunos tuvimos que pagar por todos, y yo he sido uno de los paganos sin tener nada de que arrepentirme. Pero la vida es así. Yo he salido de la cárcel y otros no saldrán nunca. Cuestión de suerte. Lo importante ahora es mirar hacia delante, a mañana, y ese mañana sois vosotros. Por lo tanto, debéis haceros hombres y seguir nuestro camino. Pero os perderéis y nunca lograréis ser hombres si no cambiáis de conducta. Para luchar y exigir, lo primero es tener razón, y, para tener razón, hay que empezar por ser honrado." Nos dio muchos más consejos todavía. Creo que no entendimos muy bien lo que quiso decirnos aquel hombre, pero nos dejó tristes y desanimados. Por de pronto Evaristo no compareció a la cita de la mañana siguiente en la glorieta de Atocha y le vimos, a última hora de la tarde, vestido con un "mono" demasiado grande para su cuerpo y con las manos manchadas de grasa negruzca. "Me he pasado el día barriendo el taller y limpiando piezas." Fue su primera jornada de trabajador.

Al faltar Evaristo, la banda perdió su centro de gravedad. Quiso sustituirle Tomasín, pero inútilmente, y Tomasín, despechado por lo que él consideraba un desaire de los compañeros, desertó también. Los demás perdimos la alegría y el entusiasmo. No sabíamos qué hacer y, poco a poco, el aburrimiento y el desinterés fue minando nuestra moral y desintegrando la pandilla. Por eso, no me fue muy costoso avenirme a los deseos de mi madre. Ella se había procurado unos libros, a cambio de trabajo, en casa de un vecino, don Adolfo, profesor en una academia de la calle de Atocha. Por las mañanas estudiaba yo solo en el cuchitril, vigilando al mismo tiempo para que no se colase de rondón ningún desconocido y atendiendo los encargos y preguntas que se me confiasen o se me hiciesen, mientras mi madre realizaba las faenas de limpieza propias de su cargo o de sus compromisos con la vecindad. Por las tardes, ella me tomaba la lección y me ayudaba a comprender lo que a mí solo me era imposible. Eran lecciones de gramática, geografía y aritmética, y ejercicios de dictado. Hacíamos juntos los problemas y, cuando comprendía que yo ya no podía más, me daba la merienda y me dejaba salir un rato.

La escasez de comida y el estraperlo continuaban como un mal irremediable, pero, de cuando en cuando, las habas y las patatas permitían unas breves vacaciones al hambre integral. Los letreros de "¡Gibraltar español!" y "¡A Moscú!" en las paredes, aparecían ya borrosos y deslucidos, y se pronunciaban con menos énfasis las palabras "autarquía", "nuevo orden europeo", "imperios"... Los periódicos que yo ojeaba en los quioscos seguían hablando de la guerra: bombardeos, combates en Rusia, defensa elástica, armas secretas... Bueno, y todo el mundo se alegraba de las palizas que recibían los soldados de Mussolini. Ya, cuando cruzaba el portal en compañía de alguien, don Saturio no alababa tanto a los alemanes. "Hay que reconocer que los rusos combaten como fieras y que los ingleses son duros de pelar." También tenía otra opinión de los norteamericanos. "Fabrican tanques y aviones como si fueran salchichas y tienen más barcos ellos solos que el resto del mundo. Se van a tragar a Italia en cuatro días."

Mis paseos eran en solitario, tristes. El espectáculo de la glorieta de Atocha que tanto me excitaba en mis primeros tiempos, me deprimía ahora el ánimo. Me sentía muy solo en medio de un más caudaloso vaivén de gentes. Sí, parecía como si los hombres y las mu-

70

jeres brotasen, igual que hongos, de entre los adoquines. Cada día más gente, más gente. ¿De dónde venía? Por su manera de vestir y hablar, se colegía que se trataba de una invasión de paletos. ¿Y a qué venían? Andaban en grupos, cargados siempre con alforjas y paquetes, mirando a todas partes, desconfiados y hurones, pero incontenibles, como un alud de pedruscos desprendidos del monte. No supe su verdadera condición hasta que Evaristo, al que fui a ver una tarde a la salida de su trabajo, me dijo:

—Son chaboleros, hombre.

El antiguo jefe de los Vengadores me pareció más alto y, sobre todo, mucho más viejo de lo que era en realidad. Me recibió amistosamente, pero sin salvar las distancias y subrayando a cada momento su enorme superioridad sobre mí.

—¿Chaboleros? ¿Qué es eso?

—Pues los desertores del arado que se vienen a Madrid creyendo que esto es Jauja; gente de pana, hombre. Como no tienen donde meterse, se quedan en las afueras, y allí cada familia se construye su chabola para cobijarse. Son como la peste, porque se ofrecen para todo por lo que les den. ¡Ya ves tú!

—¿Y por qué abandonan su pueblo?

—Toma, porque allí se mueren de hambre. Claro que aquí también las pasan canutas al principio, pero yo no sé qué tienen que no tardan mucho tiempo en engancharse en algo.

Evaristo me preguntó después por los antiguos com-

pañeros de la panda, y, como yo le contestase que rara
vez me tropezaba con alguno, dijo, gravemente:

—Yo tampoco los veo. Hay que trabajar, muchacho,
no hay más remedio si se quiere ser un hombre hombre, como dice mi padre —y me preguntó—: ¿No te
gusta la mecánica?

—Creo que sí.

—Pues si algún día quieres empezar... Aquí tenemos mucho trabajo y antes de que se meta un cha-
bolero...

Tenía que ir a lavarse y me dejó plantado.

Claro que me gustaba la mecánica, pero mi madre
tenía otros planes para mí.

—Aquí tiene usted a mi chico, señor Plácido. Está
al corriente de letra y de cuentas.

El hombre me miró de arriba abajo. Tenía los ojos
saltones, larga la nariz, perruna la boca y muy echada
para atrás la frente. Andaría por los cuarenta años.
Vestía un guardapolvo blanco y usaba corbata negra.

—En "Ultramarinos Ureña" hay que trabajar de firme, mocete —y sus ojos se dispararon hasta casi rozarme la cara.

—Bueno —dije yo.

—Y sólo por las propinas y el almuerzo —y su sonrisa me pareció una mueca burlona.

—No se preocupe usted, señor Plácido. Lo que yo
quiero es que mi hijo esté recogido y aprenda a trabajar —dijo mi madre.

—Así me gusta —remachó Ureña—. Bien dicho. Y
que conste que lo tomo por lo de su padre y por ha-

cerle un favor a usted, que si no... No está la cosa como para echarse obligaciones encima.

Y así me vendieron por primera vez.

—¿Va bien? —me pregunta Victoriano pasándome el verduguillo por una mejilla.

Ah, sí, Victoriano. Para todo tiene una explicación.

> —Mira, Enrique, la vida es una feria en que todos compran y venden y en que se vende y se compra todo. Incluso los hombres se compran y se venden entre sí, y son muy pocos los que escapan a esta ley.

> Se le pone entonces una neblina en los ojos, herido en el alma por lo que dice, que no le gusta, desde luego, pero que para él es una verdad tan grande y tan dolorosa como la muerte.

> —Yo me he sentado en una piedra, al lado del camino. No quiero seguir, porque sé que no hay nada nuevo más allá. Así, veo pasar a la gente, que se afana y se atropella por correr más y llegar antes a ningún sitio. Es un espectáculo que me hace reír y llorar a la vez. Sin embargo, hay momentos en que me contagia la locura colectiva y dudo. ¿Seré yo el equivocado? Pero se desvanece pronto la duda y me quedo sentado sin poder hacer otra cosa que

sentir compasión por los que corren y se apre-
suran inútilmente.

—Muy bien, Victoriano. No se siente —le contesto.

El primer día de trabajo en "Ultramarinos Ureña"
no tuve que hacer ningún reparto, pero aquella misma
noche recibí la primera lección de tendero, después de
que el señor Plácido hubo echado el cierre.

—Ahora verás cómo se preparan los paquetes de
azúcar de racionamiento. Esta semana son ciento veinticinco gramos por cartilla. Pues bien...

Y el señor Plácido empezó a hacer pesadas de cien
gramos con papel y todo.

—Cien gramos solamente, ¿estamos?

—Sí, señor.

—Pues, hala, sigue tú.

Y cuando terminé de hacer las pesadas y mientras
liábamos los paquetes, me explicó el sistema:

—Esto no es robar, muchacho. Es deducir. El sistema capitalista se funda en eso. Todos deducen, empe-
zando por el Estado. Asi que "el que no deduce, no
luce". ¿Comprendes? Hay que hacer lo mismo con todo
lo que se pesa y se mide: aceite, bonito, lentejas... ¿Estamos?

—Sí, señor.

—La base del negocio está en saber deducir —y si-
guieron los ejemplos—: La leche y el vino tienen agua,
y las astillas y el carbón, también; el peso del pan es

incompleto, y no hablemos del laterío... —Cogió una lata de sardinas en aceite y me la mostró—: Fíjate en lo que dice aquí: "Doscientos cincuenta gramos, aproximadamente". ¿Qué te parece? Pues no quiere decir otra cosa sino que el fabricante ha deducido lo suyo. Por consiguiente, si no deducimos lo nuestro, ¿sabes adónde iremos? Pues derechitos a la ruina. Que no se te olvide.

¿De manera que el tejemaneje de vendedores, compradores y ladrones en el mercado de Legazpi constituía la norma general, eh? Y me dije también para mis adentros: "Pues alerta, Enrique, y a deducir todo lo que puedas, pero para ti".

En adelante, por las mañanas repartí encargos a domicilio, uniformado con un mandil aborrecible, al hombro la cesta de mimbre con los paquetes, según el itinerario y el detalle reseñados en un papel de estraza y con arreglo a una consigna inexorable: "Y al contado, Enrique. Nada de mañana se lo pagaré. Aunque lloren. Aunque te lo pidan de rodillas".

Por las tardes, el señor Plácido me empleaba en barrer la tienda y la trastienda, en rellenar los cajones y distribuir el género; y, por las noches, en preparar los pedidos para el día siguiente. Volvía a casa tundido, sin otros deseos que tumbarme y dormir.

Generalmente, tenía que subir a los pisos por las escaleras, porque los porteros no me permitían utilizar el ascensor. La persona que me abría la puerta gritaba, sin más saludo:

—¡El chico de la tienda!

Repartía pequeños envoltorios en cada parada. Sólo uno de nuestros clientes, los señores de Portillo, se quedaban semanalmente con el contenido íntegro de la cesta. También era mi cliente favorito, al que servía con más gusto. Me recibían las criadas, dos mozas de buen ver, que me pellizcaban, me tiraban de las orejas y hasta me besuqueaban vehementemente. Entraba a la cocina por la puerta de servicio y lo primero que hacían las muchachas era preparar un buen bocadillo para mí, consistente en un gran trozo de pan con una gruesa loncha de tocino frito en medio, y que yo me comía mientras ellas comprobaban los paquetes.

—Este tío Plácido es más listo que el hambre —decía la cocinera al sopesar uno de los envoltorios, y reían las dos.

—Es paisano nuestro, de la Rioja, ¿no lo sabías?

Como yo denegase con la cabeza, porque tenía en ese momento la boca llena de tocino, la muchacha agregó:

—Ya lo ves, no se fía ni de su sombra.

—¿Y cómo quieres que se fíe después de lo que le pasó?

Y entre las palabras de una y otra me enteré de que el señor Plácido había penado, por rojo, en el fuerte de San Cristóbal, de Pamplona. Hubo allí una fuga de presos, pero él no quiso marcharse, y eso le valió la libertad al acabar la guerra. Entonces vendió los majuelos que le quedaban, porque había perdido la tienda de comestibles heredada de su padre, y, con los cuartos que pudo rebañar, se vino a Madrid, donde compró otra tienda, abandonada, cuyo dueño se había fugado al extranjero.

Las chicas, muy bien de carnes las dos, trajinaban casi siempre a medio vestir. A veces, Agustina, la cocinera, sólo llevaba encima la enagua, y entre el ir y el venir, el sentarse y el levantarse, me dejaba ver la mitad de sus pechos y de sus muslos. Era ella también la que más achuchones me daba.

—Si tuvieras unos años más, mocete ...—me decía, apretándome contra su pecho—. ¡Huy, y qué majo es el condenado!

—Muchacha, que lo vas a estropear —protestaba la otra, Asunción, riendo.

En aquellos apretones, al contacto de la carne muelle y su olor sofocante, casi perdía el sentido, pero de buena gana me hubiera quedado así, sin contar el tiempo.

—Chica, más vale que se picardee ahora y no que llegue a mozo hecho un palomino atontado —replicaba Agustina.

Me daban siempre una peseta de propina y, por esto y por lo otro, yo estaba deseando siempre que llegase el viernes para volver. Estas dos frescachonas riojanas fueron las que me aficionaron a mirar los escotes y las piernas de las mujeres.

De las otras casas, la mejor era la de doña Carmen, viuda de un gobernador de la monarquía. Debía ser un piso muy grande el suyo, porque siempre me encontraba un tropel de chiquillos jugando al fútbol, andando en triciclo, haciendo la guerra o pegándose de verdad, en el vestíbulo. Solía abrirme doña Carmen. Era una señora de pelo blanco, vestida de negro, con un resplandor de inocencia y de bondad en el rostro todavía hermoso. Hablaba con dulzura y me recibía cariñosamente.

—Pasa, hijo, pasa —me decía al tiempo de rozarme un moflete con su pequeña mano blanca.

Luego, me hacía ir por delante, a través de un largo pasillo con las paredes desconchadas y pintarrajeadas, seguidos por la tropa infantil. Doña Carmen daba con los nudillos de cuando en cuando en algunas de las puertas que encontrábamos al paso y anunciaba en alta voz: "Ha llegado el pedido de la tienda, doña Pepita, o doña Encarnación, o doña Pruden". Hasta que llegábamos a la cocina, grande, desportillada, sucia, maloliente y llena de armarios. Allí tan pronto dejaba yo la canasta de mimbre sobre el mármol de una mesa, los chiquillos se lanzaban sobre los paquetes, ávidos de palpar, oler y hasta de mordisquear los comestibles, viéndome yo en grandes apuros para contener tanta mano impaciente. Al fin aparecían las señoras, siempre malhumoradas, cada una con la llave de su armario respectivo. Y empezaba el reparto, cuyo procedimiento era invariable. A medida que cada señora reclamaba un artículo, yo lo ponía a su lado, así hasta formar tres montones distintos. Naturalmente, solían confundirse y equivocarse, y ello provocaba vivas y agrias disputas entre ellas, en las que intervenían los muchachos con sus exclamaciones.

—Una pastilla de chocolate.

—¡Huy, qué rico, mamá, dame una onza!

—Me debe usted tres onzas, doña Encarnación.

—Y usted a mí una taza de aceite, doña Pruden.

—¡Chico, nos traen chorizo!

—Y a nosotros mortadela, para que te fastidies.

—¡Te fastidiarás tú!

—¡Silencio! ¿Queréis callaros?

—¿No se acuerda, doña Pepita, de las cuatro cucharadas de azúcar que le presté?

—Eso fue la semana anterior.

—¡Ni hablar! Ya es la segunda vez que me lo hace.

—¡Miente usted!

—Pero, doña Pepita, doña Encarnación, ¡que están los niños delante!

—Y usted, ¿qué pinta aquí, doña Carmen?

—Soy la dueña de la casa.

—¿De qué casa?

—Toma, pues de ésta en que usted vive porque yo se lo permito.

—Será porque me dejo explotar por usted, pagando por una sola habitación más del doble de lo que usted paga al casero.

—Pues todo es poco para soportar su ordinariez.

—Vaya, ya salió la gobernadora.

—¡Calle, por favor, doña Pepita!

—No puedo, y lo siento, doña Encarnación, aguantar las ínfulas de doña Carmen. Que su marido fue gobernador con la monarquía, ¿y qué? Al fin y al cabo, una antigualla.

—¿Una antigualla mi marido que en paz descanse?

Lloraba doña Carmen. Doña Pepita renegaba de la hora en que se le ocurrió alquilar una habitación en casa de un monárquico. Doña Pruden daba la razón a doña Pepita, y doña Encarnación gritaba:

—¡Señoras, que no parecemos señoras! Ninguna de nosotras tiene la culpa de que tengan que vivir cuatro familias en el mismo piso.

En algunas ocasiones recriminaban a doña Encarnación que su marido fuese un enchufado y ella repelía la acusación enfrentándose con las demás:

—¿Un enchufado mi marido, que ha hecho toda la guerra? ¿Dónde estaba el suyo, doña Pepita, cuando lo de Brunete? En Zaragoza, claro, y en intendencia. ¿Y el suyo, doña Pruden? En Madrid, con los rojos. Es muy cómodo y muy provechoso eso de decir que se hacía espionaje a favor de los nacionales. ¡A saber para quién espiaba!

A veces, las señoras se reprimían y entonces descargaban su furia en los pequeños, los cuales, para evitar los pellizcos y los coscorrones, huían en bandada hacia el vestíbulo. Pues, a pesar de todo, yo hacía aquel reparto con mucho gusto y prolongaba todo lo posible mi estancia allí para dar tiempo a poder cruzarme en la escalera con la niña de la boina roja, a su vuelta del colegio. Era de mi misma edad, poco más o menos. Jamás nos dijimos una palabra, pero sus ojos y su sonrisa me envolvían en un torbellino de luz y de calor que me dejaba traspuesto. No siempre me favorecía la fortuna con la presencia fugaz de la muchachita, pero la esperanza de verla hacía que me olvidase de aquellas furias y de sus broncas y hasta del peso de la cesta con sus paquetes.

Doña Carmen me acompañaba hasta la puerta y, en en el trayecto, me daba unas monedas y se desahogaba conmigo:

—Ya no hay señoras, hijo mío. Si no fuera porque una tiene que vivir, a buena hora hubiese yo metido en mi casa a semejantes arrabaleras. Pero mi difunto no me dejó más que su nombre y este piso. Yo creo que, como ya no cabe más gente en el infierno, el diablo inventó el realquiler para castigar a los cristianos, y que el Señor me perdone.

El resto de los clientes era de peor pelaje todavía, realquilados también en su mayor parte y todos en lucha desesperada contra unas condiciones de vida muy difíciles. Gente sin más preocupación que la de sobrevivir, con la incertidumbre por horizonte, oscilando continuamente entre el temor y la ira. Entonces, empecé a darme cuenta también de las infinitas hogueras de odio que arden en los corazones, de la tristeza crepuscular que oculta el brillo de las sonrisas, de las frustaciones y fracasos que encubren el gesto agresivo y el talante provocador, de la insatisfacción, el descontento y la rebeldía que hierven bajo apariencias de mansedumbre y conformismo, y de que son muy pocas las personas que no se sienten íntimamente incomprendidas y encadenadas.

La familia del señor Plácido estaba constituida por la señora Eulogia, y sus dos hijos: Manolo y Eufrosina. El chico estudiaba leyes, y la chica, una moza de veinte años, esperaba casarse pronto con Federico, perito mercantil. La señora Eulogia apenas aparecía por la tienda. Era una mujer mantecosa, pechugona y pacífica, siempre con el moño deshecho y con gotitas de sudor en el labio sombreado de vello, de mirada húmeda y voz aniñada, y que solamente sabía hablar de guisos y de las fiestas patronales de su aldea. En Eufrosina se descubrían muchos rasgos físicos de su padre, si bien suavizados por la juventud y la feminidad, por su cutis lácteo y sus pechos puntiagudos. Nos ayudaba únicamente en las horas de mayor movimiento, como cajera. Miraba fijamente a los ojos de los compradores antes de contar el dinero y daba, después, la cifra en alta voz para que la oyera su padre. Hasta que el señor Plácido, capaz de atender, sin confudirse, varias demandas simultáneamente, decía "vale", no pasaba el dinero al cajón ni el cliente recibía la conformidad de la cajera. A mí me gustaba mucho Eufrosina. Así que, con el pretexto de ordenar los bajos del mostrador o de levantar algo que previamente había yo dejado caer al suelo, me agachaba o me ponía de rodillas para recorrer con los ojos las piernas de la muchacha hasta donde podía. Ella, como si le cosquillease mi mirada, se volvía de pronto para decirme:

—¿Qué miras, renacuajo?

Pero no se enfadaba. Por el contrario, creo que le placía mucho mi admiración porque, a veces, tardaba en advertirla o abría más las piernas, en cuyo caso a mí se me nublaba la vista y hasta se me cortaba el aliento. Y así me estaba, con la cabeza torcida y engolosinado, hasta que me volvía en mí la voz del señor Plácido:

—¡Mocete!

Manolo se parecía mucho a su madre. Gordo, flemático, de mirada bovina, indolente. Estudiaba poco y con desgana. El señor Plácido no le dejaba en paz, aleccionándole y fustigándole:

—En este país no hay más que dos caminos si se quiere prosperar: el negocio o la carrera. Aquí, lo que vale es un título, sepas o no sepas. Si a ti no te gustan los negocios, no te queda otra solución que el título. El título o la miseria, ¿comprendes? ¿Y qué mejor título que el de abogado, que tiene tantas y tantas salidas?

El chico no replicaba, porque era muy manso, pero tampoco se corregía porque, como todos los mansos, era también muy testarudo. "¿No te da vergüenza, grandullón, vernos trabajar a todos en esta casa mientras tú te das la gran vida de señorito vago? ¿Quién te has creído que eres? El día menos pensado te voy a poner a trabajar en la construcción para que sepas lo que es bueno."

Después de una de estas reprimendas, Manolo se decidió, conteniendo las lágrimas, a salir de su pasividad:

—Es que no me gusta estudiar, padre.

—Conque esas tenemos, ¿eh? Si no te gustan la tienda ni los libros, ¿quieres decirme de una vez qué es lo que te gusta o quieres ser? Anda, dímelo. Que lo sepamos por lo menos.

Manolo tuvo valor, por una vez en su vida, para expresar su deseo:

—A mí me gustaría navegar. Quisiera ser marino.

—¿Navegar? ¿Marino? —y el señor Plácido estuvo a punto de reventar de indignación—. ¿Andar toda la vida de un lado para otro como un vagabundo, sin casa ni perro que te ladre? ¿Y crees que así puedes hacerte rico idiota? Ni hablar de eso, ¿me oyes? Tú, a tus libros. ¿Que no estudias? Bien. Ya estudiarás cuando te veas hecho un hombre y sin una peseta en el bolsillo.

A mí también me sermoneaba alguna noche, a última hora, si no celebraba tertulia con sus amigos en la trastienda.

—Tú eres un crío todavía, mocete, pero es menester que vayas abriendo los ojos. No creas que vas a encontrar siempre las facilidades y el buen trato que te damos en esta casa. Prepárate. Te quitarán hasta el "oremus", si te descuidas. Te explotarán y te chuparán la sangre si no te espabilas y si no eres tú el que se aproveche de los demás. O yunque o martillo, esa es la alternativa. Vivimos en régimen capitalista, que no se te olvide, lo que quiere decir que el capitán general es el dinero. El rico es el único que se puede permitir hacer lo que le dé la gana y mandar al cuerno al más pintado. El rico es el que compra, ¿entiendes?, y pone las condiciones.

Me daba para almuerzo un bocadillo de sardinas arenques, de sardina arenque, mejor dicho, o de anchoas, y me mandaba a casa sin cenar, que era lo convenido, pero yo seguía su propio lema "el que no deduce, no luce", y pizcaba aquí y allá lo que me apetecía y estaba al alcance de mi mano: aceitunas, queso, sardinas en aceite, pimientos morrones, recortes de jamón... Al principio, deducía con disimulo, furtivamente, pero, poco a poco, me fui haciendo más atrevido, hasta realizar mis pequeños hurtos con el mayor descaro. La señora Eulogia me sorprendió, desde la trastienda, en una de esas deduciones y no me dijo nada, pero llamó a su marido. Yo, que estaba al tanto, me las arreglé para oír la conversación entre los esposos.

—¿No te das cuenta de que el chico le mete el diente a todo en cuanto te descuidas? Yo que tú le daría de cenar. Nos saldría más barato.

—¿Y para eso me llamas? —le replicó el señor Plácido—. ¿Crees que estoy ciego y que no sé lo que me hago? Si le diera de cenar, Enrique seguiría haciendo lo mismo y me costaría el doble. ¿Te enteras?

Una mañana, nada más abrir la tienda, apareció uno de los amigos del señor Plácido, a quien ya conocía por haberle visto alguna vez cuchicheando con mi patrón en la trastienda. Venía a punto de estallar por algo que no le cabía en el cuerpo.

—¿Dónde está tu jefe? —me preguntó, atragantándose con las palabras.

Llamé al señor Plácido y, cuando éste apareció en la tienda, el otro, sin poderse contener ya, explotó:

—¡Ha caído Mussolini!

La cara de mi jefe se puso más blanca que su guardapolvo, y él se quedó como si le hubiera dado una parálisis.

—¿Qué dices? —tartamudeó.

Su amigo siguió diciendo, atropelladamente:

—Lo mandó detener el rey y está preso a estas horas. Se dejó coger como un cordero, sin decir ni pío, y eso que era de los que se tragan al mundo. Badoglio se ha hecho el amo de Italia y parece que ya está en trato para pasarse al bando de las democracias. Esos italianos son la monda, ¡la monda!

Pero mi jefe seguía estupefacto.

—¿Quién te lo ha dicho? —preguntó, todavía incrédulo.

—¡La BBC, hombre, la BBC! ¿Quién, si no? La he oído yo mismo.

Entonces, el señor Plácido se coloreó como un tomate, con los ojos salidos casi hasta la punta de la nariz. A mí me dio un poco de miedo verle así, tan excitado, como si fuera a darle un ataque.

— ¿De verdad que lo has oído tú mismo?

—¡Que sí, hombre, que sí!

De pronto, el señor Plácido salvó de un brinco el mostrador, electrizado. Se abrazaron los dos hombres.

—¡Es lo mejor que he oído en mi vida! Tenemos que celebrarlo.

—A la noche, Plácido. Ahora tengo que ir a trabajar.

—Que esperen esos cabrones. Anda, vamos a tomar una copa.

Pasaron a la trastienda tarareando el Himno de Riego, riéndose, locos de alegría.

—No sé más, no sé más, Plácido.

—Es el principio del fin.

—¡A la mierda el fascismo!

—Va a ser la rehostia.

Llegaron unas mujeres con sus cartillas de racionamiento en una mano y con sus bolsas de hule negro en la otra.

—¿Es que no se despacha hoy?

—Señor Plácido —dije, ya dentro. Mi jefe estaba vertiendo coñac en dos vasos—, que ya ha empezado a llegar el personal...

Mi patrón me quemó con sus ojos incandescentes, como si viera en mí al Duce encadenado, pensé yo.

—¡Enrique!

A mí me entró frío.

—Mande.

—Ven acá. Bebe tú también —y me hizo tomar su mismo vaso.

Bebí a ciegas. Carraspeé. Sentí cómo se me quemaban el gaznate y el estómago, y oí decir al señor Plácido:

—No te preocupes. El muchacho es también de los nuestros.

—¿No despacha nadie aquí? —gritaron las mujeres.

Aquella noche, mientras yo hacía las pesadas del azúcar y de las lentejas, mi jefe y tres de sus amigos celebraron en la trastienda la caída de Mussolini y, a partir de entonces, se sucedieron con más frecuencia sus reuniones nocturnas. Leían y comentaban los boletines informativos de las embajadas de Estados Unidos y de Inglaterra, y hacían cábalas optimistas sobre el futuro. Así me enteré del desembarco de los aliados en

Normandía. —"Los aviones tapaban el sol", "¿Tú te imaginas lo que son tantos barcos de guerra disparando a la vez", "Los hicieron papilla"—, del atentado contra Hitler —"Y que haya escapado con vida el cabrón..."—, y de su derrota final —"¿Será verdad que se saltó la tapa de los sesos a última hora? A lo mejor lo dicen para salvarlo", "Si lo llegan a coger vivo los rusos, lo tendrían ya metido en una jaula, como a una fiera, en la plaza Roja, para que pueda verlo todo el mundo", "Entonces, ¿qué crees tú?", "Yo lo único que creo es que se ha hundido el fascismo. ¿Te parece poco?"

Entretanto, seguía el racionamiento, aunque el hambre aflojara en la medida que el estraperlo se organizaba mejor. Aparecieron los gasómetros, los boleros de Machín y las películas históricas de Juan de Orduña; se paraban los tranvías y el metro por falta de energía eléctrica; había frecuentes cortes en el suministro de agua; los automóviles subían a tirones el paseo de las Delicias; los ascensores dejaban a la gente entre dos pisos; se suprimía el saludo romano y bajaba la fiebre de los desfiles y de los cánticos; se rompían carnets políticos, se cambiaba de camisa y corrían rumores de segundas vueltas; se hablaba de la "tripartita", del peligro soviético, de las guerrillas; los ojos de mi madre se entristecían, se hinchaban sus piernas y se lamentaba de no poder regresar aún al pueblo para cumplir la promesa a nuestros difuntos enterrados sin lápida y sin nombre; el señor Eladio se moría en la cárcel sin que mi madre pudiese contarle la última carta de su hija que le anunciaba, ya con toda seguridad, su inmediata llegada a Madrid. "Pobre señor Eladio. Morirse en vísperas del cambio de régimen y de la vuelta de su hija"; y don Saturnino, cada día más próspero y triunfal, se manifestaba ya decididamente partidario de las democracias: "Siempre he sido liberal. La vena me viene de familia. El parlamento inglés es la institución política más perfecta que registra la Historia. ¿Qué es el hombre sin libertad?"

Una noche, los reunidos en la trastienda de "Ultramarinos Ureña" se mostraron más eufóricos que nunca.

—Lo han decidido en Potsdam.

—Esto se va al carajo. Es cuestión de días.

—No hay trigo.

—Ni gasolina.

—Ni electricidad.

—Estamos al borde del precipicio. Un empujoncito y...

—Mira que si nos traen un rey ...

Y me sobrecogió la voz rotunda, enronquecida y alcoholizada de mi jefe:

—¡Ni rey ni roque! El que tiene que venir es don Diego. ¡Viva don Diego Martínez Barrio!

IV

NOTO UNA AGRADABLE frescor en las mejillas. Es que Victoriano me está dando masaje con una loción de alcohol de romero que él mismo prepara.

—¿Con qué te perfumas, Maribel?

Los ojos de Maribel eran un plenilunio azul, sereno y melancólico, en un rostro de pequeñas facciones. Maribel, aunque un par de años menos joven que yo, parecía, sin embargo, una adolescente recién abierta a la luz. Tenía veinte años y aparentaba quince. Maribel era una muchacha esbelta, sobria de líneas, como un muchacho, con dos pinzas en la pechera como únicas muestras de su feminidad. El pelo de Maribel era castaño claro con reflejos de oro que peinaba hacia arriba, dejando al descubierto la nuca y las diminutas orejas. Maribel... ¡Ay, Maribel!

La encontré en el cine, viendo "Locura de amor". Al principio, en la oscuridad, no me di cuenta de quien tenía a mi lado, pero luego, un ligerísimo olor a romero me hizo fijar en ella. Mi vecina de localidad seguía atentamente, absorta, la peripecia de Aurora Bautista en el papel de la reina Juana, la infeliz mujer que enloqueció por celos amorosos. El fulgor plateado de la pantalla encendía y agrandaba sus ojos y aureoleaba su perfil. Me atrajo de tal manera que me hizo perder varias veces el hilo de la película, pero supuse que sería su madre la señora que ocupaba el asiento inmediato a ella y no me atreví a tocar su codo siquiera. Hasta que terminó la sesión y se encendieron las luces, no advirtió Maribel mi presencia. Me miró con los ojos humedecidos, sorprendida, y pasó por delante de mí sin rozarme. Entonces me di cuenta de que había venido sola al cine. Quise seguirla inmediatamente, pero se me negaron las piernas y tuve que contentarme con verla perderse entre la multitud que abandonaba la sala. Me quedé muy triste y contrariado y, durante el camino de vuelta a mi casa, fui lamentando mi poquedad. Aquella chica me recordaba a la de la escalera de la casa de doña Carmen, con la que, por timidez, nunca crucé una palabra, y a la que ya había perdido de vista mucho tiempo antes. Claro, yo era ya dependiente con sueldo en "Ultramarinos Ureña".

"Tengo que darte de alta, Enrique, no tengo más narices, por los del Sindicato, que me tienen fichado como desafecto", y era otro el chico de los recados. De toda la clientela del aprendizaje, sólo veía periódicamente a las criadas riojanas de los señores de Portillo, que se dejaban caer por la tienda para reclamar al señor Plácido el importe de sus sisas. "Aunque este mal el decirlo, son dos pendones, Enrique." Todas mis experiencias con mujeres se reducían a mi adoración por la niña de la escalera y a los achuchones y besuqueos de las riojanas y a mis excursiones visuales por los muslos de la Eufrosina. Yo sabía todo lo demás, hasta el completo, pero sólo de oídas, teóricamente. Tenía un concepto vago de la virginidad, que se trocó en tremebundo cuando se casó Eufrosina con su perito mercantil, pues Manolo, que aún andaba por el segundo de leyes, se encargó de ilustrarme sobre el tema el día de la boda. Estaba lamentablemente borracho, y así me cogió de un brazo e hizo un aparte. "¿A que no sabes por qué está tan pálido el novio? Pues por lo que le espera esta noche. Eufrosina tiene muchas ganas de tomate y está como una mula. Por eso, como él no vaya con un berbiquí..." El señor Plácido achacaba a las mujeres todas las desdichas de los hombres: "Si no fuera por lo que tienen... Y luego, ¿qué? Siempre el mismo programa. Dame dinero. No, hoy no estoy bien. Y engordan. Y no piensan mas que en sus hijos. Y termina uno por acostumbrarse a pagar la compra y todo lo demás, a bregar sin ganas por las noches y a estar copado toda la vida". Pese a esta información y a mi poca experiencia, más bien negativa, yo adoraba a las mujeres. Creía en ellas como criaturas misteriosas, limpias, delicadas, frágiles, dulces, imaginativas y desinteresadas, y con todos los encantos de la Naturaleza, sublimados. Yo era un romántico, y ahora lo comprendo. De ahí que la aparición casi irreal de Maribel me fascinase.

Desde aquella noche sitié discretamente el cine en

espera de volverla a ver. ¡Tardó sólo dos días. Sola. Más
atrayente. ¡Qué andares! ¡Qué manos! Yo me ahogaba.
Maribel compró un billete y entró. Hice lo mismo a toda
prisa y la seguí, pero la oscuridad de la sala y mi propio
aturdimiento, pues era un cine de sesión continua y
había comenzado el pase, me desorientaron. Las locali-
dades no estaban numeradas y, cuando quise colocarme
a su lado, vi que alguien se había adelantado a tomar
ambas posiciones laterales y tuve que continuar, entre
protestas y siseos de los demás espectadores, hasta dejarme caer en el primer asiento que encontré vacío.
"Tengo ya dieciocho años. Soy un hombre. Tranquilo",
me dije a mí mismo para serenarme. Varias veces, en
el transcurso de la proyección, adelanté el busto fin-
giendo atarme los cordones de los zapatos, pero, en
realidad, para lanzar ojeadas hacia el sitio donde ella
se había colocado. Pero no pude verla y la película fue
para mí un largo suplicio. Así que, cuando comprendí
que faltaba poco para que terminase, abandoné mi
asiento, no sin dejar una estela de rumores a mi espalda, atravesé el vestíbulo y volví a mi puesto de observación en la calle.

Aun fumando con deliberada parsimonia, los minutos pasaron con una lentitud martirizante. Terminé el
cigarrillo y encendí otro y en ese momento comenzaron
a salir los espectadores. En seguida apareció ella, andando lentamente y volviendo la cabeza de un lado a
otro. El grupo se desflecó rápidamente en todas direcciones y Maribel quedó un poco rezagada.

"Ahora o nunca. Vamos, Enrique, atrévete." Y eché

a andar tras ella, procurando guardar una mínima distancia entre los dos. "¿Qué le digo? ¿Y si se enfada? Entonces, ¿qué es lo que estoy haciendo? Tengo que decirle algo, que me gusta, que quisiera hablarle, que... ¡Dios mío!" Se había detenido. Yo me quedé inmóvil. Ella abrió el bolso. Se le cayó algo. Se agachó a recogerlo. "Soy un cobarde." Y tiré de mí. Me puse a su altura y la miré, sonriendo, creo que como un idiota. Estábamos parados al borde de la acera.

—Vamos —dijo ella de pronto—. Estamos haciendo el ridículo.

Su voz me pareció deliciosa y mucho más delicioso todavía el encontronazo de nuestros cuerpos al reanudar la marcha y cruzar la calle. No circulaban, a aquella hora, más que algunos taxis y los últimos tranvías en retirada. Al subir a la otra acera, me preguntó:

—¿Qué quieres?

¿Cómo contestarle si yo mismo ignoraba lo que quería? ¿Quién era yo? ¡Dios mío, qué ocasión! Y antes de que yo pudiera decir algo, algo, algo, qué sé yo, me miró a los ojos y me quedé mudo.

—Entonces, ¿por qué me sigues?

¿Por qué? ¿Por qué? Si estaba claro... ¿Por qué sigue un hombre a una mujer? Pues por eso mismo la seguía yo. Por eso mismo. ¿Qué? No me acuerdo de lo que le dije. Mi vocabulario para con las mujeres no tenía casi palabras. "Guapa. Me gustas. Tienes unos ojos que me pirrian. Te mueves como un junco, y al andar... Al andar, ¿qué? Vamos que estás estupenda, como un camión. Por ti iría yo a gatas hasta El Escorial. Si me dices que no, me apunto al Tercio…" Palabras y frases cogidas al vuelo aquí y allá. Tonterías. No me gustaban. Maribel merecía otra cosa. Creo que no dije nada.

—¿Cómo te llamas?

—Enrique.

—Yo, Maribel.

—Bonito nombre.

Eso sí se me escapó. Lo recuerdo muy bien porque me gastó la primera broma.

—¿Y si es mentira y me llamo Pascasia?

—En ti, también sería precioso.

—Vaya, vaya….·¿Tienes novia?

—No. Y tú, ¿tienes novio?

—¿Te importa?

—Sí.

—Vaya, vaya…

Empecé a sentirme más fuerte, más seguro. "Si no te ha mandado a la porra todavía es porque no le caes mal, muchacho."

—De manera que te gustaría saber que no tengo novio, ¿no es eso?

—Sí.

—Pues no lo tengo.

Le cogí una mano y se la estreché. "Esto se aclara. ¡Qué manos tan pequeñas, tan suaves…! Y me acordé de las manos gordas de las riojanas y de Eufrosina, y también de las manos enrojecidas y agrietadas de mi madre.

—Y si no tengo novio, ¿qué? Porque tú no dices nada.

Reuní mis fuerzas y me olvidé de todo. De mi miedo. De mi pequeñez. De mi pobreza. Del señor Plácido. De las riojanas y de Eufrosina. También de mi madre. Del mundo entero. No había más que la noche y Maribel y yo, solos, frente a frente. Maribel y yo, dos personas desconocidas entre sí que se encuentran después de andarse buscando toda la vida por caminos inciertos. La noche, muda, cálida, cobijo, cómplice, amiga, tentación... ¿Por qué nos sentimos más nosotros mismos por la noche? ¿Porque se borra todo en la oscuridad y quedan muy pocas cosas visibles a nuestro alrededor? Me gustaría saber qué cosa es el sueño, adónde vamos y qué vida es la nuestra mientras dormimos. Pero yo no tengo estudios y no lo sabré nunca. Aquella noche sentí el hormigueo de todas estas cosas por primera vez.

—Que quisiera estar siempre contigo —dije, sin pensarlo.

—Pues cógeme del brazo —dijo ella.

El contacto de su brazo desnudo y tibio me hizo temblar y fue como si entrara por mis venas un chorro de agua fría. Hasta el estómago se me apretó. Rompí a sudar. Y sentí sed.

—¿Quieres venir conmigo? —me preguntó.

—Sí —contesté.

—¿Adónde sea?

—Adonde sea.

—¿Quién crees que soy yo?

—Maribel.

—Bien dicho.

—¿Con qué te perfumas, Maribel?

—Con alcohol de romero. Lo hago yo misma. ¿Te gusta?

—Mucho.

Ya no me di cuenta por dónde íbamos, ni qué esquinas doblábamos, ni cuánto tiempo anduvimos por la calle. Sentía su cuerpo golpear ligeramente el mío al andar. Olía su piel. Me rozaba la cara su cabello cuando nos enfilaba el aire. No hablábamos. No sé lo que ella iría pensando. Yo quería pensar, pero se me escapaban los pensamientos. Lo único que deseaba entonces era que nuestro paseo no se acabase nunca.

—Bien, pues ya hemos llegado.

Yo permanecí callado. Ella abrió la puerta y dijo:

—Anda, pasa.

Vacilé. De nuevo era un chico tímido, medroso, desconcertado.

—Vamos —insistió ella con la voz y con el gesto.

—¿Y tus padres? —balbucí.

—No hay padres. Vivo con una señora. Se llama Charo. Ya la conocerás.

Entramos, y, de pronto, me agarró en la oscuridad y me dio un beso en la boca, largo, largo, húmedo, húmedo, resbaladizo, muy resbaladizo, tan resbaladizo que se me escapaba, como un pez vivo, entre los labios. Nunca me habían besado así. Porque aquello era, sin lugar a dudas, un beso, pero un beso diferente. Por eso me dejó paralizado y, cuando intenté corresponder, ya no pude hacerlo. Maribel se había escurrido y sólo pude abrazar la oscuridad. "¿Ha sido un sueño? ¿Será todo mentira? Pero, ¿dónde estoy?".

—Maribel, ¿dónde te has metido?

Entonces se encendió la luz del portal. Maribel estaba allí, mirándome, sonriendo. Una Maribel radiante que me sacó la lengua y contuvo con un gesto mi ademán de abrazarla. Después, se dirigió a la escalera. La seguí y, al llegar al primer piso, sacó otra llave del bolso y abrió una puerta.

—Despacio, sin hacer ruido —me recomendó.

Una discreta luz roja iluminaba tenuemente el pasillo alfombrado. Yo marchaba tras Maribel, pisando los dos de puntillas, sigilosamente, porque crujía la tarima. Otra puerta, luz y la habitación con una cama de matrimonio y otros muebles. Maribel dejó el bolso sobre una butaca y yo me detuve a los pies del gran lecho.

—Vuelvo en seguida —y desapareció tras una pequeña puerta.

Entonces creí comprender, Maribel era una... La palabra se me resistió. Sin embargo era cierto. Y ahora, ¿qué? Eché una ojeada al mobiliario y me pareció lujosísimo. Mis ojos se detuvieron en la gran luna del armario y me vi de cuerpo entero. Vi mi corbata negra, regalo del señor Plácido, mal anudada; la chaqueta de cuadros, crecedera; el pantalón ancho y pernicorto; los zapatos, agrietados y deslucidos... Y vi mi cara inexpresiva, de paleto, de pazguato... Y se me cayó el alma a los pies. "De verdad, de verdad, estoy hecho una birria." A todo esto, llegó hasta mis oídos el chapoteo del agua y me imaginé imprecisamente a Maribel dentro de una bañera. "Bueno, y ¿cómo le confieso que no hay en mi bolsillo más que siete pesetas, ni siquiera dos duros? Esta es una fulana de postín y debe costar por lo menos diez". Hubiera querido escapar, desaparecer, esfumarse, y en esas estaba cuando, con el pelo suelto hasta el hombro y enrollada en una toalla de colores, se presentó Maribel. Unos pasos antes de llegar a la cama dejó caer al suelo la toalla y quedó desnuda, desnuda, desnuda. ¡Qué frío me entró! Ella hizo un gesto de asombro al verme clavado como un poste en el mismo sitio en que me dejara, y se sonrió. Luego, bajó el embozo de la cama y se sentó en su borde. Y vuelta a mirarme, pero sin sonreír ya, fijamente, con los ojos empañados.

—¿Es que no te gusto?

Yo tenía que decir, que hacer algo. No iba a estar como un pasmarote frente a la primera muchacha que veía desnuda.

—Verás, es que...

Y se me cortó la palabra. Hubiera querido decirle que no tenía dinero y que, de haber sabido de qué se trataba, no... Pero, en realidad, lo que yo sentía era una tristeza pesada como el plomo; una tristeza honda, de desilusión, de pena, de rabia, y le hubiese preguntado que por qué, que por qué, que por qué. Claro ya no me parecía tan niña como en la calle. A pesar de las apariencias, era una mujer. "¡Señor, qué cosas! Entonces, ¿la colegiala de la escalera era también así? ¿Todas las muchachas eran así? ¿Dónde quedaban el misterio, la incertidumbre, el encanto?"

—Ven y siéntate a mi lado. Yo te desnudaré.

Eso sí que no, y me desnudé y me descalcé yo mismo rápidamente, tirando las prendas a voleo, como si me hubiera cogido una ventolera. Y me mostré desnudo, desnudo, desnudo, frente a ella. ¿Qué? Entonces Maribel se echó a rodar por la cama y quedó con los brazos tendidos hacia mí.

—Cariño, ¿vamos?

¿Cariño? La palabra me sacudió, como una bofetada. Era un desafío. Así lo comprendí y lo acepté. Pero cuando se me abrazó y tuve bajo mi mano la curva flexible de su espalda, sentí tanta vergüenza, más, mucha más que al oír mentir a mi madre por primera vez, y ya no pude contenerme. Lloré.

—Pobre, pobrecito mío...

Pero en las noches siguientes, una sí y otra no, fui hombre al completo. El cuerpo de Maribel me reveló todos los misterios y me enseñó todos los goces, incansablemente. No hacía falta que habláramos ni antes ni después de los arrebatos. Antes, por la locura; después, por la pereza. Supe así lo que es una mujer, que es mucho más de lo que yo me imaginaba, y también mucho menos. Es decir, otra cosa. Yo ya me entiendo.

La historia de Maribel es bien sencilla, por lo menos así me lo parece. Su familia de jornaleros del campo, huyó del pueblo de Extremadura, azuzada por el hambre y las privaciones y se vino a Madrid, al reclamo de un pariente que se anticipó al éxodo y que proporcionó a los nuevos emigrantes una chabola en Villaverde, chabola que le pagaron con el importe del borrico y los cuatro trastos que vendieron antes de partir. Su padre entró a trabajar como peón en unas obras y su hermano fue pronto uno de los golfos que operaban en el mercado de frutas y verduras de Legazpi. Ella se puso a servir. Duró poco tiempo en la primera casa, en la que siguió pasando hambre, unida a un despotismo insufrible y a unos emolumentos escasos e inseguros. "La señora se pasaba el día gritándome y llamándome zafia y muerta de hambre, así hasta que llegaba el primero de mes. Entonces se volvía muy suave, muy cariñosa, y me suplicaba, llorando, que tuviera un poco de paciencia porque a su marido tampoco le pagaban." Por suerte, simpatizó con el tendero y éste le recomendó una buena casa en la que necesitaban doncella. Pretendió el puesto y lo obtuvo. La nueva familia era mucho más señoril y complicada. Muebles ostentosos, alfombras, cortinajes, un despacho lleno de libros, cofia y delantal blancos, mucha etiqueta en las comidas, cubertería de plata, conversaciones incomprensibles, vida social de visiteos y tés con reverencias, y un sueldo de cuarenta duros mensuales, puntualmente pagado. El señor aparentaba unos cincuenta años, hombre serio, de pocas palabras, y éstas muy bien dichas, y siempre perdido en las altas nubes de sus pensamientos. "Evidentemente, querido amigo, la moral se deteriora. Se impone al análisis objetivo de la cuestión. España es un país emocional. Estoy contra el relativismo, excusa de mediocres y timoratos. La vida se basa en una sola afirmación: Dios." Se decía catedrático de no sé qué en la Universidad de Salamanca, pero la verdad era que sólo iba a aquella ciudad tres o cuatro días al año, retenido por sus asesorías en grandes empresas bilbaínas y catalanas con representación en Madrid. Se llamaba don Sixto. La señora, muy repolluda, muy blandengue, gallinácea, no sabía hablar de otra cosa que de sus antecedentes familiares: "Mi abuelo el general; mi padre, ministro plenipotenciario de primera clase", y de sus servicios durante la guerra al frente de un ropero de la Cruz Roja en San Sebastián. "Allí demostramos las personas que, por rango, no habíamos tenido nunca necesidad de trabajar, que éramos superiores hasta en eso cuando llegaba la ocasión." La señorita, Matildita, estudiaba Filosofía y Letras. Matildita estaba en relaciones con un futuro ingeniero de caminos. "Dice Roberto que lo que España necesita son técnicos más que otra cosa." "¡Qué horror, hija mía! ¿Qué te parece, Sixto?" "Pon otras palabras, María Elena: mecánicos y mercachifles. Es el signo de los tiempos: comprar y vender. Si lo sabré yo, que tengo que estar a las órdenes de tipos de esa clase que ni siquiera han leído el Quijote." "Tú no estás a las órdenes de nadie, Sixto." "Me pagan, María Elena, ¿te parece poco? En definitiva, filosofía de mercado, en la que el hombre, la dignidad y el talento son un toma y daca. Uno vende hierro y compra inteligencia y uno vende inteligencia para comprar hierro, ¿me comprendes? Es peor que la revolución, de revolver; es la nihilización, de nihil, nada." El señorito, Luis María, era un mal estudiante de leyes, que aprobaba merced a las recomendaciones de don Sixto. Un golfo fino, pero la única persona simpática de la tribu. "Mi madre es una aristócrata tronada y, además, menopáusica, ¿sabes lo que es eso Maribel?; mi hermana una cursi que sueña con los puentes que va a construir Roberto, un empollón cegato, capaz de confundir el muslo de una señora con un cilindro; y mi padre, un cachondón con la cabeza vacía. Pero ¿qué nos importa a nosotros mi familia, eh?" Había otra persona importante en la casa, Gregoria, la cocinera, traspasada a los señores, cuando se casaron, por los padres de doña María Elena. Su imperio absoluto estaba en la cocina, donde no toleraba injerencias de nadie, ni siquiera de la señora. No tenía más que una debilidad: Luis María. "He visto nacer y he criado a los dos, pero Luis María es mi predilecto." Y Luis María, consciente de esa flaqueza, frecuentaba su feudo y con sus arrumacos le sacaba golosinas y dinero. Así que cuando la golosina fue Maribel, Gregoria sirvió de tapadera. El chico llegó hasta besarla y abrazarla en su presencia, sin que la muchacha pudiese impedirlo, si bien es verdad que a ella no le disgustaba Luis María, sino todo lo contrario. Era su primer escarceo con un joven, con la agravante de que el joven sabía decir cosas muy bonitas con gracia y con una enternecedora ingenuidad. "Luis María es un sol, ¿no es cierto? Todas las chicas andan enamoradas de él y más de cuatro señoritangas darían cualquier cosa porque las achuchara como te achucha a ti." Gregoria le descubrió también algunos secretos de esos que se guardan en el arca familiar. La señora, doña María Elena, pertenecía a una gente de muchas campanillas, con parientes ricos en Vizcaya, y parientes muy poderosos en Andalucía, pero venida a menos, porque su padre despilfarró su fortuna en las casas de juego. En cambio, don Sixto, hijo de un vinatero de la Mancha, no tenía pergaminos, pero sí cuartos. A doña María Elena le gustaba un chico diplomático, otro calavera sin un real, pero sus padres le pusieron la proa. "Cómo sería la cosa que estuvieron a punto de fugarse a Francia los dos enamorados. Gracias a que el ministro y la ministra sorprendieron a su hija cuando intentaba escapar de casa con un hatillo de ropa en la mano, que, si no, vete tú a saber lo que hubiera sido de la señora. Por de pronto, no estarían en el mundo ni Matildita ni Luis María." Hubo, a consecuencia de ello, reprimendas, llantos, soponcios, enclaustración, vigilancia y mentiras para cubrir las apariencias, y, un año después, apareció en escena don Sixto, recién ganadas unas oposiciones a cátedra, tras los pagarés impagados del ministro plenipotenciario. "A la señora no le gustaba ni pizca el hijo del vinatero, aunque presumiese de catedrático, porque seguía siendo un don Nadie para ella. Pero el vinatero apretaba la soga y al fin no tuvo más remedio que ceder, por sus padres y por la honra de la familia, a cambio de los pagarés que importaban veinte mil duros. Vamos que se vendió, o la vendieron por veinte mil duros." A todo esto, Maribel se dejó llevar por el camino fácil, poco a poco, hasta caer en la trampa, primero en la alcoba de servicio, en ausencias no casuales, pero aparentemente casuales, de Gregoria, y, después, en la misma habitación de Luis María. Pero alguien vigilaba y una noche los sorprendió en plena locura de amor don Sixto. Bofetadas del padre al hijo y mañana te ajustaré las cuentas y tú vete a tu cuarto, desdichada, y prepara la maleta. A la mañana siguiente, Maribel fue citada al despacho lleno de libros con lomo de piel y tejuelos de oro. Doña María Elena apareció ojerosa, lacrimosa, doliente y reprochante. "¿Así nos pagas haberte recogido de la calle: seduciendo a nuestro hijo? La cabra tira al monte y no puede esperarse otra cosa. Lo que ocurre es que no escarmiento con los de tu clase y a veces me hago la ilusión de que sois personas como nosotros. Y está visto que no y que yo soy una ilusa." Don Sixto estaba en serio, en digno, en imponente, en catedrático, en pie. "Te voy a entregar ahora mismo a tus padres. Es mi deber. Ante todo, la responsabilidad. Eres menor de edad y no quiero que, al salir de mi casa, caigas en el arroyo. ¿Te parece bien, María Elena?" A la señora no le pareció ni bien ni mal. En aquel momento tenía bastante con enjugarse las lágrimas y sofocar los hipos. Pero don Sixto interpretó su actitud como afirmativa. "Y así, escoltada por don Sixto, salí de aquella casa para entrar en ésta. Yo ignoraba las intenciones de mi protector, pero me las explicó bien pronto sobre esta misma cama." Don Sixto cerró la puerta por dentro y se desnudó en un periquete. Ya no era el hombre grave, sabihondo y elocuente, sino un hombre en cueros, barrigudo, baboso, suplicante y hambriento, hambriento, hambriento, más hambriento que un perro hambriento. Mucho más. Maribel fue tomada en blanco, en el candor de la sorpresa, en el síncope del susto. "Desde que entraste en casa, puse los ojos en ti. Mi hijo es un imbécil, pero yo soy un maestro, ya lo verás." Y mientras se vestía, sudoroso, todavía jadeante, y se peinaba el bigote y los pocos pelos grises con que se cubría el cráneo, el hombre fue recobrando su imagen pública, como un actor cuando va a salir a escena. "Mi mujer es linfática e hiposensible, y me lo tiene prohibido porque no quiere más plebeyez en su sangre. Como verás, es también paranoica, ¿comprendes? Bueno, del importe de tu mensualidad he hecho depositaria a doña Charo a título de garantía por tu hospedaje. Esta es una casa muy seria, donde se reúnen alicuando algunos señores con sus amigas, discretamente, y doña Charo es una señora comprensiva, comprensiva, eso es. Aquí no hay más pupilas que tú y eso porque se trata de mí, uno de sus amigos de juventud. Evidente, ¿no? Pues bien, tú dices a tus padres que has cambiado de señores sencillamente y que ahora sirves a doña Charo, aunque, como es obvio, no la sirvas. Y no tienes por qué preocuparte de lo demás. Todos tus gastos corren de mi cuenta." Ya era otra vez él. Y se marchó. Según Maribel, le pagaba el hospedaje, la vestía y la calzaba muy moderadamente y le tenía asignadas doscientas pesetas al mes para que pudiera justificarse ante sus padres. Ni un céntimo ni un regalo más. "Sobre todo, ecuanimidad, prudencia y economía, chiquita." En resumidas cuentas, don Sixto disponía de una manceba de veinte años por el costo de una criada. Pero Maribel no era tan tonta como para no darse cuenta del sucio manejo de su protector. "No me gusta servir. Pero eso es una cosa y otra cosa es que me deje explotar por un tío aprovechado. Ya ves tú qué profesor... Si piensa que me convence con sus retóricas, va listo. Yo tengo un precio más alto, cariño. Y ese precio eres tú."

Algo debió advertir el señor Plácido en mí, porque me dijo:

—Tú estás encelado, muchacho.

Me hice el sordo y no le contesté, pero él siguió hablando, hablando, dale que te pego, de las desgracias que ocasionan las mujeres en la vida de los hombres. "Ya sé que, a los cuarenta años, te cases o no te cases, te ha de pesar. Por eso casi todos hacemos, al fin, la prueba. Si es así, vamos a ver qué pasa, ¿no? Pero tú no tienes cuarenta años, Enrique. Ni siquiera veinte." Para el señor Plácido, lo más conveniente y sagaz era dejar transcurrir todo el tiempo posible sin comprometerse. Si uno ha de caer en el matrimonio, que eso suceda cuando ya sepa uno nadar, por lo menos. "¿No ves que se agarran a los pies y te hunden? Ahora, eso sí, pica aquí y allá, todo lo que puedas, que eso te llevas por delante, pero guardando la ropa." Andaba por entonces muy indignado todavía con el viaje de Eva Perón a España. "¿Qué se le había perdido a esa señora aquí? Mira, las mujeres, con tal de montarse encima de los hombres, son capaces de cualquier cosa. Si yo fuese argentino, me sentiría avergonzado de que gobernase mi país una mujer, por muy rubia y muy guapa que fuese. Anda, que el papel de su marido... Ahora, muchas mujeres van a querer pintar tanto como la Perona. ¡Lo que faltaba! Claro, la mía ya sabe, la tengo bien domada, que por ese camino no hay nada que hacer." Y volvía sobre lo mismo con cualquier pretexto.

—¿Qué, cómo va tu asunto de faldas? Estás más flaco. Por ahí se empieza. ¿Y sabes cómo se acaba? Pues en la Vicaría, con un encargo de seis meses, o en el Dispensario, con un gálico de garabatillo.

Pero yo no soltaba prenda y las enfermedades de mujeres, de las que había oído contar tantas cosas terroríficas, no me preocupaban, porque Maribel, al fin y al cabo, no era una profesional y por la cuenta que le tenía a don Sixto que la muchacha estuviese limpia. Y era mi actitud reservada lo que le hacía buscar el desquite en la Eva Perón o en los barcos de trigo que ella nos regaló y que se perdieron en el camino. Este escándalo era el tema de las reuniones nocturnas con sus amigos en la trastienda. "¡Cambien de rumbo y vaya a descargar a Marsella! ¿Quién lo manda? ¡Yo! ¿Y quién es usted? ¡Pérez! ¡Ah, pues mandándolo Pérez, no hay más que hablar!" Y se carcajeaban. Era su único consuelo después de fallarles todos los cálculos sobre la duración del régimen político: "Ni un verano más. Para Navidades, novedades", y discutían si la traición era de las democracias o de Stalin. "¿Por qué Stalin no declaró la guerra a España, eh? La verdad es que cada uno ha ido a lo suyo y que, entre unos y otros, nos han dejado en el pozo." "Por eso hay que radicalizarse, Plácido. Te convencerás de que don Diego no vale." "Ahí tienes a los exiliados, tirándose los trastos a la cabeza y poniéndose verdes en lugar de unirse y luchar como un solo hombre." Una noche, el señor Plácido resumió en pocas palabras el estado de la cuestión. "Hemos hecho todo lo que hemos podido. De ahora en adelante, les toca la vez a los jóvenes como Enrique. Se trata de su porvenir, ¿no? Pues que aprieten. A nosotros no nos queda más alternativa que ganar dinero."

—Eso no es fácil.

—Hombre, claro que no. De lo contrario, ni ricos podríamos ser para sacarnos la espina. Pero es lo único para lo que no te exigen avales políticos ni te preguntan en qué zona estuviste durante la guerra. El dinero no tiene color y con él en la mano se te abren todas las puertas. Así que...

Y a mí, todo aquello me sonaba a monserga. Aquellos hombres, mi jefe y sus amigos, y otros muchos, yo creo que todos los de su edad, unos por haber ganado y otros por haber perdido, seguían con su pleito a cuestas como si no hubiese otras cosas de que ocuparse. Yo no pensaba que el señor Plácido y sus compañeros no tuviesen razón, pero sí que eran culpables de lo que les ocurría y que sus lamentaciones en la trastienda no llegaban a ninguna parte. ¿Qué hacían para remediarlo? Nada. Sólo hablar, esperando que otros les sacasen las castañas del fuego. Yo también tenía mis problemas, ¿y quién me echaba una mano? Nadie. Tan sólo el señor Eladio nos ayudó en el peor momento, para morir después en la cárcel, abandonado, sin más pago que la compasión y el agradecimiento de mi madre. La vida me estaba enseñando que una cosa son las palabras y otras muy distintas los hechos. ¿Es que no es posible olvidar las palabras, palabras, palabras, y prestar más atención a los sentimientos? ¿Por qué los hombres, cuando actúan, son tan diferentes de cuando piensan? ¿Qué es lo que pasa? Años más tarde me lo diría Victoriano, el barbero. "Porque los hombres no son dueños de sí mismos. Siempre están encadenados a algo. Hasta los que nos parecen buenos y obran como tales, se deben a otros motivos, como los malos son malos porque les gusta hacer el mal y que les teman. Es más cómodo ser bueno que malo, de eso no cabe duda. Pero cuántas veces el bueno querría ser malo, pero no se atreve a tirar los trastes, porque supondría un gran esfuerzo y perdería la fama que tiene y que a él tanto le interesa conservar. Y lo mismo les ocurre a los malos, que también se cansan de ir siempre a contrapalo, enfrentándose a todo, pero que no tienen más remedio que seguir así, si no quieren perder el dominio y que a la postre se rían de ellos los demás. Y fíjate en esto: a veces los buenos nos arrastran a la locura y al desastre, mientras que los malos pueden producir bienes al hombre obligando a éste a oponerse a su maldad. Contra soberbia, humildad, contra ira, paciencia, etcétera. El bueno que se cree bueno es tan insoportable como el que ejerce de malo. Para mí la virtud consiste en hacerse soportable. En soportarnos, compadecernos y ayudarnos. Pero eso no se cotiza, amigo, y por consiguiente, no le interesa a nadie, ¿comprendes?" Yo no sé si Victoriano se explicaba bien, si tenía o no razón, pero venía a decir, poco más o menos, lo que yo pensaba aunque no fuese capaz de decirlo por mi cuenta. Pero yo era aún muy joven y no conocía a Victoriano. Entonces sólo me preocupaban Maribel y mi madre. Al día siguiente de estar con Maribel, me sentía triste, arrepentido, asqueado, y sin ganas de volver con ella. Le tocaba el turno a don Sixto y me la imaginaba retozando con él, sobada por él, manchada por él, llenos sus ojos azules por la imagen asquerosa de él. "Si vieras cómo se arrastra, Enrique; cómo me supiica y hasta llora... Porque yo le desprecio, y se lo digo, y le insulto, y me río cuando le tiembla la barriga. Quiere que le llame amor mío, tontito, y ¿sabes lo que le llamo? Rascayú. Le tiro del bigote, le cuento los pelos de la calva, le agarro la nariz con los dedos de los pies y, cuando está más deseoso, le digo que es una birria y que tú sí que estás bueno, como para comerte. También le paro para preguntarle que por qué se casó con una pavitonta y me contesta, ¿sabes lo que me contesta?, pues que se casó con la imbécil de su mujer, una plancha de tocino muerto, porque de qué valía tener dinero y ser catedrático con un padre vinatero, destripaterrones, burro de carga, zafio y oliendo a sudor de mula; que se casó con ella, aunque sabía lo de su desvirgamiento por el diplomático, quien se lo hizo saber por carta cuando empezó su noviazgo, porque quería emparentar con gente de cuna para presumir, para vengarse de algunos compañeros de carrera que siempre le preguntaban por qué no había estudiado Veterinaria, que era lo suyo, y también para dejar a su descendencia pergaminos, dinero y cultura, porque él es muy ambicioso. Eso dice él, que es ambicioso, pero yo creo que lo dice para disimular lo cerdo que es. Cabrón, cabrón, cabrón. Por eso, cuando me echó en cara por primera vez que me mantiene, le preguntó que qué había hecho con la carta del diplomático sobre la deshonra de su mujer y el muy bastardo me contestó que se la recuerda a su mujer cuando le reprocha sus líos de faldas y a sus suegros y cuñados cada vez que le piden dinero. Todos hieden, ya lo ves, Enrique, todos son iguales, aunque luego se las den de esto y de lo otro. Así que tú y yo, a lo nuestro, no te preocupes, cariño mío, que a ti sí te lo digo porque es de verdad." Sin embargo, la veía con don Sixto, por las buenas o por las malas, a gusto o a disgusto, y eso me provocaba las hieles. Hubiese preferido no conocerla, no habérmela encontrado nunca y andar todavía por ahí ignorante y despistado, a ciegas, como quien dice, o desaparecer y marcharme muy lejos, a esos otros países donde quizá la vida fuese de otra manera, como en las películas, como en las canciones, como en las historias que de niño me contaba mi madre, tan bonitas. "Mañana no voy. Mañana no voy. Ya no iré más a verla." Pero al llegar la tarde, no sé qué me ocurría, algo misterioso que cambiaba el color de mis pensamientos y de mis deseos. El estómago se me apretaba y sentía calambres en todo el cuerpo, y angustia y desazón. Se me turbaba la vista, me faltaba el aire y me confundía en mi trabajo. Mi jefe, observándome de reojo, me soltaba alguna que otra pulla. "Estás alobado. No das pie con bolo, muchacho. Mira lo que haces, hombre, mira lo que haces." Así hasta que cerrábamos. Yo ya no podía más y echaba a correr, fuera de mí, en busca de Maribel, temiendo siempre no encontrarla. Pero ella es-

taba allí, esperándome. Entonces olvidaba mis escrúpulos, mi vergüenza, mis dudas y mi tormento. ¡Qué
Maribel floreal, qué sonriente, qué cariñosa, qué irresistible, qué sumisa, qué cielo, qué luz, qué aire perfumado, qué fuego, qué vida, qué muerte, Dios mío! "Te quiero, Enrique, y quisiera morir así, en tus brazos." Y su
cuerpo se me desmayaba en las manos como si lo des-
hojase mi aliento. Y cerraba los ojos como si agonizara;
sus ojos de un azul como no he visto otro azul tan azul
en mi vida... ¡Ay, Maribel! Todavía te tengo ante mis
ojos como entonces, ¡todavía!

Mi madre perdía salud y adelgazaba. Su hermosura
de otro tiempo, su hermosura morena de hogaza caliente, su hermosura de mediodía estival, se había ido agos-
tando poco a poco y ya mi madre no era más que la
sombra pálida de aquella mujer que una noche llegara
a la estación de Atocha con un niño de la mano, abriéndose camino entre el deseo ululante de los hombres. La
veía poco, apenas un momento, por las mañanas, mientras me comía en pie el desayuno, antes de salir para
el trabajo, y otro momento por las noches en que me
tocaba descansar, pues cuando volvía de estar con
Maribel, era ya muy tarde y entonces sólo oía su voz
desde la cama:

—¿Eres tú, Enrique?

—Sí.

—¡Cuánto has tardado, hijo!

Sin embargo, un día, de pronto, me di cuenta de su
transformación y me alarmé.

—¿Qué te pasa, madre?

114

—Nada. ¿Por qué?

—Te encuentro muy desmejorada.

—Es que me voy haciendo vieja, tonto.

Y cambiaba de conversación o, a veces, era ella la que me preguntaba a mí.

—¿Dónde andas metido hasta tan tarde algunas noches?

—En la tienda, preparando pedidos.

—¿Una noche sí y otra no?

—Claro. Prefiero trabajar de una vez todo lo que sea preciso a pringar un poco todas las noches y no descansar a gusto nunca.

Pero una madrugada de las de Maribel, la encontré en la cocina, pálida, casi exangüe, apagados los ojos y trémula. Corrí a abrazarla, muy asustado, y ya no pudo excusarse.

—Tuve un mareo en el wáter y me dio miedo acostarme y dormirme.

Y me explicó lo de las reglas menstruales. A ella se le había adelantado la retirada y por eso sufría algunos trastornos: sequedad absoluta o grandes hemorragias súbitas o persistentes y débiles derrames.

—Lo que he tenido esta noche ha sido una de esas hemorragias. Son achaques de mujer. Así que no tienes por qué preocuparte.

Lo di por bueno, y la acompañé hasta la cama, prometiéndole ir a verla de cuando en cuando, por si se presentase alguna novedad. Pero me había olfateado por el camino y me preguntó:

—¿Andas en amores, Enrique?

Comprendí que sería inútil tratar de engañarla y, por otra parte, me repugnaba íntimamente mentirle.

—Sí.

—Supongo que será honrada. Es lo único que me importa, y que sea pobre para que nunca pueda echarte en cara su dinero, que te compró. Tu padre y yo éramos igualmente pobres. Por eso, jamás se terció el dinero entre nosotros. Sigue mi consejo: pobre y honrada.

—Claro, claro.

—¿Sabes? Me gustaría verte pronto casado.

—¡Huy, madre! El señor Plácido dice que cuando más tarde llegue eso, mejor.

—¡Pero yo no soy el señor Plácido, hijo! Soy una madre que no tiene más que a ti y tú eres un hijo que no tiene más que a tu madre. Demasiado solos los dos, demasiado solos. Si, Dios no lo quiera, faltáramos de pronto uno de los dos, ¿qué sería del otro? Ya sé que es hablar por hablar, pero...

La tristeza de sus palabras me encogió el corazón.

—No digas esas cosas. Cuando cumpla el servicio militar hablaremos de ello, ¿eh?

—Precisamente, el que tengas todavía el servicio militar por delante es lo que más me impacienta.

Cuando le conté a Maribel esta conversación mía con mi madre, se apagó la luz de sus ojos y sonrió apenas, tristemente. "Pobre mujer. Si supiera..." Me arrepentí de habérselo dicho y quise hacérselo olvidar, pero inútilmente. "Ella no sabe que soy más vieja que tú y que..." Maribel se había puesto frente a sí misma, encontrándose con una mujer muy diferente de la que le

116

hubiera gustado ser para mí en aquel momento y siempre. "Maribel, todas estas cosas son bobadas de madre. Yo no tengo oficio ni beneficio ni edad para pensar en casarme ahora ni en muchos años." Estábamos acostados boca arriba, desnudos. Yo veía sus largas piernas y los dedos de sus pies. "Pero, ¿tú te casarías conmigo, Enrique?" ¿Mentir, mentir, mentir? ¡No! Despreciaba especialmente a las personas embusteras como el señor Plácido, como don Saturio, como tantas otras. Mentir era, a mi juicio, negarse a sí mismo. No como san Pedro negó a Cristo, sino mucho peor, como si Cristo le hubiera dicho a Poncio Pilato que él no era él, el Cristo, sino un loco, un idiota, un inocente. Todavía sigo pensando que la mentira es el peor vicio y la mayor cobardía de los hombres. No quiero decir con esto que yo no haya mentido alguna vez, demasiadas; quiero decir lo que digo y nada más, caiga quien caiga y pese a quien pese. "Creo que no me casaré nunca, Maribel..." Pesaba mucho el aire de la alcoba sobre nosotros, y pesaban mucho también el silencio, la calma de la sangre y, sobre todo, la tristeza de los pensamientos. "¿Que no te vas a casar nunca? ¿Por qué?" Difícil de explicar, como todo aquello que no se ha visto y se desconoce. "Porque no quiero ver cómo se hunden cosas. Porque no quiero sujetarme a nada por la fuerza. Porque quiero ver mundo. Porque no quiero temer al hambre, al cansancio ni a la miseria." De pronto, Maribel rompió a reír, levantó las piernas y las echó hacia atrás como si fuera a dar una voltereta, pero las mantuvo en alto, y, luego, se volcó sobre mí, cascada espumosa de

117

mujer gorjeante, cosquilleante, flameante. "¡Enrique, pero si eres más viejo que yo! Igual que mi padre. Cuando pasábamos tanta hambre en el pueblo, decía que ojalá no se hubiese casado nunca, que estaría ya en América o en el fin del mundo y tal vez sería rico y, si no, que por lo menos no tendría que llevar a nadie a cuestas." Jugueteamos, corrimos por la habitación persiguiéndonos, pellizcándonos... Ella fue la primera en cansarse y en recobrar el dominio de sí misma. "Se me olvidaba decirte que la próxima vez conocerás a Sixto." Lo tomé a broma, ella no insistió y no volví a recordarlo. Pero así fue. Cuando entré en la habitación, Maribel yacía desnuda sobre la cama, abierta de piernas, con los brazos en cruz. Nunca me había recibido antes así y me extrañó, incluso me dolió y me avergonzó. Y no tuve tiempo de decir una sola palabra, porque Maribel se me adelantó a hacerme una seña para que callase, y llamó:

—¡Rascayú!

—¿Qué, nena? —preguntó una voz de hombre ridículamente dulcificada, desde el cuarto de baño.

—Que ya está aquí Enrique. Sal.

Entonces apareció un hombre cuya facha correspondía a la imagen que las descripciones de Maribel me habían hecho formar del Sixto. Alto, corpulento, con bigote, medio calvo, pomposo y profesoral. Terminó de ajustarse y abotonarse la chaqueta, sin sorprenderse por encontrarme allí, mirándome de arriba abajo y sonriendo provocativamente. Yo, la verdad, me temí lo peor, y me preparé para la pelea inevitable. Era mucho más fuerte que yo, pero también mucho más torpe y eso me concedía algunas probabilidades de salir con bien del apuro. Por si acaso, me aseguré de que estaba sobre el tocador la larga y puntiaguada lima de las uñas de Maribel. El problema consistía en evitar que me atrapase y en esquivar el primer puñetazo. "Y si la cosa se pone mal, le clavo la lima en el bandullo."

—¿Conque es usted, joven, el amigo de Maribel, eh? —dijo en cambio, cachazudamente.

—Sí.

—Dependiente de ultramarinos, creo, hortera de los de sabañones en las manos, ¿no es eso? —No contesté y el tipo siguió diciendo—: Pues vamos al garbanzo de la cuestión —y volvió a clavarme los alfileres de su sonrisa.

—Se va usted a la mierda —le dije yo, en vez de "su puta madre" o "es usted un cabrón".

Maribel, al oír mi respuesta, dio un brinco en cuclillas sobre la cama.

—Bien dicho, Enrique.

—Vaya, vaya —dijo el Sixto—. Veo que se produce usted con arreglo a su clase y a su escuela. Pero eso importa poco en este momento —hizo una pausa, brindó el toro a Maribel con una mirada y después me preguntó—: ¿Le gusta a usted Maribel, verdad?

—¿Y a usted?

—Por eso la tengo y la mantengo, jovencito.

—Y a mí, ¿qué? Yo sólo me acuesto con ella y en paz.

—¡Muy bien dicho! —exclamó Maribel palmoteando—. ¡Vamos, Rascayú!

—Congruente, muy congruente, sí, señor. Veo que también es usted un joven congruente y categórico. Pero siento decirle que se olvida usted de una cosa y es de que puedo aplastarle cuando quiera.

—Pues pruebe.

Creí que se iba a arrancar y aguanté sin moverme. Pero no. Espumó una sonrisa, esta vez como de pompas de jabón, y dijo:

—No, hombre, no tema. No soy un hortera para pelearme con usted a mamporros. Soy catedrático, una eminencia en Derecho, un abogado de fama. Y aquí estamos en un pleito, jovencito, y no en un reñidero de gallos. Para que lo entienda, es como si hubiese una herencia para los dos, que no se puede dividir, ¿comprende? ¿Se acuerda usted del juicio de Salomón? ¿No? Pues ahora no puedo explicárselo. ¿O sí? En este caso, usted comprenderá que no procede partir el cuerpo de Maribel en dos mitades. Sería matemático, pero no jurídico, una fórmula impracticable por lo tanto. Pero existe otra fórmula lícita y equitativa. Usted renuncia y yo obtengo el pleno dominio de la res litigiosa mediante la adecuada indemnización. Y fin.

Yo oía todo aquel galimatías sin entender una palabra y sin saber si estaba soñando, viendo una película o siendo víctima de un pitorreo. Yo hubiese preferido las bofetadas, pero el tío aquel no se arrancaba ni a la de tres.

—¿Ves? Completamente estólido —y se volvió después a mí—: Con otras palabras, ¿cuánto quiere usted por dejar en paz a esta señorita?

—¿Qué dice? —porque quería hacerme el tonto.

—Que cuánto dinero quiere por no acercarse más a Maribel.

—Nada.

—Entonces, ¿la deja gratis?

—No.

—¿Lo ves? —gritó Maribel—. Ya te dije que Enrique no es de esos.

Pero el Sixto insistió como si no lo hubiese oído.

—¿Mil pesetas? ¿Dos mil? ¿Mil duros? ¿Sabe lo que son mil duros?

Denegué con la cabeza y, en medio de su estupefacción, dije:

—¿No se ha enterado todavía de que no me importa el dinero? Por ese camino no ganará usted el pleito.

Le vi desconcertarse, dirigir la mirada de un lado a otro como buscando algo a que asirse, pero sólo encontró dos pares de ojos, unos azules, muy azules, y los otros, no sé, quizá plomizos, que le miraban fríamente a la espera de su decisión. Él mismo se había metido en un atolladero y no encontraba la forma de salir de él. Y recurrió a lo de todos: a sacar un cigarrillo y prenderle fuego para ver si entretanto se le ocurría alguna buena solución. Pero no se le ocurrió nada. Su lección había sido un fracaso y no se sabía la siguiente. Pero tuvo tiempo de echar cuentas.

—¿Y si le diera dos mil duros?

Siguió un silencio que yo prolongué adrede para tener en un hilo al Sixto y a Maribel. Y, al fin, mi respuesta fue quitarme la chaqueta. ¿Qué iba a pasar? Ambos me miraban atentamente. ¿Me tiraría al cuello del hombre? ¿Era eso lo que temía él, porque dio un paso atrás? ¿O era lo que ella deseaba, porque se enderezó hasta quedar de rodillas? Tiré la chaqueta y empecé a desabrocharme el pantalón. Entonces, el Sixto bajó la cabeza y salió de la alcoba dando un portazo. Estallaron luego nuestras risas mezcladas con besos escandalosos. "Te has portado como yo quería, como un tío de verdad." Pero yo estaba furioso contra el Sixto, contra Maribel y contra mí mismo. Me asqueaba todo aquello. Era algo que no se podía hacer, que una mujer no debió consentir nunca. Y el asco se me convirtió en ira, en una ira ciega, de sangre, y le di una bofetada a Maribel. "¡Puta!" Ella abrió muchos los ojos, espantada, y se le rompieron las lágrimas, pero se agarró a mí fuertemente, desesperadamente, enloquecida, y me besó, me mordió, y fue mía llorando, riendo y gritando.

—¿Cuáles serán las intenciones de ese cabestro? —le pregunté, ya en calma.

—Aguantar. ¿Qué otra cosa puede hacer?

No sé si Maribel conocía las intenciones del Sixto o no. Tampoco sé lo que Maribel buscaba. ¡Cómo son las mujeres, amigo mío! Luego, con los años, he sabido que son medio putas y medio ángeles, mitad por mitad barro y agua clara, y que depende de algo que ellas desconocen el que sean unas veces una cosa y otras veces la contraria. Así era Maribel. Y digo yo: ¿no somos así también los hombres? Cuando dos días después fui a visitarla, ya no la encontré y no he vuelto a verla jamás.

—Don Sixto cortó el chorro. ¿Qué podía hacer ella en ese trance? Póngase en su caso, joven —me dijo doña Charo ante la alcoba vacía.

Pasé unas semanas entre la vida y la muerte, viviendo por falta de valor para quitarme la vida, pero muriendo por dentro como un cobarde, miserablemente. Mi madre, que adivinó mi sufrimiento, trató de consolarme a su manera, ignorante de lo que es una locura como la mía, cómo podía ella saberlo. "Una mujer que entretiene a un hombre a esas horas, no puede ser buena, hijo. No te preocupes. Conocerás a otras mujeres, muchas mujeres, y tendrás la que quieras, como Dios manda, ya lo verás." Yo comprendí la razón de mi madre, porque ella era un ángel y agua clara, pero yo estaba envenenado y sabía que hasta que se me limpiara la sangre, si ello era posible, que pensaba que no, no podría vivir tranquilo ni mirar a ninguna otra mujer. Y como la vida no se acaba cuando uno quiere, viví.

Las navidades de aquel año no las olvidaré nunca. Trabajé en la tienda hasta el aniquilamiento, hasta asustar al señor Plácido: "Muchacho, que te vas a matar. Olvídala ya, que no vale tanto como tú", porque era el único modo de librarme de las visiones que me perseguían, de las visiones de Maribel desnuda, mirándome, riendo, ofreciéndoseme... La odiaba, creo que la odiaba, pero no podía con ella. Volvía a casa por las noches deshecho, insensible, sin más ilusión que la de dormir, y caía en la cama como una piedra. Apenas entendía las

cosas que mi madre me decía al verme llegar así, tan
agotado. Sólo algunas frases, que pasaban por encima
de mí como una niebla huidiza. "Don Saturio... Ahora,
por las mañanas, se detiene al pie de la escalera y grita... ¿Qué postres quieres que te traiga hoy, Gerarda?
¿Helados, pasteles, tarta? Su mujer sale al rellano, vestida con un quimono de seda a colorines, fumando un
cigarrillo en una larga boquilla de marfil... ¡Helado de
fresa, Saturio!... Dicen que don Saturio lleva eso de las
divisas en su Banco..."

La víspera de nochebuena volví de madrugada, moli-
do, casi muerto de cansancio, y me encontré el cuchitril atestado de grandes cestas de navidad, repletas de
jamones, golosinas y licores de marca, de las primeras
firmas comerciales de la ciudad. Miré las tarjetas. Todas iban dirigidas a don Saturio Dodero. ¿Qué hacían
allí? O no cabían ya en el piso de don Saturio más agui-
naldos, o las había recogido mi madre a última hora.
De cualquier manera, aquella ostentación provocativa
pregonaba la desvergüenza del gallego. ¡Qué asco! Apa-
gué la luz del cuchitril y entré en la cocina para tomarme el vaso de leche de todas las noches y me extrañó
no oír la voz de mi madre. No sé por qué dio un fuerte
aletazo mi corazón. La llamé y no me respondió. Entonces, con una garra dentro que me oprimía dolorosamente, me asomé a la alcoba. Allí estaba el bulto de su cuerpo sobre la cama, pero no oí su respiración, y encendí
la luz. Mi madre yacía boca arriba, con los ojos y la
boca abiertos... "¡Madre!" ¡Qué olor a sangre! ¡Qué
mareo de sangre! ¡Qué horror de sábanas y colchón

124

empapados en sangre! ¡Qué espantosos gritos míos! ¡Y qué de rostros asustados a mi alrededor! "Salga de ahí. Un médico, pronto."

—Cáncer de útero —dicen que dijo el médico.

Se la llevaron a la tarde siguiente. Toda la ciudad se preparaba para la fiesta de la alegría. Ya circulaban borrachos y cantores con panderos por las aceras, a pesar de que lloviznaba nieve. Como "Ultramarinos Ureña" no pudo cerrar aquella tarde, fui solo al cementerio. Solo.

V

—¿QUÉ, LE DOY un toque al pelo?

Es la voz de Victoriano. Paso los dedos por mis cabellos cortos, en forma de cepillo, a la parisién, y le contesto:

—Sí. Arréglame el cuello y las patillas, pero poco.

Me gusta llevar el pelo largo, porque se ondula y me cae muy bien, según me han dicho las mujeres que he tratado. "Te hace una cabeza muy interesante, Enrique." Siempre que, por cualquier circunstancia, he tenido que sacrificarlo, me he sentido después ridículo, mutilado, menos yo. También me he visto más feo. No es que presuma de guapo, pero sí de tener un aquel especial, y es el pelo, sin duda, el que me lo presta. Por eso me llevé tan gran disgusto el día en que me metieron la máquina del cero por la frente y me la sacaron por el cogote, en la barbería del cuartel, siendo recluta. No ignoraba lo que le iba a ocurrir a mi pelo, lo sabía, pero hasta que tuve frente a mí, en el espejo,

aquella cabeza monda y lironda que era la mía, no pude
ni sospechar siquiera la transformación que se sufre
con ello, a peor naturalmente, tan a peor que no sabe
uno si echarse a reír o a llorar. Porque no es lo mismo
ver a un prójimo antes y después de la tonsura, y rego-
cijarse con ello, aunque sin mala intención, que verse
uno mismo en esa facha. Creo que es una de las mayores humillaciones que nos pueden inferir. Como es obvio, soporté la prueba sin rechistar. Ya nos había leído
la lección un cabo a los reclutas en nuestra primera mañana de cuartel. "Cuando se entra aquí, se cuelgan los
tales y los cuales en la puerta." Por lo demás, la mili no
fue para mí demasiado gravosa. A los dos días de morir
mi madre tuve que desalojar la portería e irme a dormir a la trastienda de "Ultramarinos Ureña". Fueron
dos largos años en que viví tristemente, sin ganas de
amigos y diversiones, casi como un ermitaño. Gracias
a que un día se me ocurrió una nueva idea, nueva para
mí, pero muy vieja, me supongo, en el mundo. ¿Por qué
no probar a leer? Mi jefe, que no leía más que el perió-
dico, en la cama, media hora antes de dormirse, repetía,
entre otros adagios, que "hombre que no lee, hombre
que no vive". Bien. Pero, ¿por dónde empezar? Pasaron
semanas, meses, sin decidirme. Entretanto, pensaba que
no podía ni debía resignarme a ser dependiente de ultramarinos toda mi vida. Odiaba el oficio. Robar para
otro, aunque lo llamáramos deducir, decir que sí a todo
el mundo, pedir perdón por nada, sonreír siempre,
trabajar sin plazo fijo, no tener más programa que los
precios, las marcas, las mermas, las sustituciones,

los pesos y las mezclas, y, sobre todo, estar encerrado continuamente en el mismo círculo, me daba miedo y asco. Las tardes de los lunes eran, reglamentariamente, mi tiempo libre. Al principio de mi orfandad, no hacía uso de mi derecho y seguía trabajando como un martes cualquiera. Pero, un lunes, con disgusto del señor Plácido, aunque no me dijo nada, que dejó traslucir en un gesto de su boca perruna, me fui de paseo, y, como todo es empezar, desde entonces repetí la suerte cada semana. Me dio por ir al Retiro, sentarme en un banco y pasarme así las horas, gozoso de mi aislamiento, de ser dueño de mí y de mi tiempo, de estar a solas con mis recuerdos y mis esperanzas. Más tarde, amplié mis excursiones por las calles del barrio de Salamanca. A medio paseo entraba en una cafetería y pedía café café, porque si no, te servían un mejunje de café y cebada, con más gusto a lo segundo que a lo primero; y, sentado a una mesa, solo, absorbida mi atención por el trajín de la gente que entraba y salía, chicas reidoras, mujeres lozanas y otras maduras, pero aún de buen ver, y hombres de todos los tipos y edades, buscando algo unas y otros, besándose las parejas en los rincones, me consideraba por algún tiempo partícipe de una vida mucho más vivible, mucho más apetitosa, siquiera mucho menos mezquina y oscura, que la de los restantes días de la semana. Algunas tardes las mataba en el cine, entreverando la vida real y la imaginada, la verdad y la mentira, contento por hallarme fuera del círculo de "Ultramarinos Ureña", más prósperos estos cada año por acumulación de mayores cicaterías, pero cuyo único detalle romántico desapareció con la ausencia de los soñadores contertulios del señor Plácido, extenuados por las desilusiones o quizás atraídos por otras tácticas menos contemplativas. En mis vagabundeos por la calle de Goya me había detenido más de una vez ante el escaparate de la librería "Aguilar". Entre tantos títulos y autores, absolutamente desconocidos para mí, se extraviaba mi imaginación como en un laberinto. Por otra parte, me sentía intimidado por las anaquelerías repletas de volúmenes y el talante de superioridad de dependientes y compradores. Con relación a "Ultramarinos Ureña", aquel comercio de libros pertenecía a un mundo diferente y estaba destinado a personas de muy superior categoría. Otras tantas veces estuve a punto de entrar para comprar un libro, ¿cuál?, pero me lo impedía el miedo al ridículo, a que los dependientes se riesen de mí, y otras tantas veces también desistí, avergonzado de mi ignorancia. Pero la tentación era muy fuerte y llegó el día en que se sobrepuso a mi timidez. El dependiente, solícito, en vez de reírse me preguntó:

—¿Qué desea?

El azoramiento me secó la boca y me nubló la mente. Ya sólo deseaba salir corriendo, huir, antes de que estallasen las carcajadas, pero ni eso pude hacer. El dependiente, muy experimentado, sin duda, en su oficio, no pareció extrañarse. Por el contrario, me sonrió amablemente y siguió diciendo:

—¿Literatura, historia, ensayo, poesía, libros técnicos? —esperó unos segundos y añadió—: Tenemos una magnífica colección de biografías que se venden mucho.

Y me lancé por ahí, a ciegas:

—Biografías.

—Muy bien.

Seguidamente puso ante mis ojos varios volúmenes con títulos como "Napoleón", "Bismarck", "Disraeli", "Felipe II..." El único nombre que me sonaba era el primero.

—Napoleón.

El dependiente me persuadió para que abriese una cuenta corriente, porque de esa manera podría llevarme todos los libros que me interesaran hasta el tope del crédito. Así compré mis primeros libros, mediante el pago de una cuota mensual de cincuenta pesetas, poco menos de lo que me entregaba el señor Plácido cada primero de mes, una vez descontado el importe de la manutención y el hospedaje. Por suerte, la vida de Napoleón, un prodigio de voluntad y de inteligencia, centelleante, tan real y mágica a la vez, tan imposible y, asimismo, tan convincente, me ganó para la lectura, aunque los otros personajes históricos no me interesaran tanto. De las biografías pasé a las novelas y a la poesía. Me aprendí de memoria varios poemas de García Lorca, cuyas metáforas, aun sin entenderlas, me deslumbraban como los relámpagos, y en cuya cadencia musical navegaba yo como en un sueño. También leí libros de viajes y de geografía, y, aunque no les saqué a los libros todo el jugo que encerraban, pienso que me llevé de ellos una buena ración. Me enseñó mucho Bonaparte. De la nada llegó a ser el amo de Europa. Y yo me preguntaba. ¿Por qué?, ¿para qué? Y llegué a la conclusión que la lucha era la única ley de su vida. Luchar por luchar. Aunque hubiese deseado pararse, y yo creo que lo deseó, no habría podido hacerlo. El amo estaba encadenado, a su vez, a algo superior a sus fuerzas. ¿Qué? ¿El Destino? ¿Dios? ¿Alguna ley matemática? Él atribuía al Destino las cadenas que le amarraban. Tal vez tuviera razón. Yo no lo sé, pero sigo pensando que no pudo hacer sino lo que hizo. Lo que más me gustó de él fue aquella frase que pronunció en Dresde, en una comida de gala, rodeado de reyes, príncipes, soberanos y mariscales: "Cuando yo era subteniente...", con la que avergonzó y humilló a todos los comensales, como si les hubiera dicho que el orgullo de casta y el boato de que hacían ostentación eran pura estupidez, mera majadería de cretinos y parásitos. Acabé, como dije, aficionándome a la lectura, que no sólo ocupó mis ratos libres, sino que siguió preocupándome durante mis horas de trabajo, y tan es así que mi jefe tuvo que hacerme bajar de las nubes en muchas ocasiones. "Vamos, Enrique, que parece que estás en Babia. Buena la he hecho yo con meterte en lecturas. Anda, déjate de fantasías y atiende a esa señora. ¡Enrique, hombre, que se te va el santo al cielo!"

Al ingresar en el cuartel cambió por completo mi vida. Quieras que no, hice nuevas amistades con muchachos de mi edad y aprendí muchas cosas, porque entre ellos los había de todos los hierros, si bien lo más importante para mí fue que la mili me sacara del círculo en que había vivido encerrado hasta entonces. ¡Adios monsergas del señor Plácido, deducciones, horas tras el mostrador, bromas de las criadas, impertinencias de los clientes, lecturas a hurtadillas por las noches: —"Apaga pronto la luz, que no me la regalan", sobre el jergón de la trastienda!— La vida militar era dura, sí, pero tenía sus momentos de alegría y juventud. Naturalmente me hallaba muy sujeto, pero tal cosa no significaba ninguna novedad para mí y, en cambio, me ofrecía seguridad, olvido y despreocupación. Por otra parte, tenía de bueno que no pasaba de ser una situación provisional y no para siempre como el oficio de tendero. Sabía que, al cabo de unos meses, me encontraría otra vez libre para elegir el camino que más me atrajese, al menos en teoría. Además tuve la suerte de caerle bien al capitán y eso me permitió aprender a conducir, mi mayor ilusión de entonces. Así que, poco antes de licenciarme, yo era capaz de llevar un camión y pude presentarme en el garaje donde trabajaba Evaristo a pretender empleo. Ya no encontré allí al jefe de los Vengadores. Sin embargo, me ofrecieron el puesto de ayudante de conductor hasta que aprendiese bien el oficio y obtuviese el carnet especial necesario. ¡Qué alegría! La mecánica y el viaje eran lo que yo siempre había ambicionado. Quería conocer tierras, ciudades y hombres distintos, otros ambientes, diversas costumbres; ampliar, en suma, mis perspectivas. Por eso me vendí por segunda vez, sin discutir el precio, y pasé a la cabina de un camión destinado al transporte por carretera. Mi cometido eran las faenas más duras y tenía por encima de mí a mi señorito, el conductor, peor que un cabo al principio, pero aún así, me consideré liberado de todas mis ataduras. Mi señorito, Pepe Migas, era un hombrón próximo a la cuarentena, rudo, brutal en muchas ocasiones, comedor y bebedor comedido, blasfemo, protestón y tiránico, pero un buen hombre en el fondo, aunque tardé varios meses en descubrir en él esta última y totalizadora cualidad.

Generalmente, nuestro primer destino, partiendo de Madrid, era Bilbao, con carga de chatarra. Luego nos enganchábamos en cualquier reporte, de ciudad en ciudad, hasta nuestro retorno a Madrid tras un largo recorrido, cuya duración sobrepasaba casi siempre el mes. El camión era un viejo "ruso" de la guerra, duro de entrañas, pero flojo de extremidades y lento, lento, hasta que uno se resignaba a pensar que un carro sería más lento aún. Su talón de Aquiles eran las gomas, producto de recauchutados y remiendos, que se rajaban o reventaban como si estuviesen hechas con una amalgama de migas de pan. Su motor no conocía el cansancio, y subía, bajaba y llaneaba, sin perder el ritmo, como si a sus músculos no les importasen los cambios de nivel y de temperatura. "Es como un borrico; ni corre ni se cansa", decía Pepe Migas. Pero los reventones y los pinchazos, frecuentes e imprevistos, en cualquier momento, llegaron a ser un verdadero suplicio para mí, sobre todo de noche, en invierno, con lluvia o en medio de una ventisca de nieve. Encima de ese armatoste recorrí casi toda España. En aquella época apenas había gasolineras ni refugios y la circulación

134

por las carreteras desportilladas era tan rara que, en caso de avería o accidente, te encontrabas solo, sin nadie que te echase una mano ni te prestase auxilio. Por aquel entonces también excitaban nuestra envidia los modernos camiones que nos adelantaban, dejándonos envueltos en remolinos de polvo, de barro y agua, y de desprecio, propiedad la mayor parte de ellos de los exportadores levantinos. Corrían cargados a velocidades desusadas, seguros, poderosos, enormes, irresistibles, deslumbrantes... Nos pitaban con sus roncas y estruendosas bocinas al acercarse a nosotros, ordenando acatamiento y libre paso, burlándose de nuestra humildad. "¿Qué se habrán creído esos cabrones, que, por llevar camiones nuevecitos son ya burgueses? ¡Desgraciados! No se dan cuenta de que son tan esclavos como nosotros y de que no son ellos los que se apuntan las ganancias y hacen negocio. ¿Sabes cuánto pagan en el mercado negro por el permiso de importación de uno de esos camiones? Pues cincuenta o sesenta mil duros, que se gana el enchufado por sólo tener un papel y pasarlo a otras manos. Y no creas que son tan buenos como parece. No. Son rápidos y cómodos, eso sí, y, claro, nuevos. Pero todavía no se han fabricado camiones mejores que los «rusos», que no hay dios que los rompa. Te lo digo yo, Pepe Migas, que llevo casi veinte años en la carretera."

Pepe Migas no soportaba la matonería de los conductores de camiones nuevos, pendientes, como él, de un jornal, y sometidos, como él, a las arbitrariedades del patrón, quien era, al fin y a la postre, el que en-

135

gordaba a costa suya. Pepe Migas los despreciaba y más de cuatro veces expresó a voces su desprecio en los paradores de la ruta. "Señoritos de mierda, peores que los señoritos de leche o de bolsillo. No tienen conciencia de clase ni de nada. En cuanto el patrón les pone la mano en el lomo son capaces hasta de bajarse los pantalones."

Yo observé desde el principio que a Pepe Migas le producía desazón verme sin hacer nada. Así que, con cualquier pretexto, me buscaba faenas. "Chico, ¿no te da vergüenza la basura que llevamos encima? Chico, ¿por qué no revisas las ruedas? ¿Chico, has mirado el nivel del aceite?" Me obligaba a engrasar aquí y allá, a repasar y desengrasar las bujías, a apretar tuercas, a reordenar la carga... Pero lo que más le irritaba eran mis lecturas durante las marchas a la luz del día.

—¿Qué lees? Alguna mierda burguesa, ¿no?

—Una novela que está muy bien.

—¿Novela? —y se quitaba el cigarrillo de los labios para escupir por la ventanilla—. Vaya, como una vieja solterona que no ha encontrado quien le diga por ahí te pudras.

—Te digo que está muy bien.

—Pues yo te digo que un hombre de tu clase debería leer otras cosas.

—¿Qué?

—Algún día lo sabrás —y cerraba el paréntesis con otro escupitajo, dejando la cuestión en punto muerto.

Me percaté asimismo que Pepe Migas procuraba no dejarme solo en la cabina, prevención que yo atribuía

136

a su propósito de impedir que me adiestrase en el manejo del camión, porque, por más que se lo pedí en diferentes ocasiones, se negó obstinadamente a que yo llevase el volante, aunque sólo fuese a título de ensayo o para que él pudiese descansar. "Tú es que te crees que no hay más que llegar y besar el santo, ¿eh? No corras tanto chico. ¿Sabes cuánto tiempo tuve que esperar yo a que me dejasen conducir un poco? Pues más de dos años. Así que no te las des de listo y aguarda a que te llegue la vez." Lo más que conseguí en los primeros meses de ir juntos fue que me dejase colocar el vehículo cuando parábamos en ruta para comer. Pepe Migas saltaba de la cabina y me ordenaba desde tierra la maniobra. "Vamos. Tuerce. Toda. Marcha atrás. Endereza. Despacio. Vale. Cierra." A pesar de ello, antes de los seis meses, durante una recalada en Madrid, pasé las pruebas y obtuve el permiso de conducir de primera clase especial, porque la mecánica me la había aprendido sobre la marcha, a fuerza de averías y contratiempos.

Aquel día perdí la paciencia. Sacó el camión de la carretera y le pregunté:

—¿Qué pasa?

—Las ruedas, que están flojas. Anda, ínflalas bien mientras yo... —y desapareció tras unos arbustos.

Cogí el trasto de la bomba de mano, mas, como me sospechaba, las ruedas tenía la presión precisa, y me limité a encender un cigarrillo y a esperar tranquilamente, sin ningún disimulo, aunque suponía que me vigilaba desde el otro lado del matorral. Al poco rato apareció abrochándose los pantalones.

—¿Qué, has inflado las ruedas? —me preguntó.

—No —contesté como si tal cosa.

—¿A qué esperas?

—A nada.

—Te lo he mandado.

—¿Y qué?

—Yo soy el que manda aquí.

—Pues que te aproveche.

—¿Con cachondeo encima?

—Sin cachondeo. ¿Y sabes una cosa?

—¿Qué?

—Que debes de mirarte bien al espejo.

Se había aproximado a mí y ya la cólera empezaba a dominarle.

—Mira, vamos al grano. ¿Qué quieres decir?

—Que tanto como despotricas contra los señoritos de mierda...

—Sí, ¿y qué?

—Que tú también eres un señorito de mierda, y de los peores.

Era el insulto más hiriente con que le podía afrentar.

—¿Señorito yo?

Se hubiera lanzado contra mí, pero se contuvo al verme aguardar su acometida a pie firme, empuñando la bomba. Dio media vuelta bruscamente, bufando, subió a la cabina y puso en marcha el motor. Yo guardé la bomba y ocupé mi puesto a su lado. Y reanudamos la marcha con un muro de silencio expectante y tenso entre los dos. A pesar del ruido de las explosiones, se oía su respiración agitada y el hervor de su ira contenida. Era una mañana esplendorosa. Los trigales estaban a punto de amarillear y el aire que bajaba de los montes, oloroso y fresco, cortaba láminas de oro ante el parabrisas, culebreaba por mi brazo desnudo y recorría todo mi cuerpo estremeciéndolo de gozo. Era el aire de mis primaveras infantiles, lascivo con las mieses, farandulero en las copas de los árboles, un cuchillo de frescor en las umbrías y un acompañante retozón por los senderos. En el cielo, ni una nube. La carretera parecía un reguero espejeante en las rectas del llano y en las curvas salientes de los repechos. En la quietud y el vacío del campo la carraspera del motor resonaba monótonamente. De pronto, Pepe Migas me preguntó, sin mirarme:

—¿Eres facha o qué? —y como yo no le contestara, agregó—: Dilo de una vez, hombre, dilo de una vez. Después de mi *órdago* y tu *quiero* hay que enseñar las cartas.

—¿Qué cartas? —le retruqué yo haciéndome el tonto.

Se impacientó.

—Demasiado sabes a qué me refiero. Nunca he tenido ayudante, ¿comprendes?

—¿Y a qué viene eso ahora?

—Está claro.

—Déjate de rodeos.

—Pues que si te ha puesto a ti es por algo. Y sospecho que para vigilarme.

—De chivato, ¿no es eso?

—Como quieras.

—¿Por qué?

—Estuve en la cárcel por cosas de la guerra y soy un hombre marcado. Por eso.

Me eché a reír con tanta naturalidad que empezó a tranquilizarse.

—Es que no he hecho más que pincharte, pincharte, y tú, como si nada. Y eso me mosqueó, Enrique.

Le convencí con pocas palabras de que nada tenía que temer de mí. Me bastó contarle brevemente la historia de mi padre.

—Quiere decir que eres de los nuestros, ¿eh?

—No lo sé, Pepe. Todavía no me he decidido.

Entonces, Pepe Migas sacó de debajo de su asiento unos papeles escritos a máquina y me dijo:

—Toma, lee eso.

Eran unas hojas de literatura revolucionaria, una invocación a la solidaridad y a la lucha contra el régimen político del país, y contenía noticias acerca de la actividad subversiva en varias provincias españolas y comentarios críticos sobre el comportamiento represivo de las autoridades.

—¿Qué te parece, Enrique?

Realmente, nunca me había preocupado la política concreta aunque sintiese dentro de mí una aversión instintiva contra el vigente sistema social, de relaciones entre los hombres, de entender la vida. Yo lo atribuía más al hombre que a las normas generales. Y la lectura de aquellas hojas me planteaba el problema en otros

términos. ¿Era el hombre el culpable, su mala conciencia y sus bajos instintos subyacentes en él, o, por el
contrario, el hombre era naturalmente bueno, pero estaba corrompido por la sociedad? Me consideré incapaz
de discernir claramente cual fuese la solución acertada.
Y así se lo dije a Pepe Migas, aunque, a decir verdad,
las palabras y la pasión de aquellos textos consiguieron
remover en mí inquietudes desconocidas. Pepe Migas,
aunque aparentemente tosco, era un hombre de ideales.
Era un hombre de ideales, cierto, pero quizá demasiado
limitado por ellos, sin otras perspectivas, como si hubiese hallado la fórmula infalible y no existiese ninguna
otra posibilidad fuera de sus conclusiones. Dos y dos
son cuatro, ¿no? Pues, ¿a qué seguir, para qué pensar
más? "Tranquilo hombre, déjate de cavilaciones, de
buscarle los tres pies al gato." Eso hubiera deseado yo,
quedarme tranquilo con la fórmula mágica. Esa era,
en todo caso, la fórmula religiosa "cree y no pienses".
Pero, ¿es que se puede creer porque sí? Pepe Migas, el
camionero, era un hombre leal y vivía de su fe. "¿Tú
crees, Pepe, que basta con cambiar el sistema para que
los hombres se transformen? ¿No puede ocurrir, por el
contrario, que los hombres adapten el sistema a sus
deseos y no a la inversa?" "El sistema les obligará a
cambiar, Enrique, quieran o no quieran." "¿Quién cambió a quién: el cristianismo a los hombres o los hombres al cristianismo? Ya ves lo que ha venido sucedien-
do: inquisición, guerra, cámaras de gas, campos de
concentración, bombardeo con fósforo y con la atómi-
ca..." Pepe Migas no tenía escapatoria. Estaba atado a

su fe invulnerable, invariable. Era la razón de su vida. A mí me pareció bien lo que expresaban aquellas hojas escritas a máquina, pero ¿era suficiente seguir su inspiración y acatar sus instrucciones rigurosamente para alcanzar las metas propuestas? Yo no lo veía así.

—Desengáñate Pepe, la redención del hombre empieza por la de uno mismo —que era repetir una frase que yo ya había leído alguna vez.

—Lo que ocurre, Enrique, es que yo soy marxista y tú tiras más bien a anarquista.

—¿Es que es malo el anarquismo?

—Hombre, tanto como malo... Es una postura pequeñoburguesa. Además, hay que hacer algo, ¿no? Pues por eso yo llevo y traigo esta propaganda, aun sabiendo los peligros a que me expongo, porque es lo único que puedo hacer. Si todos pusiéramos nuestro granito de arena...

A pesar de nuestras discrepancias, desde aquel *órdago* suyo y aquel *quiero* mío y las cartas boca arriba, entre Pepe Migas y yo fructificó una amistad profunda y sincera y yo pude apreciar la hombría de bien, la generosidad, el espíritu de sacrificio de mi compañero. No volvimos a discutir de política, sino desde posiciones comunes, genéricas, y cuando alguna vez, por imperativo de su dogmática, enseñaba la oreja, es decir, se mostraba intransigente y sectario, yo le llamaba al orden como en broma y él recogía velas.

—Que te sales de la linde, Pepe.

—Eres la rehostia, Enrique; no dejas pasar una.

Desde entonces me dejó conducir siempre que quise

y, a veces, sin pedírselo, jornadas enteras. Así alternábamos el trabajo y el sueño. Compartimos también, a partes iguales, las demás faenas, más rudas, que anteriormente me correspondían por entero. El desamparo y la intemperie, los peligros y los riesgos comunes, nos unieron en una estrecha y unicorde solidaridad. Me acordaré siempre de aquellas noches de invierno en la carretera, subiendo puertos de montaña o atravesando páramos lunares. Ni una sola luz, ni la presencia de un ser humano. Muy de tarde en tarde, un coche ligero u otro camión, que nos adelantaba dejándonos más solos. Cruzábamos y rozábamos pueblos y quinterías dormidos, arropados en tinieblas, recelosos, hostiles, como cementerios. Yo me imaginaba entonces a sus hombres y a sus mujeres abrazados en sus lechos calientes; a sus viejos insomnes, reumáticos, carrasposos, a la espera de la muerte silenciosa; a sus muchachas con olor a membrillo, sueltas las oscuras trenzas sobre la almohada; a sus chiquillos intrépidos, como lo fuera yo, soñando travesuras temerarias; a sus mozos recalentados por las subidas de sangre, venteando hembras aun en sueños. Cuando llovía, soplaba el cierzo enfurecido o caminábamos entre tolvaneras de cellisca, escuchábamos ansiosamente el ruido del motor, y su acompasado runruneo era para nosotros como el pulso de un corazón amigo. Los émbolos y los engranajes de acero se humanizaban. Nos acogíamos a su calor, a su compañía, a su poder. Era nuestro compañero, el más fuerte de los tres y de cuya suerte dependíamos nosotros. Hasta le hablábamos y le jaleábamos para animarle. "¡Hala, viejo, no te rajes por lo que más quieras! ¡Eres un jabato!" Cualquier falsa explosión, cualquier fallo, la más mínima discordancia en su cadencia, nos asustaba. "¿Has oído? ¿Qué? Espera. Sí, parece que..." Nos ponía en vilo. Vivíamos segundos angustiosos. A veces eran simples alucinaciones, sugeridas por el miedo, y el motor respondía con su ritmo imperturbable. Entonces Pepe Migas se exaltaba. "No hay como un «ruso», Enrique. Es capaz de estar rodando sin parar hasta que vuelva la República." El castigo nos lo daba las ruedas. De pronto un pinchazo, un reventón. Saltábamos de la cabina, mal protegidos de la lluvia o del frío por nuestros chaquetones, de los que teníamos que despojarnos por exigencias de la brega, para efectuar el cambio, alumbrados por una bombilla. Nos quemaban las manos las herramientas heladas, crujía el cierzo en los rostros, nos empapaba la llovizna y, no obstante, sudábamos y jadeábamos... Pero lo más peliagudo era seguir viaje sin repuesto. ¿Qué hacer en una ruta poco frecuentada, de noche, si se repetía el percance? Esperar, inmóviles y ateridos, hasta el amanecer, para parchear, grapear o sujetar con alambres los neumáticos o la correa del ventilador que nuestro viejo "ruso" rompía con frecuencia. El colmo de la desgracia, no obstante, consistía en que nos detuviese una avería mecánica. En ese caso, teníamos que aguardar también a que amaneciese para llevar a pie hasta el pueblo inmediato la pieza averiada, si era posible, o remolcar el camión hasta allí con un tiro de bestias, e improvisar después en la herrería un arreglo burdo y provisional que nos permitiese

144

llegar a un taller. Sin dormir y casi en ayunas. Agotados. Rotos.

Rodábamos, al anochecer, por el páramo de Burgos, con fuerte viento y aguanieve. Perdía aire una rueda. Emprendimos la faena, como de costumbre, y, cuando más concentrados en ella nos hallábamos, oímos una voz arrastrada por el viento:

—¡Buenas noches!

Mi compañero alumbraba mientras yo procedía a desmontar la rueda. Fuera del círculo de luz de la bombilla, la oscuridad era un muro negro, impenetrable. Al pronto nos volvimos a mirar en dirección de la voz, pero como no viéramos persona alguna, Pepe Migas preguntó:

—¿Quién va?

La voz, entonces, se hizo casi palpable:

—La guardia civil.

Mi compañero apagó la bombilla y, al cerrarse las tinieblas, pudimos ver los bultos parejos de los guardias. El agua se vertía desde los tricornios sobre los capotes que chorreaban, a su vez, adheridos al cuerpo por la ventisca. Por supuesto, no era posible precisar las facciones de sus rostros.

—¿Qué les ocurre? —volvió a decir la misma voz.

Como Pepe Migas guardaba silencio, tuve que contestar por él.

—Que pierde aire una rueda.

—¿Qué carga?

—Cemento —dije yo.

—¿Quiere hacer el favor de enseñarme la documentación?

El otro guardia parecía un poste y mi compañero, un paralítico. Por lo tanto, tuve que subir a la cabina, tomar los papeles y mostrárselos. Les echó una ojeada a la luz de la bombilla y me los devolvió, diciéndome:

—Están bien. Gracias.

Yo no tenía experiencia de guardias civiles, a quienes había visto siempre con indiferencia, pero en aquella ocasión, de noche, en descampado, al azote de la lluvia helada, me produjeron una impresión difícil de explicar. Vi unos hombres impávidos, insensibles a la lluvia y al frío, estrictos, sin palabras de más ni de menos, que ejercían su oficio sin jactancia ni aspavientos, gravemente, inexorablemente y que, conscientes del estupor que provocaba su presencia, no ponían en la balanza, al obrar, más que el peso del reglamento y no sus personales inclinaciones. Hombres ajenos a todo en los actos de servicio y, por ser así, tan rigurosos, y que, en la realidad extrarreglamentaria estarían sujetos, como yo y como todos los hombres, a las servidumbres normales de la vida. Tendrían esposa, hijos, necesidades materiales, rebeldías, miedo, represión sexual y quizá proclividades delictuosas y, sin embargo, eran capaces de superar todo ello y no por dinero ni por fanatismo ideológico. ¿Por conciencia del deber y por orgullo de cuerpo?

Pero ¿se puede llegar a tales extremos de renuncia por semejantes motivos?

146

La noche los trajo y la noche se los llevó. Cuando los perdimos de vista le pregunté a mi compañero la razón de que se hubiese portado con tanta pasividad, y me contestó:

—Es que me quedé agarrotado al verlos. No lo pude remediar.

Pepe Migas había estado al servicio de aquellos grupos que, procedentes de Francia o del interior intentaron desencadenar la acción armada contra el gobierno del país, tomando como base de operaciones las zonas rurales más abruptas. "Entonces te salía de cada mata un guerrillero o un guardia civil." Mi compañero estaba encargado de llevarles suministros de boca a ciertos puntos de su ruta, previamente señalados. Las citas tenían lugar siempre al caer el sol, en sitios solitarios, distintos cada vez. Detenía el camión simulando alguna leve avería y les esperaba, porque ellos no aparecían hasta estar bien seguros de no haber sido descubiertos ni seguidos por nadie. Entonces, tras cruzar una consigna, cargaban con los fardos, dispuestos por su organización en Madrid, y desaparecían sigilosamente. Al principio no hubo sobresaltos y el sistema funcionaba como un reloj, pero a medida que la reacción gubernativa fue tomando cuerpo y perfeccionando sus tácticas, el peligro empezó a rondar a los que colaboraban con los grupos subversivos. La guardia civil detuvo numerosas veces el camión de Pepe Migas para comprobar concienzudamente su carga y registrarlo hasta en sus rincones y recovecos más ocultos. "Por suerte, siempre ocurrió esto después de haber hecho la entrega a los guerrilleros. Los guardias no me daban explicaciones, pero me miraban de tal manera que ya no se me quitaba el susto en todo el viaje." Un día los divisó desde muy lejos por el brillo de los tricornios y gracias a ello pudo tirar la carga antes de que lo detuvieran. "El cacheo no tuvo nada de particular, pero no me quitaron el ojo en todo el tiempo que duró, cuchichearon entre sí y, al final, consultaron un papel que el jefe de pareja llevaba en el bolsillo. Luego me preguntaron cómo me llamaba, dónde vivía, cada cuanto tiempo recorría esa ruta, y otros pormenores y detalles referentes a mis actividades en la guerra y después de la guerra, que me mosquearon. No iban al tuntún, no. Sabían de mí todo lo que había que saber, y sospechaban, ya lo creo que sospechaban. No me cogieron nunca, pero desde entonces pienso que me siguen los pasos. Cuando me miran, me traspasan. Anda que si se les llega a ocurrir registrar hoy la cabina, con la propaganda que hay debajo de mi asiento..." Victoriano el barbero me contó, años después, cómo cayó en la trampa. Una mañana se presentaron en su barbería tres forasteros con la barba muy crecida, vestidos a la manera de los campesinos de por allá: pantalón de pana, camisa sin cuello, chaleco y gorra. Se advertía, sin embargo, que uno de ellos no era un labriego común. Fue el que le preguntó si quería afeitarlos. Algo, además, se desprendía de sus personas, de sus gestos y de sus miradas, que turbó a Victoriano. Mientras se sentaba en el sillón el que le dirigiera la palabra, otro de ellos fue a colocarse tras la cortina de flecos de la puerta al exterior y el tercero

148

permaneció en pie junto a la puerta que comunicaba con el interior de la vivienda. "Cuando le puse el paño al primer cliente, vi que asomaba la empuñadura de una pistola por encima del cinturón. Él, que seguramente lo había hecho a posta, se dio cuenta, por algún gesto mío, de mi sorpresa, y se sonrió." "¿Sabes quién soy, Victoriano?" Victoriano no le conocía de nada. En cambio, el forastero sabía su nombre. "Soy el Polaco." Llamaban el Polaco al jefe del grupo guerrillero que recorría aquella zona. "Sí, hombre, no tengas miedo, que contra ti no va nada. Ya sabemos que dejaste la alcaldía por ser un hombre honrado. Eso está muy bien." El barbero no se permitió ningún comentario y siguió afeitándole en silencio. "¿Sabes quién es uno de nuestros enlaces? Rodrigo, el cortijero del sirvengüenza de don Justo." ¿Por qué le confiaba un secreto tan peligroso que ponía en sus manos la vida de Rodrigo? Acabó con el Polaco y afeitó después, rápidamente, a sus dos compañeros. Por fortuna, no se le ocurrió a ninguno del lugar asomarse a la barbería en todo aquel tiempo, y cuando ya Victoriano comenzaba a sentirse aliviado de la tensión nerviosa que hasta entonces le oprimiera, el Polaco, tras pagarle con un billete de cien pesetas su servicio, volvió a sobresaltarle: "Queremos que seas nuestro enlace aquí, en el pueblo. La barbería es el mejor centro de información. Quiero saber lo que piensa la gente de nosotros, lo que maquinan las autoridades y, sobre todo, lo que puedas averiguar acerca de los planes y movimientos de la guardia civil. Te entenderás únicamente con Rodrigo, ¿comprendido? Ah, y tennos

149

preparado un escondite en tu casa por si alguna vez lo necesitamos". Victoriano, identificado ya el peligro concreto, recobró el total dominio de sí mismo. Sin rechazar rotundamente la propuesta, quiso ganar tiempo y solicitó un plazo para tomar una decisión. Pero el Polaco ya había previsto la añagaza. "Es inútil que te resistas, Victoriano. Ya estás comprometido. Hemos venido a visitarte y tienes en tu poder un billete cuyo número hemos reseñado. Y, por si eso fuera poco, no te olvides de que don Justo sería capaz de poner el resto para hundirte. No tienes, pues, escapatoria. Así que lo mejor para ti es que te calles y hagas lo que te he dicho." Fue todo tan rápido que, cuando quiso reaccionar, ya no vio al Polaco y sus hombres. "La verdad es que apenas me molestaron. Vino a verme Rodrigo un par de veces y poco pude decirle, porque lo que pasaba, si pasaba algo, me era desconocido. Hasta que, al cabo de un mes o cosa así, se me presentaron, otra mañana, dos hombres con pinta de guerrilleros en mi barbería. Se dieron a conocer como miembros de la cuadrilla del Polaco y me pidieron que les diese cobijo en mi casa por una noche... Y yo, sin preguntarles nada, les dije que me siguieran y los conduje al sótano. Y entonces vino lo que vino. De pronto me vi apuntado por sus pistolas y, sin más, me hicieron levantar los brazos y me pusieron las esposas. Pregunté, por preguntar, qué era lo que pasaba, y sí, me lo dijeron. Los dos hombres aquellos pertenecían a una contrapartida de la guardia civil. En una refriega con el grupo del Polaco, éste y alguno de sus hombres resultaron muertos, y detenidos los supervivientes, uno de los cuales cantó de plano. Por él detuvieron a Rodrigo y Rodrigo les dio mi nombre. Estaba claro. No había nada que alegar, y salí preso de mi casa tras despedirme rápidamente de mi mujer y sin que los chicos me vieran, como un malhechor. Ya ves, Enrique de qué manera se la lían a uno sin querer, sin comerlo ni beberlo. Lo que siempre te he dicho: que uno no es dueño nunca de su destino. Por hache o por bé, acaban por uncirte o esposarte."

Pepe Migas, tan pronto reanudamos la marcha por el páramo de Burgos se puso a silbar la tonada de "La cucaracha". Era la musiquilla de sus momentos de euforia, con la que despejaba los últimos vapores del miedo. "La aprendí en la guerra y solíamos cantarla cuando nos relevaban en el frente y volvíamos a posiciones de segunda línea." Él era un mozo, hijo, nieto y bisnieto de labradores alcarreños, a quien la guerra y la revolución sacaron del surco, la rutina y la simplicidad, y lanzaron por los caminos de la aventura. Hermosas palabras, muy hermosas, tan hermosas como soles nuevos, que le deslumbraron; y atractivas promesas, muy atractivas, tan atractivas como muchachas en flor, que le sedujeron. Marchó a la guerra cantando, con otros mozos como él, a la conquista de un paraíso, sin tuyo ni mío, sin hambre ni servidumbres, alegre y joven. Y volvió de la guerra llorando, con las manos vacías, camino de un campo de concentración. "También allí cantábamos «La cucaracha» antes del toque de silencio, para dormir bien." Un día se encontró en la calle. Ya no era el mozo alcarreño. ¿Quién era él? ¿Cómo seguir viviendo? Mujer, hijos, trabajo. Y recuerdos. ¿Dónde estaba la tierra prometida? En algún sitio, sin duda. Pues, hala, vamos hacia allá como sea. Y otra vez sobresaltos y angustias. La guardia civil vigilante, al paso. "La verdad es que cuando apareció la pareja, me vi perdido, Enrique, y tuve miedo." Pero el miedo había quedado ya atrás y oía otra vez las hermosas palabras y entreveía las seductoras promesas de antaño. Ya estaba de nuevo en su camino y yo le dejé que lo siguiera, silbando "La cucaracha".

Pepe Migas jamás me acompañó en mis rondas y bureos cuando hacíamos noche en alguna ciudad. Yo no tenía compromiso que me lo impidiera. No dejaba nada atrás y la mocedad me exigía desuncirme del yugo y recobrar mi libertad por algunas horas, y nada mejor para ello que el trato con mujeres desconocidas que desaparecen al amanecer sin dejar huella. "Yo también hice en algún tiempo lo que tú, Enrique. Pero ya no tengo derecho. Una mujer y dos hijos me aguardan y confían en mí. Duro que yo me gastase de esa manera, sería un duro robado a ellos."

Maribel me había enseñado cómo son las mujeres y esa lección, tan dolorosamente aprendida, me sirvió de mucho en mis relaciones con ellas. ¡De cuántas caídas y entontecimientos me salvó el recuerdo de Maribel! A ella se lo debo. Dicen que la letra con sangre entra. Quizá sea una salvajada, pero por lo que se refiere al aprendizaje de la vida, y en ella las mujeres ocupan el primer lugar, me parece una verdad como un templo. Sabía cómo tratarlas en frío y en caliente sin perder el dominio de la situación. Sabía cómo hacerme querer o, al menos, desear, sin entregarme. Tomaba lo que me ofrecían a cambio de lo imprescindible. Iba a lo fácil, a lo volandero. Así conocí íntimamente a chicas de burdel organizado y de callejuela húmeda y mal alumbrada. Me gustaba reincidir, por comodidad, hasta el primer aviso. Entonces desaparecía sin dejar rastro. Sólo me regosté con una y estuve a punto de flaquear. Se llamaba Lucy, andaluza de Puerto Real, de mis años, de ojos muy negros y carne muy blanca, dulce y cariñosa. Me la tropecé en un cafetucho de Barcelona y me llevó a dormir a la pensión donde vivía, y no quiso mi dinero a la mañana siguiente. "Tú eres un capricho", se excusó. La traspasaron de un prostíbulo de Sevilla a otro de Barcelona, pero logró emanciparse pronto de la Madame y ejercer el oficio por su cuenta. "Se me da bien y hago lo que quiero." Volví a verla cuantas veces hicimos escala en Barcelona. Me decía cosas que me desconcertaban. "Me da vergüenza desnudarme delante de ti. Con los otros no me importa, porque es como si no me viesen." Y no se forjaba ilusiones conmigo, al menos no se traslucían. ¡Con qué alborozo me recibía siempre! "Tú no sabes cómo le he pedido a Dios que volvieras pronto, Enrique. Te he esperado todas las noches." Y me dejaba marchar como si se tratase de una ausencia de pocas horas. "¡Hasta luego! No tardes." Sólo me permitió que la regalase un vestido, que reservaba para mis visitas, fuese invierno o verano.

Yo no acababa de comprender cómo una muchacha de su carácter y condiciones podía adaptarse a vivir a costa del cuerpo. Sus ideas y pensamientos no diferían gran cosa de los de cualquier otra muchacha hija de familia, si acaso menos adocenados, porque era inteligente y sensible. Me admiraba su aire de señorita en todo, en todo; en sus ademanes, en sus movimientos, en su habla... No hacía nunca alarde de su profesión, pero tampoco se avergonzaba de ella. Creo que no tenía conciencia de culpabilidad, en absoluto. Ni inculpaba a nadie y, al parecer, vivía en paz consigo misma. "Se nace para esto como se nace para reina. A mí me tocó lo peor. ¿Qué quieres que haga?" Le insistí en eso de venderse cada día una o varias veces. "No me vendo, me alquilo. Alquilo mi cuerpo por una hora o por una noche, pero yo me quedo fuera. Claro, contigo es diferente. Por eso no cojo tu dinero." Tampoco cedió en ningún momento a la tentación de contarme la historia, verdadera o falsa, de su caída, irresistible para cualquier otra en sus circunstancias, con el fin de justificarse. "El pasado no se repite. Mira, la vida es como un río. El agua pasada ya no puede beberse." Y se sonreía. Y yo me asombraba. "Al fin y al cabo, todos nos vendemos. ¿Es que no estás tú vendido a tu patrón? La diferencia consiste en que yo no pertenezco a nadie más que una hora o una noche, mientras que tú y otros como tú estáis sujetos días y días, años y años, a quien os paga. ¿No es así?" Y así me hacía callar. Yo sospeché al principio que habría algún misterio en la vida de aquella muchacha, pero cuando la conocí más a fondo, me convencí de que lo único misterioso era que no existiera ningún misterio. Nunca me habló de sus pa-

154

dres ni de su infancia. Sólo supe que era andaluza, por su acento, y que poseía una educación insólita en las de su clase, y unas inclinaciones y gustos fuera de lugar. La embelesaban mis historias extractadas de mis lecturas novelescas, y mis recitales poéticos. "La casada infiel", de García Lorca, era su poema favorito, que me hacía repetirle todas las noches en que dormíamos juntos. Se lo aprendió de memoria y empezaba a recitarlo ella antes de caer en mis brazos para que yo lo concluyera entre caricias. "Sucia de besos y arena, yo me la llevé del río" eran las primeras palabras al recobrarnos. Un día le regalé un libro de versos, una antología poética, y Lucy lo besó apasionadamente y lo puso encima de su mesita de noche. Entonces supe que era analfabeta. "Si yo hubiera sabido leer, no estaría aquí, ni tú ni yo nos hubiésemos conocido. Pero ¿no es mejor que sea analfabeta? No podré leer el libro, pero no te preocupes, lo guardaré como si fuese una joya." Viví a su lado noches de amor con música y letra de García Lorca, de romance sonámbulo. Cuando al día siguiente recordaba en la cabina del "ruso" la noche pasada con Lucy, me parecía mentira, aun a sabiendas de que era verdad, porque entre la rutina del trabajo y de las conversaciones con Pepe Migas y la medialuz, los versos y los amores en la habitación de Lucy, no cabía relación alguna. A fuerza de fatigas, de cansancio y de quilómetros, la impresión se tornaba pálida y casi llegaba a borrarse en mi cerebro, pero tan pronto se erguía en el horizonte, entre neblina y azul, el inmenso caserío de Barcelona aunque hubiesen transcurrido muchas semanas desde la vez anterior, se agolpaban en mi memoria todos los recuerdos, y era un tropel de corceles blancos en la media noche, piafantes y celosos, que me perseguían por un olivar plateado hacia algún cortijo donde una muchacha desnuda me esperaba en su lecho. Cosas así, fantásticas. Cosas así, increíbles. "Que te pierdes, Enrique, que te pierdes..." Pero la reflexión y la voluntad eran trabas quebradizas, ante el ímpetu de los corceles blancos... "No vuelvas, Enrique, no vuelvas. Acuérdate de Maribel." Inútil. Volvía. Pero aquella vez fue diferente. Después del "sucia de besos y arena, yo me la llevé del río", Lucy rompió a llorar. Nunca había llorado antes en mi presencia. Me dejó estupefacto. ¿Por qué lloraba? ¿Era yo el culpable? "Pero Lucy, Lucy; por favor, por favor..." Tras las lágrimas vino el ruego:

—Llévame contigo.

—Pero...

—Llévame contigo.

—¿Dónde? Tú sabes que mi casa es la cabina del camión.

—A cualquier parte, lejos de Barcelona, donde yo te pueda esperar sin miedo.

Llévame contigo, llévame contigo... Estas palabras me alertaron. Entré en sospechas. Era la maniobra envolvente, toda una larga operación para atraparme. "¿Y has esperado tanto para eso?" Pero ella no me entendió o no quiso entenderme. Su problema consistía en que Luis el Rico, un rufián con diez mujeres al punto, que trabajaban para él, le había puesto el ojo y pretendía agregarla a su manada de protegidas. Lucy había podido librarse al principio porque se la disputaban varios chulos. Ella era género fresco, muy codiciado en la lonja de la prostitución, entre tanto "género congelado". Hubo peleas con golpes y navajas al aire entre los gavilanes, hasta que se impuso a todos Luis el Rico. Y empezó la caza de la paloma torcaz. Pero ella se defendió bien. "Soy la novia de un camionero." Los camioneros son gente brava y dura de pelar. Y se apoyan unos a otros cuando llega el caso. Así paró Lucy el golpe, pero no por eso se dio por vencido el chulo.

—Ya lo veremos —dijo Luis el Rico.

Y, tras una paciente vigilancia, averiguó que el camionero, yo, era sólo un visitante ocasional, "de capricho", un palomo de paso, sin ninguna relación y sin ningún compromiso permanente con la muchacha. Entonces empleó sus garras sin miedo. Esperó a Lucy una noche, y sin más explicaciones, la abofeteó hasta hacerla sangrar por boca y narices. "Desde hoy, al punto para mí, al cincuenta por ciento, pero sin trampas ni escamoteos, o no podrás salir a la calle." Esto sucedió durante mi última ausencia y Lucy se avino, confiando en que yo la liberase. "Porque es inútil que cambie de barrio. Adonde quiera que vaya estará él o estará un amigo suyo. Además, no me dejarían salir de Barcelona sin la compañía de un hombre." Mi primer impulso fue el de buscar a Luis el Rico y romperle la jeta allí donde le encontrase, pero Lucy se opuso. "No te diré quién es. Podría costarte muy caro porque ellos van siempre en pandilla y tienen muchos amigos y cómplices entre la gente de mal vivir. Y aunque le pegases, ¿qué? Tú te irías el día siguiente y sería yo quien pagase después las consecuencias." No pude convencerla de la conveniencia de dar un escarmiento al chulo para que la dejase en paz. Se obstinaba en que no y en que no. Su actitud aumentó mi desconfianza. "Llévame a Zaragoza, a Madrid, a donde tú quieras. No te pediré nada. ¿Acaso te he pedido algo alguna vez?" "Por ahí se empieza, Enrique, por ahí se empieza." Vas resbalando poco a poco y luego, cuando quieres dar marcha atrás, ya no funciona el cambio y te quedas estancado. ¡No! "Te juro que es cierto; te lo juro." Me besó las manos. Me lo pidió de rodillas, llorando. "Sí, puede que sea cierto, pero en ese caso he servido de tapadera y de escudo sin yo saberlo, para que ella pudiese seguir libremente su carrera. Me ha utilizado. He sido su instrumento..." Juro que me costó un dolor muy grande abandonarla. "¡Enrique, Enrique; escucha. Ven." Corrí escaleras abajo, sordo a sus voces, enceguecido por la furia. Era la hora cumbre de la madrugada, cuando empiezan a cerrarse los cafetines y las tabernas y las busconas vacantes se van con sus chulos, cuando los borrachos apuran las últimas copas, cuando irrumpen en el silencio de las callejuelas los insultos y las risotadas y alguien desahoga su estómago en una esquina. Fui de cafetucho en taberna, de antro en antro. Pedía una copa de aguardiente en el mostrador y miraba, desafiante, a los parroquianos para provocar la arrancada del desconocido Luis el Rico. Inútil empeño. Inútiles copas. Inútil borrachera. El amanecer me sorprendió en un banco de las Ramblas, húmedo de relente, tiritando de frío y de vergüenza. Recobré la lucidez andando hacia el puerto, donde teníamos que cargar pieles con destino a Alicante. Llegaban los carros con flores y empezaba el trasiego de gente en los tranvías. Tuve que lavar mi estómago y reanimarme con té hirviente en un bar. "He hecho el idiota, he hecho el idiota. A ver si escarmientas de una vez, hombre." En medio de todo fue una suerte, por si sí o por si no, librarme de Lucy. Naturalmente no volví a buscarla ni supe más de ella.

Un caso muy distinto fue el de Fuensanta, la hija de unos venteros. Solíamos cenar allí a nuestro paso camino de Cartagena. Era, es, mejor dicho, una antigua venta de arrieros, donde todavía se come en una gran cocina con chimenea, vasares, tinajas y cobres. La única innovación consiste en un pequeño bar instalado a la entrada, servido por Trabuco, el ventero. Esta venta tiene fama entre los transportistas por sus patatas con costillas de cerdo, por sus tacos de jamón y su vino jumillano. Pepe, mi compañero, me dio el santo. "Esta moza está por ti." Yo no me había fijado en ella, la verdad, y de no mediar la indicación de mi amigo, es casi seguro que no habría pasado nada. Y no es que la muchacha no mereciera la atención de cualquier hombre, sino que no entraba en mis cuentas enzarzarme en un noviazgo. Pero bastó que Pepe Migas me insinuase que la hembra me miraba con buenos ojos para que la misma vanidad de hombre azuzara mi instinto de cazador. Ella tenía unos ojos cantarines y una sonrisa incitante. A mis miradas respondió con otras que eran promesas; y a mis palabras de halago, con sonrisas que parecían besos. Escarceos, no más, llevando ella siempre la iniciativa. Al siguiente viaje nos preguntó, mirándome a mí, si habíamos tardado tanto en volver porque en su venta nos trataban mal. Le contesté yo. Le dije que sólo por verla seríamos capaces de ir desde Madrid a Bilbao pasando por Murcia. Rió. Rieron sus dientes, sus encías, sus labios carnosos, su boca toda, grande y húmeda. Y se las arregló para servirnos los últimos. Pepe Migas se dio cuenta del juego y, con el último bocado todavía en la boca, se fue y me dejó solo. Mientras pasaba un paño por el hule de la mesa, la moza me preguntó por mi amigo.

—Se ha ido a descabezar un sueño.

—Y tú, ¿no tienes ganas de dormir?

—Estando tú presente, no.

Siguió una pausa. Ella sonreía.

—¿Qué haces después de servir la cena? —le pregunté.

—Nada.

—¿Podríamos hablar?

—¿Para qué?

—Para echar la cuenta. Pero ha de ser a solas.

—En ese caso, está bien. Espérame en la puerta de atrás.

Daba al campo. La noche estaba llena de grillos calenturientos. No esperé mucho.

—¿Qué cuenta es esa?

—Que tú y yo...

—Somos dos. ¿No es eso?

—Eso mismo.

—Pues ya está.

No sé de qué hablamos, de tonterías seguramente. ¿Era, de verdad, tan fácil? Lo pensé, pero no me atreví a comprobarlo así, tan a lo vivo y sin preámbulos. Tampoco estaba yo en aquellos momentos para faenas de esa clase. Me sentía muy cansado y, además, no había tiempo para nada, porque debíamos reanudar el viaje en seguida.

—¿Te gusto?

—A perder —respondí, más bien maquinalmente—. ¿Y yo a ti?

—¿Tú qué crees?

—¿Y tú?

Entonces dejó de sonreír y, sin mirarme de frente, murmuró:

—Que no eres como los demás...

"No eres como los demás", en boca de mujer, significa mucho, y yo lo sabía. Es igual a decir que uno es el elegido, el hombre entre los hombres, su dios.

—¡Fuensanta! —gritó una mujer dentro.

—Es mi madre. ¿Volverás pronto?

—Lo antes posible.

Fui a besarla y desapareció en el interior de la casa. "Ya voy, madre. ¿Es que no puede una ni tomar el aire?"

En el transcurso de más de medio año se repitió varias veces esta escena, aunque con variantes. Menos palabras y más angustia, hasta llegar a la misma orilla de todo. Ella estaba dispuesta, me lo dijo vehementemente, a cruzar esa orilla, pero yo me resistí. "¿Qué vas a hacer, Enrique?" "Aquí se roban las novias, Enrique." "¡Que te caes, que te caes!" Lo que empezó en broma, iba ya demasiado en serio. Y como uno es, al fin y al cabo, hombre...

Por fin, mientras la moza se arreglaba para nuestra entrevista, y antes de que yo abandonase la mesa, la madre me llamó y me hizo pasar a la cocina. La Trabuca era una mujer de ojos sagaces, de gesto autoritario, y todavía joven.

—Tiene usted que dejar en paz a mi Fuensanta —me dijo de sopetón.

—¿Por qué?

Me miró descaradamente a los ojos.

—¿Qué puede usted ofrecerle? Es usted un buen mozo, no lo niego, pero un ayudante de chófer no tiene nada que ofrecer. Y usted comprenderá que una debe querer lo mejor para su hija, ¿no le parece?

Yo estaba frío y oía sus palabras como si fuesen dirigidas a otro.

—¿Y qué es lo mejor?

—Un hombre con posibles. El dueño del camión, un negociante, un labrador con tierra propia... Me da igual. Mi Fuensanta tiene muchos pretendientes de esos y sería una lástima que...

No quise oír más. Me fui derecho al camión. Pepe Migas roncaba y despertó al ruido de las primeras explosiones de la máquina. "¿Qué pasa, qué pasa?" Le expliqué brevemente lo ocurrido. "¿Y la chica?" Seguiría esperándome en la puerta de atrás, dispuesta para huir conmigo... Tal vez. "No he querido hablar con ella. Se consolará pronto. Las mujeres son así." Pepe Migas tomó como propia la ofensa que, según él, acababa de inferirme inmerecidamente la Trabuca. "¿Te convences ahora de que es necesario meterle yesca a una sociedad en la que lo único que vale es el dinero? Como si por tener un camión, un negocio o unas tierras, un hombre fuese mejor que el que no tiene más que sus brazos..." Pero yo me sentía alegre, libre, y acallé los acalorados razonamientos de Pepe Migas silbando la tonada de "La cucaracha", como hacía él cuando se le pasaba el miedo.

Y fue en Valencia donde le esperaron. Nada más detener el camión en el Grao, se nos acercaron dos individuos preguntando quién de los dos era José Migas. Mi amigo palideció intensamente.

—Yo —dijo—. ¿Qué pasa? ¿Quiénes son ustedes?

Nos mostraron las chapas.

—Policías.

Entonces Pepe Migas se arrojó sobre mí y empezó a golpearme y a gritarme:

—¡Chivato! ¡Cabrón! ¿Conque has venido espiándome, eh? Pues te vas a acordar.

Me cogió tan desprevenido y sus insultos y acusaciones me parecían tan inverosímiles que, cuando quise reaccionar, ya tenía machacada la cara a puñetazos y los policías sujetaban a mi agresor. Pepe Migas resollaba como un toro herido.

—¿Dónde está la propaganda?

—Aquí, debajo de mi asiento.

Y se lo llevaron, no sin antes volverse para increparme de nuevo:

—Algún día nos veremos cara a cara, soplón de mierda.

Me quedé terriblemente confundido y avergonzado. El personal que había presenciado la escena me escupió su desprecio. "¡Será hijo de puta el fulano! ¡Chivarse de un compañero! Y todo por quitarle el puesto, seguramente." Tuve que realizar solo la descarga y la carga, entre rechiflas e insultos, y pasar por la Comisaría antes de partir. Dije que no sabía nada, que Pepe Migas desconfiaba de mí, que ya habíamos tenido algunos altercados por lo mal que me trataba, y quedé exonerado. No obstante, al salir de prestar declaración me preguntaba a mí mismo si había obrado bien, lealmente, o, por el contrario, mal, cobardemente. Pero, ¿cómo saberlo? ¿Por qué aquel cambio tan brusco y fiero de mi amigo? Después de tantos meses de vivir juntos, de confidencias íntimas y de relaciones tan amistosas, ¿seguía Pepe Migas pensando que yo era un espía a sueldo? ¿Por qué? ¿En qué se fundaban sus suposiciones? La confidencia era evidente, pero ¿por qué me la atribuía a mí? Tantas incógnitas me golpeaban la cabeza y me aturdían mucho más que los golpes de mi amigo. Y sin solución.

Continué solo el viaje más triste de mi vida. A cada momento, especialmente en las monótonas marchas nocturnas, recordaba las frases, los gestos, las risas y el silbo de mi compañero, encarcelado ya y sometido a saber a qué pruebas. Cuando el motor fallaba o se pinchaban los neumáticos, me veía tan solo, tan indefenso, que estuve tentado muchas veces de abandonar el camión y ponerme a andar sin rumbo por cualquier camino. Y lloré. No me da vergüenza confesarlo. Lloré, porque, después de mi madre, no había querido a nadie como a Pepe Migas.

Cuando regresé a Madrid, al cabo de un mes y medio, lo primero que hice fue visitar a su mujer. Quería que supiese que yo era completamente ajeno a la desgracia de su marido, y entregarle, como ayuda, parte de mi salario. Con gran sorpresa por mi parte, me acogió cariñosamente. "Ah, es usted Enrique. Pase, pase. No sabe cuánto le aprecia Pepe." Era una mujer chiquita, prieta de carnes, lozana aún. Los chicos trabajaban ya como aprendices en un taller. Gracias a eso podían ir tirando. Pepe se encontraba en la cárcel de Carabanchel, pendiente de consejo de guerra. Estaba bien de salud y muy animoso. "Ya sabe usted lo fuerte que es mi Pepe." Y yo no sabía por dónde empezar.

—Quiero que le diga usted, cuando le vea, que yo no tengo la culpa de lo que ocurre. Yo...

—Pues claro que no, hombre. Si lo sabrá él.

¿Oía yo bien o estaba siendo víctima de una burla mordaz?

—Pero lo creyó...

Entonces la mujer movió la cabeza, sonriendo.

—¿Sabe usted qué es lo que Pepe quiere que le diga primero?

—¿Qué?

—Vas y le dices, Encarna, que no sea tan panoli.

¿Panoli? ¿Panoli yo? Con las mujeres tal vez. Pero ¿qué relación podía establecerse entre mis historias amorosas y la detención de mi amigo? Yo no entendía nada.

—¿Es que no cae en la cuenta todavía?

—No —repetí—: No entiendo nada.

—Pues está bien claro. Fue una comedia. Pepe se revolvió contra usted para que la policía no le metiese en el lío. ¿No comprende? Lo único de verdad fueron los puñetazos. Cada vez que me lo cuenta se parte de risa y me dice: "Cómo le puse la cara al pobre Enrique..., pero si no se me llega a ocurrir el truco, estaría a estas horas en la trena, con nosotros, sin comerlo ni beberlo". Resulta que hubo una redada en Valencia y que cantó uno de los detenidos, que ya está preso también, porque los demás se la liaron de tal manera que no tuvo escapatoria. Así que no le valió de nada el chivatazo.

Me convidó a una tacita de café, café, y no quiso aceptar mi dinero. "Si alguna vez lo necesito, ya se lo pediré. Hoy por hoy no me hace falta." También sabía Pepe que iría a su casa en cuanto pudiese, a disculparme y a ofrecer mi ayuda. ¡Pepe lo sabía todo! Yo, en cambio, nada. "A Enrique le queda mucho que aprender, Encarna." Bien. Sería verdad. Pero yo me sentía libre. Bueno, relativamente libre. Todo lo libre que se puede ser a jornal y acechado desde todas las esquinas. En cuanto me descuidase... Lo estaba viendo. En cuanto me descuidase...

VI

—¿Está bien servido el señor?

Abro los ojos. El recorrido por mi vida ha sido tan largo y fatigoso que me encuentro como después de uno de aquellos viajes en la cabina del "ruso", maltrecho y entumecido. Pero la sonrisa del barbero, reflejada en el espejo, me vuelve a la realidad y me reanima. Sonrío yo también.

—Estupendo —digo—. Me has dejado como un novio. Se ve que, cuando quieres, afeitas y pelas como un catedrático en peluquería.

—Hombre, todos los días no se cumplen cuarenta años. Quiero, además, que te acuerdes de mí cuando otro barbero te eche la mano encima.

Saco un paquete de cigarrillos canarios y le invito a fumar.

—El último, ¿eh? —dice él.

—Eso, nunca. El penúltimo, hombre. Nos veremos pronto.

—Pero no aquí.

No respondo. Fumamos.

—¿Qué vas a hacer, Enrique?

—¿Y tú, Victoriano?

—Bah. Lo mío ya está decidido. Quedarme a vivir donde trabajan mis hijos, en Madrid. De volver al pueblo, ni hablar. Para mi mujer y para el que te habla, con poco es suficiente, y muy feas han de ponerse las cosas para que yo no me gane un jornal. La vida no es nada, pero hay que tener el valor de vivirla. No olvides esto, aunque parezca filosofía.

—¿Y no lo es?

—Bueno. Pero es la filosofía que está en las cosas, la buena. La otra es música celestial. No sirve para nada.

—De acuerdo.

—Yo te he preguntado qué es lo que piensas hacer, porque me has hablado de cosas distintas, pero no te he visto muy decidido por ninguna.

—Ni yo mismo lo sé, Victoriano. Depende de cómo se repartan los naipes.

Estoy a punto de marcharme, pero no tengo ganas de moverme. Quizá porque voy a dar un gran salto y porque lo sé y sé lo que pienso y lo que me aguarda, porque sé lo que sé, me abandona la voluntad y pone plomo en mis pies la pereza. Victoriano sigue diciendo que, a mi edad, sin obligaciones ni compromisos, mi situación es privilegiada, que soy dueño de mi futuro y que todavía puedo llegar hasta donde quiera. Mi amigo habla y habla, como si pensase en voz alta, mientras yo me pregunto: Llegar, pero ¿adónde? ¿Qué es lo que quiero? Y si lo que creo que quiero lo quiero de verdad, ¿qué va a ser de mí? Tanto tiempo deseando que llegase esta oportunidad y ahora, ahora, cuando la toco con los dedos, cuando me la ofrecen, cuando ya es mía, me da miedo tomarla.

Llega al trote Celestino, asoma la cabeza y grita, jadeando:

—Que dice don Narciso que te des prisa, que vas a perder el tren, que te está esperando... —y desaparece.

Victoriano calla. Ha llegado el momento. Me pongo en pie. Victoriano me mira. Sé que hace un gran esfuerzo para contenerse. A mí me pasa lo mismo. Y nos damos un abrazo en silencio.

—Te acompaño, Enrique.

—No, quédate aquí. Prefiero salir solo.

—Como quieras.

Al salir de la barbería me encuentro en el gran patio cuadrado. Son las primeras horas de la tarde y el sol de otoño tira ya a ras de los altos muros de piedra que forman el cuadrilátero, muros grises con filas de ventanas simétricas, enrejadas, amedrentadoras. Algunos hombres pasean, solos o en grupos, y otros permanecen sentados bajo las marquesinas de latón. Aquí he descontado seis años, dos mil ciento noventa días con sus noches, de los doce años de la condena, reducida por buena conducta e indultos. He extendido y recogido mi petate tantas veces como resulta de multiplicar ese número por dos. Durante tanto tiempo, la rotación de las estaciones ha carecido de sentido para mí. Días iguales, meses idénticos, años irreconocibles. Durante todo ese tiempo no me escribió ni vino a verme nadie de más allá de los muros con garitas y centinelas. —"¡Centinela alerta...! ¡Alerta estáaa!, como un aullido lúgubre en la noche."— Durante todo ese tiempo no vi una mujer. Durante todo ese tiempo trabajé en el pequeño taller de juguetería para pagar mi tabaco, y mejorar mi ropa y mi alimentación. Aquí he conocido hombres incomparables entre sí, con todos los estigmas del dolor y de la desventura, víctimas de la venganza y de la frustración, adalides de las ideas y profetas del futuro, irredentos y redentores. Presos, presos, presos. Hombres, hombres, hombres. Los he visto llorar y reír, pelearse como fieras, esconderse por parejas en los retretes inmundos mientras los demás dormían, discutir, alborotar, sumirse en el silencio y en la tristeza. O estallar en alborozo, y esperar, esperar siempre, invulnerables en su esperanza a las horas y a los días, a los meses y a los años. Los había comunes y políticos; aquéllos, de todos los delitos; éstos, de todas las ideologías. Los comunes me inspiraban lástima y horror; los políticos me intimidaban. Aquéllos me discernían entre los suyos y éstos desplegaban todas sus artes de persuasión para llevarme a sus campos respectivos. Yo prefería la compañía de los últimos. Hablaba y discutía mucho con ellos. He de reconocer que eran más hábiles dialécticamente que yo, más enterados, expertos, y conocían bien su camino. Yo, en cambio, flotaba en una nube de confusiones. Sus razonamientos me acorralaban. Muchas veces me vi sin salida. Pero, en el último instante, me zafaba. "Estás deformado", me dijo alguno, o "Te resistes por egoísmo", o "Tienes demasiado miedo". Y era verdad y no era verdad. ¿Cómo explicarlo? Difícil. Lo que me pasa a mí es que soy un incrédulo. No quiero ver por otros ojos que los míos. No quiero seguir el camino que se me señale, ni vivir al dictado. Quiero ver yo, descubrir yo, asombrarme yo, libremente. Los proselitistas siguen el mismo procedimiento que los vendedores: "Es lo mejor que hay. Lo demás, son imitaciones. Éste es el único legítimo, marca tal, de toda garantía". No te dejan pensar ni escoger. "Mire qué fibra, qué temple, qué acabado, qué exactitud, qué perfección... Pruébelo, úselo, cómprelo..." A mí me marean, me aturden, me desconciertan, y en vez de provocar mi decisión, lo que consiguen es que me inhiba. No puedo remediarlo. Soy así y no es que yo quiera ser así. Porque, ¿no es más dichoso el que cree que tiene algo que el que se ve con las manos vacías? Pero es irremediable. Por eso, aunque amigo de todos, no caí en la red de ninguno, y, sin embargo, en el fondo me identificaba con cada uno de ellos. "Te escurres como una anguila, Enrique, pero no olvides una cosa: más pronto o más tarde tendrás que comprometerte, porque no podrás vivir siempre como un lobo solitario. La libertad es un bien relativo. Se es libre con respecto a A o a B. Más o menos libre. Y libre dentro de una prisión, como aquí. La ley de Einstein es aplicable por igual a la física que a la metafísica. Uno va en un tren en marcha, a gran velocidad, y es libre de sentarse o estar de pie, de pasar de un vagón a otro, de asomarse o no a la ventanilla, etc., pero no de escapar del tren, ¿comprendes?" Eso me dijo un estudiante condenado a dos años de prisión por actividades subversivas. Era mucha quisicosa para mí y me quedé donde estaba, firme en mi propósito de no venderme más a nada ni a nadie.

Aquí me han explicado y demostrado cómo se sustrae una cartera del bolsillo interior de la chaqueta sin que se entere su dueño; qué es el "santo" y quién el "santero"; la técnica que se sigue en el planteamiento de los golpes; la forma de vender un automóvil, un camión o una casa ajenos; el modo de estrangular cabritos con el pulgar de la mano derecha, aplicado luego al gaznate de dos cuñados que disputaban un olivar al pastor; los subterfugios de que se valen los agentes de la trata de blancas para atrapar a jóvenes folklóricas con contratos falsos para Turquía y el Líbano; los procesos furibundos del amor homosexual que conducen a la muerte o a la mutilación; el arte de la falsificación de cheques, partidas de nacimiento y pasaportes, etc. Merced a ello, he entrevisto uno de los sótanos de la sociedad más repelentes, viscosos y sucios. También he tenido noticia, aunque con menos detalles y más reservas, de los estilos de conspiración política, de su enmascaramiento, sigilo, autodefensa, vías de penetración y elasticidad de maniobra. Éste sí que es un mundo fascinante, imaginativo y capaz de seducir a los espíritus más generosos, no sólo por los ideales que les alumbran, sino también por la intriga y la magia novelesca que constituyen su atmósfera y por el valor, la audacia y el sacrificio que comporta.

He aprendido mucho aquí, y de todo. Últimamente

172

ingresaron dos tipos excepcionales en su especie: Don Segis y Tinín. Don Segis es un sesentón majestuoso, que habla por medio de un aparatito, semejante a una pequeña radio de transistores, aplicándoselo a la garganta. Cuando apareció, se dejó decir, a su modo casi cabalístico, que había sido apresado bajo la acusación de cotizante del Socorro Rojo, aunque sin precisar si le era imputable o no el cargo. Ello le distinguía de los presos comunes y le daba acceso al círculo de los políticos. Pero a los pocos días, uno de los reclusos que trabajaba en las oficinas de la prisión nos contó la historia procesal de don Segis. Era aragonés y vivía en Zaragoza. Después de una larga carrera de delincuente al por menor, que no le había redimido de la pobreza ni de la inseguridad, y viendo que mermaban considerablemente sus facultades día a día, planeó el golpe magistral que le garantizase una vejez feliz y despreocupada. A tal fin, se trasladó a Barcelona y allí eligió, entre otras buenas fincas de la Vía Layetana, la que, a su juicio, reunía las mejores condiciones para su objeto. Obtuvo, como agente de la propiedad acreditado con credenciales en regla, toda la información necesaria acerca del inmueble. La casa, libre de toda clase de gravámenes, pertenecía al matrimonio compuesto por A y por B, residentes en Tarragona. Entonces visitó a uno de los notarios más prestigiosos de la ciudad, del que, en nombre de los propietarios, solicitó el servicio profesional de ponerle en relación con aquel de sus clientes a quien pudiera interesar invertir cuatro millones de pesetas, en primera hipoteca, sobre la finca número tal de la

Vía Layetana, valorada en más de cien millones. Al notario le pareció, en principio, viable la propuesta, pero sin asegurar a don Segis nada al respecto. No obstante, don Segis dejó en la notaría su nombre y señas, y, como él había previsto, transcurridas apenas dos semanas, recibió un aviso telefónico del notario anunciándole que ya tenía a la persona idónea y, seguidamente, concertaron día y hora para formalizar la escritura en las condiciones tales y cuales, que don Segis admitió de antemano. "Ya estaba el gato en la talega." Don Segis Lozano tenía apalabrada a la pareja de compinches que representarían los papeles del señor A y de la señora B, con la más completa e impecable de las documentaciones, preparadas, como sus credenciales de agente de la propiedad, por el doctor Silvestre, número uno de los falsificadores de España. "Si será grande el doctor Silvestre que se falsificó él mismo su orden de libertad. Se la pasó a su mujer entre la ropa sucia y, al día siguiente, llegó a la prisión por correo, con todos los sellos y membretes y requisitos de rigor. Por la noche de ese mismo día regresó a la cárcel voluntariamente, diciendo a los funcionarios que había querido gastarles una broma. Ese tío, con su pequeño estuche y sus plumines te hace una entrada de toros o de fútbol en el café." Y en el día y la hora señalados tuvo lugar la ceremonia jurídica del toma y daca, cheque contra escritura, ante la presencia del ilustre notario, quien firmó y rubricó, como tantas veces, con la conciencia tranquila, el pulso firme y la satisfacción de haber ganado honradamente sus congruos emolumentos. El cheque se cobró sin dificultades. El prestamista pudo, asimismo pasar la escritura por el Registro de la propiedad sin inconveniente alguno. Por su parte, don Segis se quedó con dos millones y repartió los restantes entre sus cómplices. Y todo quedó en paz hasta que, vencido el primer plazo para el pago de los réditos, el prestamista comunicó al notario la falta de cumplimiento por parte de los deudores. El notario pensó quizá que se trataba de un descuido, a causa, tal vez de una ausencia imprevista y llamó previamente por teléfono a los interesados. Y contestó en persona el auténtico señor A. Negó acalorada y acremente. No y no. No sabía nada de nada. Era dueño, eso sí, de la finca número tal de la Vía Layetana, pero ni él ni su esposa, la señora B, la habían gravado con ninguna obligación. Total, que se descubrió la estafa. Los falsos señores A y B vivían, quién sabe dónde, en algún lugar del extranjero. En cuanto a don Segis Lozano, alias don Luis Cáceres, don Tomás Segovia, don José Mediano, don Felipe Menéndez y veinte nombres más, fue hallado en un piso del Barrio de la Concepción de Madrid, registrado a nombre de una hija suya mayor de edad, casada y con hijos, y detenido sin resistencia cuando se disponía a desayunar. Y decía él: "Dinero ya no hay y está cogido el notario. Por de pronto me he declarado cómplice en una estafa de abonos que se hizo entonces por aquí, que es cosa de poco, de un par de años a lo sumo yendo mal las cosas, y por eso estoy en esta prisión. Para cuando me trasladen a Barcelona, ya habrá arreglado el asunto el notario, por lo mucho que le importa, pagando, naturalmente, que es de lo que se trata, y aquí paz y después gloria. ¿Quién va a creerse que una persona como yo, que hablaba con una flauta en la boca, porque este chisme americano lo compré mucho más tarde, es capaz de engañar a un notario y a un hombre de negocios?" Según él, los hombres se dividen en dos clases: la de los que duermen cerrando los ojos, y la de los que duermen con un ojo abierto. Éstos son los de su oficio y, aquéllos, los que pierden.

El caso de Tinín pertenece a otro género. Tinín es un muchacho de Santander, camionero, aficionado a las comilonas y a las borracheras. Para él, valen más una fuente de chuletas y un par de litros de Rioja que una moza. En uno de sus viajes a Madrid, la suerte quiso que se encontrara a un amiguete de los tiempos de la mili, Rafael. Celebraron el encuentro con una comida a lo grande. Comieron y bebieron hasta la hartura y, al final, entre los vapores rosados del vino, les llegó el turno a las confidencias. Así supo Rafael que Tinín llevaba una vida de mucho trabajo y poco rendimiento y le propuso pasarse a la empresa donde él trabajaba, una compañía hispano-francesa de transportes. No sería fácil conseguirlo, pero Rafael se encargó de resolver favorablemente la papeleta. "Cosa de un par de días, ya lo verás." Y efectivamente, al cabo de ese tiempo, Rafael pudo ofrecerle, en nombre de la compañía, un sueldo mensual de diez mil pesetas, más una gratificación de doscientas pesetas por cabeza.

—Ah, se trata de transportar ganado, ¿eh? —pregunta Tinín.

—Claro, hombre, claro —y Rafael sonríe maliciosamente, sin que su amigo advierta el retintín de su tono.

Rafael entregó a Tinín quinientas pesetas para los primeros gastos pues debía desplazarse a Salamanca para ponerse en relación con René, agente de la compañía en aquella plaza. Así lo hizo Tinín y luego, junto con René, viajó de noche hasta un caserío, donde ya le aguardaba el camión cargado con pacas de alfalfa seca. Pensó que sería forraje para el ganado y, sin más averiguaciones, se puso al volante. Marcharon durante seis horas seguidas, hasta poco antes de amanecer, por carreteras secundarias, entre tragos de vino y bocados de lomo, que René le ofrecía generosamente. Al llegar al punto de destino, una alquería aislada, René le instó a que fuese a dormir al dormitorio que tenía reservado en la casa. No podía desear nada mejor. Tinín, con la mente muy enturbiada por el alcohol y el cansancio, estuvo durmiendo hasta pasado el mediodía. Se despertó muy despejado y alegre y en disposición de matar al gusanillo que le cosquilleaba en el estómago. Ya le esperaban en la cocina para empezar a comer René, otro individuo al que llamaban Oliveira, que hablaba muy poco y siempre en una mezcla de gallego y castellano, y el matrimonio dueño de la finca, hombre y mujer de mediana edad, con aspecto de labriegos, y sin hijos, al parecer. Comió y bebió abundantemente, lo que aumentó su euforia. Observó, no obstante, que el Oliveira salió nada más terminar de comer. Así al pronto, no le gustaba el tipo, moreno, taciturno y de mirada huidiza. En cambio, René, que a pesar de su nombre era español, de

Zamora, le pareció un compañero inmejorable. Siempre estaba alegre. Había trabajado en varias ciudades de Alemania y Suiza y poseía un inagotable repertorio de anécdotas de los emigrantes españoles en aquellos países, de las alegres muchachas alemanas y de la sosería de los nórdicos, que contaba y repetía incansablemente. El casero salió también. La casera se puso a fregar la vajilla y quedaron solos René y Tinín, mano a mano, con la botella de vino entre medias, aquél contando chistes y ocurridos y, éste, dándole que les das al tinto, hasta que apareció de nuevo Oliveira. Entonces preguntó Tinín a qué hora reanudarían el viaje y Oliveira le contestó que cuando anocheciese. Eso de viajar de noche le pareció extraño a Tinín y le hizo sospechar que estaba metido en un asunto poco claro. Pero no se atrevió a exteriorizar su pensamiento porque la presencia de Oliveira le cohibía. Optó por salir al campo para refrescarse. Y eso hizo, pero le acompañó René. Lo primero que vio Tinín fue el camión, descargado, y, junto a él, las pacas de alfalfa seca.

—Y el ganado, ¿dónde está? —pregunta Tinín.

—Ven —le dice su compañero.

René le condujo al establo. Allí, tumbados sobre una capa de heno, yacían varios hombres. Eran diez hombres morenos, jóvenes, escuálidos. Algunos dormían y, los que no, les miraron en silencio, y de su mirada se desprendía la inconsolable y enfermiza tristeza del hombre que ha dejado de ser él mismo para convertirse en su propio fantasma. La tristeza, en fin, de los emigrantes en las sentinas de los barcos, que es perplejidad, abandono y dolor del alma.

Ninguno de aquellos hombres abrió la boca. René guardó silencio y, a Tinín, la sorpresa y el miedo le estrangularon la voz. Fue una escena muda en que hablaron sólo los ojos.

—Vamos —dice René.

De nuevo al aire libre, sigue diciendo René:

—Ese es el ganado, que viaja en el fondo del camión, cubierto por las pacas de alfalfa.

¿Cómo, ganado aquellos hombres? ¿Era una broma? Tinín como si estuviera borracho, no comprendía nada.

—Sí, se trata de emigrados portugueses sin documentación, que marchan a Francia, contratados por granjeros de allá. Nuestra compañía es la que se encarga de llevarlos de frontera a frontera, por etapas, naturalmente. Nosotros los dejaremos en Burgos.

—Pero esto es una canallada —protesta ingenuamente Tinín.

—Lo que tú quieras, pero es así. También era una canallada lo que hacían con nosotros, al principio, en Suiza y Alemania. En cuanto llegabas a Colonia, sin dinero, sin saber una jota de su lengua y con pasaporte de turista, caías en manos de unos tipos que te vendían a las fábricas por una comisión.

—¡Dios! Esto es demasiado para mí —exclama, asustado, Tinín.

—Bueno, eso se dice al empezar. Luego te acostumbras y te parece normal. Pero tú, ¿qué te creías, que te iban a pagar lo que te pagan por pasearte en camión? Vamos, hombre, no te hagas el tonto.

Tan turbado estaba Tinín que no acertaba a expresarse ni vio a Oliveira, que se había aproximado a ellos inadvertidamente. Sólo supo replicar que no y que no, que él no estaba dispuesto a continuar, que buscasen otro conductor, que él se marchaba inmediatamente, a pie, como fuese...

—Alto, alto —y Tinín se queda frío y mudo al oír la voz de Oliveira—. Menos prisas. Tú ya estás complicado en el asunto y sabes demasiado. Así que no esperes que te dejemos marchar por las buenas. O sigues o... —y la amenaza roza el rostro de Tinín como un viento frío—. Y te advierto que si se te ocurre irte de la lengua, la compañía no va a andarse por las ramas contigo. ¿Me comprendes?

Estaba claro. Oliveira y la compañía eran capaces de todo, sin duda, y Tinín se vio cogido en una trampa de malhechores, sin escapatoria posible de momento, y se resignó. Los diez hombres fueron instalados en el foso del camión, como sardinas en lata, y cubiertos por los bloques de forraje... Hizo muchos viajes en estas condiciones desde distintos puntos próximos a la frontera de Portugal hasta los límites de la provincia de Burgos. Por ello le pagaron puntualmente lo convenido, y supo, además, que otros agentes rivales habían procedido peor aún que los de su compañía. Cobraban el total del pasaje a los infelices y, luego, apenas les daban de comer durante el largo camino. A veces, detenían el camión, los desembarcaban y señalándoles una

180

línea de alturas próximas, les decían: "Ya hemos llegado. Detrás de aquellas lomas esté Francia". Los emigrantes ansiosos de llegar a su destino, se lanzaban a ciegas por el monte hasta que, al tropezarse con alguien se enteraban de que aquellas tierras pertenecían a Asturias y de que habían sido víctimas de un fraude. El lucro y la rutina adormecieron la conciencia de Tinín que, por la facilidad con que se desarrollaba su trabajo, llegó incluso a perder el miedo. Comía y bebía a plena satisfacción y ahorraba. ¿Qué más podía pedir? Un par de años en el negocio le permitiría comprar un camión y dedicarse al transporte legal por cuenta propia. Tal era su plan. Pero se le vino abajo cuando más tranquilo y confiado estaba. En uno de los altos, al descargar a los emigrantes, se vio que uno de ellos estaba enfermo. Tiritaba y, sin embargo, ardía, y su respiración era ronca y forzada. El único medicamento a mano, la aspirina, le provocaba sudores fríos y un estado de extenuación alarmante. Sus compañeros estaban aterrorizados y algunos de ellos lloraban. ¿Qué hacer? Hubo consejo. Conscientes todos del peligro de muerte que amenazaba al enfermo, René se mostró partidario de dejarlo allí, a ver si, a fuerza de sopicaldos, friegas y sudadas, conseguía superar la crisis en el transcurso entre dos viajes. Los dueños de la granja se opusieron terminantemente a esta solución. No eran culpables de lo sucedido y, por lo tanto, no tenían porqué asumir esa responsabilidad. Eso era asunto de la compañía. Como no tenía voz ni voto, Tinín se abstuvo de opinar, y fue Oliveira el que, como de costumbre, decidió fríamente lo que debía hacerse. "Tenemos que entregar, vivo o muerto, a ese hombre en la próxima parada. Después, que el relevo se las arregle como pueda." A Tinín le pareció simplemente un asesinato. "Y me entró la tembladera." No dijo nada, pero decidió firmemente no tomar parte en el crimen. Como ya era de confianza y estaba hasta el cuello según Oliveira, se movía con entera libertad. Así que mientras los demás, incluido Oliveira, se afanaban en reanimar al enfermo mediante paños de agua fría, friegas y sorbos de coñac, Tinín huyó. Anduvo toda aquella tarde y la noche siguiente por los montes, haciendo breves paradas y sin saber por dónde iba, ni adónde ni para qué. Él sólo quería huir... Le sorprendió el día, lluvioso y frío, completamente exhausto. Sin fuerzas y a plena luz no podía continuar y resolvió permanecer oculto, al resguardo de unas peñas, hasta que anocheciese. Pudo dormir poco, porque el frío, y sobre todo, el hambre, le torturaron en grado casi irresistible. Nunca giró el sol tan lentamente como aquel día, ni Tinín se sintió tan desdichado. No sabía dónde se encontraba, si lejos o cerca de Santander. Ignoraba asimismo qué debería decir ni cómo obrar cuando estuviese entre los suyos. Pero, ¿le convenía ir a Santander? ¿No sería precisamente allí donde irían en su busca, antes que a ningún otro sitio, los hombres de Oliveira para matarle? No se encontraba en condiciones para pensar ni decidir. Primero, comer, y, después, dormir, y, cuando estuviera despejado, podría tomar una decisión. Quizá Barcelona, donde uno puede perderse fácilmente, o Bilbao, y desde allí tomar un barco para cualquier destino... Pero antes, comer, comer, y dormir... Entre cabezadas y escalofríos y mordeduras en el estómago, fueron pasando las horas y, al fin, el sol comenzó a caer. No pudo esperar más. Que fuese de él lo que Dios quisiera... Abandonó el escondrijo y se dejó ir monte abajo por senderos de cabras. Entre dos luces ya, un ladrido lejano le anunció la proximidad de alguna granja o caserío. Esperó a que anocheciera y, cuando se hizo la oscuridad, se acercó a la casa, guiado por el punto de luz de una de sus ventanas iluminadas. El perro, encadenado, volvió a ladrar furiosamente. A poco, se abrió la puerta y apareció en ella la figura de un hombre. Tinín, desfallecido, tuvo un último arranque de energía y se dejó ver de él. Entonces el hombre hizo callar al perro.

—¿Quién es usted, qué quiere? —le pregunta.

—Me he perdido en el monte y estoy que no me tengo en pie de hambre y de cansancio. ¿Podría usted darme algo de comer y dejarme dormir en cualquier sitio hasta mañana?

Entretanto, se habían asomado una mujer y dos mozuelos.

—Puedo pagar —balbucea Tinín.

—¡Dios Santo! —y la mujer intercede por él.

El hombre le dejó pasar a la cocina, donde le acogió el reconfortable calor de los leños ardiendo bajo la gran campana de la chimenea. Tinín estaba mojado hasta los huesos y la mujer le propuso que se cambiara de ropa hasta que la suya se secase en la lumbre. "Le dejaré una camisa y un pantalón viejos de mi marido."

Pero Tinín prefirió cenar antes, y le sirvieron una gran cazuela de grelos recalentados, queso, pan y vino, que Tinín engulló casi sin respirar, ante el asombro y el silencio de la familia. El dueño de la casa esperó a que terminase para preguntarle cómo se llamaba y qué le había ocurrido. "Mi nombre es Faustino García Roderas, pero todo el mundo me llama Tinín." Dijo que su camión había sufrido una avería y que, al ir en busca de auxilio, como no conocía el terreno, anduvo sin saber por donde y se extravió. Venía desde muy cerca de Bayona, en Galicia. ¿Dónde se encontraba ahora? "En Asturias, cerca de Grandas de Salimes."

El granjero le mira a los ojos, desconfiado, y Tinín tira de cartera. "Puedo pagar." Los billetes de banco relumbran como estrellas antes las codiciosas pupilas de los granjeros, pero el hombre deniega con un gesto. "Esta casa no es una posada. Mañana tendrá que volver en busca del camión, ¿no es eso?" Tinín, sorprendido, responde que sí, que claro, que eso es lo que piensa, pero su tono y la forma vacilante de responder agudizan la mirada del hombre. "Bien, mañana será otro día." Y el hombre acompaña a Tinín al establo, y lleva para él un par de mantas y la ropa para el cambio. Extiende después unas brazadas de oloroso heno en un rincón, junto a las vacas y espera a que Tinín se mude de ropa. "Dormirá caliente y blando y mañana será otro día."

Tinín durmió como cachorro al regosto del calor vacuno y de los sopores digestivos. Fue un sueño profundo, sin sueños, casi una muerte dulce, que terminó

184

en la punta de la bota de un guardia civil hurgándole en el costado. Ante sus ojos, turbios aún, los tres: la pareja y el casero, le miraban desde arriba. "Vamos, levántese." Y empezó la gran borrachera de Tinín. Preguntas y preguntas. No quiso repetir la historia del camión averiado, porque se descubriría fácilmente su falsedad y, como no podía contar la verdad entera, se limitó a decir parte de la misma. Venía huyendo de los agentes de una compañía hispano-francesa de transportes, porque querían matarle. ¿Y por qué querían matarle? Tinín comprendió entonces que acababa de meterse en un callejón sin salida. Pero ya era tarde para dar marcha atrás. ¿Por qué? Pues por negarse a seguir prestando sus servicios en la compañía. ¿Y por eso querían asesinarle? Por eso. Y Tinín no dio más explicaciones. De manera que primeramente era un camión averiado y, ahora, unos supuestos agentes de una compañía de transportes que le buscaban para liquidarle, ¿eh? Los guardias se lo llevaron al cuartelillo para comenzar de nuevo el interrogatorio. ¿No sería uno de los miembros supervivientes de la pandilla del Pedrote que aún andaban sueltos por ahí? Tinín negó. ¿Y el dinero que llevaba encima? "Son mis ahorros." Pero, ¿es que puede ahorrar un chófer veinte mil pesetas y llevarlas en el bolsillo como si tal cosa? Al juez. Le abrieron sumario y, por más averiguaciones que se efectuaron, no pudo hallarse ni rastro de una compañía hispano-francesa de transportes con itinerarios fijos o eventuales por Galicia y Salamanca. Por otra parte, ¿cómo se llamaban el director, el encargado y sus agentes? "No lo sé." Luego no existía tal empresa. En cambio, se comprobó que unos meses antes Tinín había abandonado su puesto de conductor en la empresa santanderina, sin motivos que lo justificasen, sin despedirse y sin dejar ninguna referencia. ¿Qué había hecho desde entonces? ¿Dónde estuvo durante ese período de tiempo? Claro, con una compañía hispano-francesa de transportes inexistente. Ya. Si no miembro de la partida del Pedrote, su conducta extraña, sus contradicciones y la incoherencia de sus respuestas, eran indicios razonables para suponer, al menos, que Tinín había estado en relación con alguno o algunos de aquellos delincuentes. Le juzgaron por complicidad y le condenaron. Tinín me contó todo esto en una noche, de petate a petate, entre tiento y tiento a una botella de vino que yo adquirí de contrabando en la prisión. "No me creyeron. Nadie quiso creerme." ¿Murió el emigrante? ¿Y quién puede saberlo? Bueno, ¿no sería la inverosímil historia producto de las alucinaciones de un borracho? "Entonces ¿qué hago yo aquí?" Cierto. Y Tinín ya no sabe nada, no cree nada y sigue sin comprender nada. "Ni siquiera estoy seguro de ser yo Tinín, ni siquiera."

Doy los primeros pasos en dirección a la Jefatura de Servicios y comienzan a acudir los presos para saludarme y despedirme. Me dan la mano, me golpean amistosamente la espalda, sonríen con tristeza. "Salud, Lorca. Suerte, Lorca. Adiós, Enrique, que te vaya bien." Me desean, sobre todo, suerte, suerte, suerte. Y es el deseo más sensato, según ellos. Porque, ¿de qué valen la salud, el talento y el valor si no van acompañados de la suerte? ¿Y qué es la suerte? Ah, no lo sabe nadie, pero no importa. La suerte está, y cada uno nace con la suya. Bien, dejemos eso. Dicen que cada despedida es una muerte, hasta la muerte definitiva; como cada estación es un anticipo de la parada final. ¿Sólo son frases o una verdad? Vaya usted a saber. Yo me dejo aquí un trozo de mi vida, irrecuperable. No es que no haya vivido, sino que he vivido al margen del tiempo de los demás, fuera del campo de gravedad del mundo de los vivos. Todo ese tiempo que los de más allá de los muros han empleado en hacer algo, lo he consumido yo en soltar palabras. Aquí, por lo tanto, sólo dejo un río de palabras, una innumerable bandada de palabras. Y como en la vida lo que no es acción no es nada, realmente no me dejo nada aquí.

El jefe de servicios está de buen humor:

—Vamos, Lorca, cualquiera diría que no tienes ganas de salir.

Ya me ha cacheado la maleta. Todo está en orden. Ahora hemos de ir a la oficina principal de la prisión para terminar el papeleo. Últimos abrazos y suerte, suerte, suerte; y última mirada mía al patio, desolado e irreal.

Se abren las puertas enrejadas a nuestro paso. "Suerte, Lorca", dice cada guardián.

—Te has portado muy bien, Lorca. Procura hacer lo mismo fuera —me va diciendo el jefe de servicios, don Narciso.

Firmo. Me dan un papel que acredita el estado a cero de mi cuenta con la sociedad. No debo nada, nada. Según mi cuenta, mi cuenta personal, sin embargo, he pagado lo que no debía y, por consiguiente, me deben esos seis años que yo he consumido en soltar palabras como quien se entretiene en abrir una pajarera.

—Lorca, tienes un buen saldo en tu cuenta de peculio.

—¿En peculio? ¿Yo?

—Sí. Ayer mismo llegó un señor y te impuso veinticinco mil pesetas. Son tuyas. Firma.

Firmo otra vez y recojo los billetes.

—¿No lo sabías?

Claro que no, pero digo:

—Es una sorpresa. Claro, como hoy cumplo cuarenta años...

—Ya. Felicidades, hombre, felicidades.

Y recuerdo el sueño que tuve anoche. Esta es la mala noticia. ¡Dios! Veinticinco mil pesetas por seis años de cárcel... Mi precio. ¡Qué bajo me han tasado!

Me dejan en la puerta. Ya estoy en la calle, una calle que casi no es calle, porque no veo más que a los guardias en sus garitas. Y me digo: "Vamos, Enrique, a la estación; que tenemos mucho que hacer".

VII

He PAGADO LO QUE no debía, esa es la verdad, y mi único propósito al salir de la cárcel consiste en cobrar esa deuda. No tengo más que un deseo y no hay en mí voluntad más que para una sola cosa. Y es esa: cobrarme. Tal es mi plan. Y para cobrarme no existe más que un medio. Y ese medio es matar a José Puig. ¿Sólo a José Puig? Debería matar también a Gloria. Claro que sí. Tan culpable es Gloria como José. Sí, pero Gloria es una mujer hermosa y me considero incapaz de emplear la fuerza con una mujer, y menos aún si es hermosa. Sin embargo, depende de la suerte. He aquí de nuevo el problema de la suerte. Que sea la suerte quien decida. Veremos cual es la suerte de Gloria.

El tren donde viajo hacia Madrid es uno de esos que llaman "cortos", por la escasa longitud de los trayectos que recorren. Llevan habitualmente pocos viajeros, salvo en los días de la feria de San Isidro, y nadie sabe por qué siguen funcionando, pese a su baja rentabilidad. Voy en mi departamento, junto a la ventanilla. Agoniza lentamente la tarde otoñal. Ha sido un día soleado y el cielo está limpio, traslúcido. Sólo a poniente está coloreado de rojo sinfónico, es decir, de un rojo de diferentes tonalidades y matices que van desde el oro bermejo hasta el púrpura sangrante. Por el contrario, la tierra de barbechos y de colinas desnudas es opaca, ocre, mortecina. Paisaje de meseta esteparia tan familiar a mis ojos. ¡Cuántas veces la crucé en todas direcciones y la sufrí en verano y en invierno, de día y de noche! Al contemplarla de nuevo entre dos luces, paréceme que revivo mis años de camionero. Polvaredas y resoles, crepúsculos y mediodías, lluvias y vientos, nieves y heladas, noches angustiosas, reventones, averías, ventas, campesinos de cuero con la gorra sobre los ojos, mujeres en los sembrados, con bultos a la cabeza, cosiendo a la sombra de los portales... Fuensanta se habrá casado con un hombre de posibles. ¿Qué habrá sido de la pobre Lucy de "La casada infiel"? He sabido que Pepe Migas se fue a trabajar fuera de España, a una ciudad cuyo enrevesado nombre no recuerdo, cuando recobró la libertad. Pepe Migas. Buen hombre. Buen compañero. Bueno de verdad. Bueno. Más al fondo están Maribel, el señor Plácido y, como un sol que no se pone, mi madre. ¡Cuántas noches carcelarias he recordado a Maribel, la muchacha que me enseñó el amor! Todavía su recuerdo me enfebrece. Sin embargo, no quisiera encontrarme con ella. Después de tantos años, ya no será Maribel, sino su sombra ajada, su fantasma, su ruina, si es que vive. Y el señor Plácido... Llegó a rico, según sus

190

cálculos de la riqueza. Tres tiendas más, pero perdió a su hijo Manolo, que no quiso ser abogado y huyó a Alemania, y eso que parecía manso y abúlico. "Sí, soy rico, Enrique, ¿y qué? El dinero también ata. Lo tienes y no lo tienes. Él te tiene a ti, y te obliga y te manda. Ya ves, si tú me pidieras dinero, aunque quisiera regalártelo, no podría complacerte. Es así, Enrique. A fin de cuentas, el dinero no vale para lo que uno quiere. Yo daría todo lo que tengo porque mi hijo fuese abogado y estuviese cerca de mí. Pero es inútil. Y yo me digo: ¿qué es lo que nos pasa a los hombres que nunca llegamos adonde queremos?" Mi madre es la que no cambia. Parece que la estoy viendo y oyendo. "Yo no soy de esas. Yo no me vendo." "Apareció tu padre como el sol..." "Han matado a tu padre, corazón..." "No quiero que críes más hieles por mi culpa, hijo mío." Mi madre no morirá mientras yo viva, y seguirá para mí igual, igual, igual. Como no pude comprarle, en su día, una sepultura perpetua, sus restos irían al osario común. Tampoco ella pudo poner lápidas en las tumbas de mi padre y de mi hermana. Pero no importa. En las sepulturas perpetuas y en los panteones tampoco queda nada. Los muertos viven en nuestra memoria, están en nosotros. "Vivirás mientras haya alguien que te recuerde", y es cierto. Así siguen viviendo César, Cervantes, Napoleón y tantos otros hombres y mujeres de todas las épocas.

¡Qué traqueteo! Una estación. Nadie sube ni baja y el hombre de la gorra ferroviaria, que parece dormido, quién sabe en qué estará pensando, si es que piensa, toca la campana. ¡Vaya una forma de arrancar! Y otra vez en marcha. La cresta roja del sol ha desaparecido y las sombras se apelmazan sobre los eriales y los labrantíos. Hombre, un olivar. No hay ningún árbol que gane al olivo en vetustez. Todos los olivos son viejos y tristes. Achaparrados, rugosos, retorcidos, atormentados por la artritis, siempre con la gorra puesta. Viejos. Los chopos van por las riberas; las hayas, los robles y las encinas, monte arriba y monte abajo; los frutales, por las huertas húmedas; las higueras, por los sequíos... Las acacias parecen novias domingueras; los eucaliptos, incensarios; los almendros en flor, pajaritas de las nieves; los naranjos y limoneros, vírgenes barrocas... Y en cambio, los olivos surgen en ignorados cementerios prehistóricos y son retoños de grandes osamentas fosilizadas. Cuando corría la provincia de Jaén, sus filas interminables de olivos me hacían pensar en nutridas formaciones de guerreros muertos. Y me estremecía de pavor, sobre todo en las noches de luna. Mucho miedo me han hecho sentir los olivos y los olivares. Por eso, para mí, tierra de olivos es tierra de muerte.

Aprendí mucho entonces a bordo del "ruso". Creo que España, a pesar de lo que se ha escrito y dicho de ella, que es incalculable, es un país poco conocido o, al menos, no siempre contemplado sin veladuras de prejuicios. Por ejemplo, ¿a quién se le ocurriría por primera vez decir que los andaluces son gentes alegres? Alegres, los del norte, jocundos y fisiológicos. Los andaluces sonríen, eso sí, pero rara vez carcajean. No saben carcajear, no pueden, porque llevan la tristeza en la sangre y sonríen para disimularla, aunque ellos crean que son muy alegres. Tienen un enfermizo apego a su tierra, que creen la mejor del mundo, y por no separarse de ella soportan y sufren los mayores oprobios. Son los últimos siervos de la gleba, porque, en el fondo, no saben más que ser señoritos o nada.

Fueron los años de la emigración a las ciudades industriales y al extranjero. Las aldeas y los pequeños burgos se despoblaban. Grandes levas de ambas Castillas y de Extremadura volvieron a desparramarse por la Europa fabril, después de tres siglos de inmovilidad y aislamiento. Emigraron también de otras regiones. Sólo quedaban en el campo los viejos, los niños, los tontos, los cobardes y los adinerados, pues hasta las mujeres jóvenes se fueron. Yo los ví en la estación con sus maletas de madera, de cuando la mili, y sus atadijos de ropa, nerviosos y aturdidos, pero obstinados. Iban a la ventura, pero, por fin, iban a la aventura. Ya era alentador que quisieran algo y fuesen capaces de ir en su busca, venciendo dificultades y afrontando riesgos. Era, en cierto modo, el despertar de un antiguo sueño de grandezas y mesianismos inútiles. Y justamente entonces, cuando se inició esta gran desbandada, empezaron a llegar los turistas en rebaños cada vez mayores, en busca de sol y descanso baratos. Parecía una sinrazón, y muchos lo creyeron así, pero se trataba del fenómeno más razonable y sencillo de nuestro tiempo.

El "ruso" se paró un día, millonario de quilómetros, y pasó al desguace. Fue sustituido por un camión como aquellos que se burlaban y adelantaban al nuestro, veloz, fachendoso, relumbrante, de bocina atronadora. Me lo entregaron con un ayudante, mejor dicho, con ayudantes, pues fueron varios los que, en poco tiempo, lo tomaron y lo dejaron para irse a Alemania. Yo también pensé marcharme a probar fortuna por ahí fuera. Quizá debí hacerlo. Otro gallo me cantara hoy, tal vez, aunque, ¿quién puede saberlo? La razón de que no emigrase entonces fue el cansancio que sentía de estar siempre de camino y de trabajar sin limitaciones de horario. Cierto que percibía un jornal relativamente considerable, pero engañoso, porque lo consumía íntegro la irregularidad de la vida ambulante y, en resumidas cuentas, salía uno comido por servido. Dejé la carretera y me dediqué a hacer portes en la ciudad. Me alojé en una pensión modesta y de esta forma dispuse de más tiempo libre, aunque no mucho, porque para reunir los ingresos imprescindibles era necesario trabajar varias horas extras al día. Después de prestar mis servicios en una empresa de reparto de paquetería, un compañero de pensión me propuso colocarme en una agencia de taxis. Hombre, se trataba de un trabajo más fácil y cómodo, y también mejor pagado, y acepté. No me fue difícil obtener la cartilla correspondiente y, a los pocos días, me estrené como taxista saliendo de una cochera de Cuatro Caminos. Lo único que me disgustaba de mi nuevo oficio era, la gorra, la horrible gorra que los guardias nos obligaban a llevar siempre puesta. En esto, los guardias se mostraban inexorables. A mí me daba vergüenza verme en el espejo retrovisor de aquella facha y procuraba destocarme siempre que salía del centro de la ciudad o cuando la viajera era joven y guapa,

194

ya que cifraba mi mayor orgullo físico en mi pelo. Por lo demás, el trabajo de taxista me divertía y excitaba. Como eran pocos, relativamente, los taxis que rodaban por Madrid, estábamos muy solicitados, sobre todo en los días de lluvia y frío, y no tenía, por ello, que preocuparme en cazar clientes, antes al contrario, me permitía hacerme el sordo a algunas llamadas, bien porque no me agradase el tipo o bien porque, ya de retirada, no quisiera perder mi tiempo libre. Eran de ver y oír las discusiones y las peleas entre los aspirantes a ocupar el coche... Presencié casos en que se abofetearon dos hombres bien vestidos y de aspecto respetable por subir a él. Se imponía el más fuerte o el peor educado y, cuando recurrían a mi arbitrio, yo me encogía de hombros, absteniéndome de dirimir la cuestión, tal como los más veteranos me aconsejaran. Sólo si se trataba de un anciano o de una señora con niños pequeños intervenía yo en su favor. Siempre, después de la batalla, el ganador, bufando aún, se encaraba conmigo. "¿Se puede saber por qué no ponen más taxis en servicio? Esto es una vergüenza." Yo me sonreía al ver, por el retrovisor, la cara de tomate o de limón del viajero. "¿Y qué quiere usted que yo le haga? Dígale usted eso mismo al alcalde." Luego, se avenía a las buenas el excitado caballero. "Usted perdone. Ya sé que usted no tiene la culpa. La culpa es del maldito sistema de los monopolios. Para que algunos sirvengüenzas engorden, tenemos que fastidiarnos los demás." Algunos no se detenían ahí y soltaban un rosario de tacos e insultos contra los responsables, haciendo uso del vocabulario genital más crudo. En efecto, la explotación del servicio de taxis constituía un monopolio repartido entre pocos. Aun cuando el número de taxis resultaba insuficiente, se expendían las nuevas licencias con cuentagotas a fin de "proteger la industria del taxi", bonita manera de encubrir los intereses monopolísticos de unos cuantos privilegiados. Una licencia de taxi se valoraba en más de cuatrocientas mil pesetas, a veces en más de medio millón, según que fuera traspasable una, dos o tres veces. Es decir que, al beneficiario le entregaban con ella un cheque por ese valor. ¿Qué obrero como yo disponía de una cantidad de ese monto? Resultado, que las licencias iban a parar, en su mayoría, a manos de los "industriales del taxi", quienes sin tocar el volante, ¿cómo iba a conducir un solo dueño treinta taxis simultáneamente al punto?, imponían su ley al servicio y bloqueaban cualquier intento de competencia. Estaba claro y todo el mundo lo sabía, pero ¿qué hacer para evitarlo si los grupos de presión que actuaban en este terreno eran mucho más fuertes que los usuarios y que el interés público? Nada. Sí, gruñir, emberrechinarse y... pagar. Y eso es lo que hacían. Entonces me di cuenta también de que el taxi es como un confesonario. Generalmente, a poco de tomar un nuevo viajero, empezaba éste, de pronto, a desangrarse, es decir, a contarme su caso. Si se dirigía a un sanatorio a visitar a un pariente o a un amigo enfermo, el tema era la enfermedad que padecía el tal, el diagnóstico facultativo y todas las implicaciones familiares, profesionales o económicas que acarreaba. Si acudía a una cita de negocios o a pretender algo, se me informaba inmediatamente del asunto en cuestión, y hasta hubo quien llegó a preguntarme si yo conocía alguna persona influyente que pudiera echarle una mano. Si conducía a alguien a la estación de ferrocarril, sabía yo, al término de la carrera, adónde iba mi cliente, por qué y para qué. A veces, el viajero se mostraba pensativo y silencioso, pero bastaba, si tenía yo deseos de charlar, con que le interpelase con una referencia al tiempo. "Calle, por Dios." Y me soltaba su rollo. Las mujeres, más reacias a enhebrar la charla en un principio, una vez roto el hielo resultaban mucho más locuaces que los hombres, si bien su repertorio ofrecía pocas variantes: las insoportables pretensiones de las chachas: "Se creen ya tan señoritas como nosotros"; los precios del mercado, por encima de las nubes: "¿Adónde vamos a parar?", las enfermedades, los colegios: "Si no se gana para pagar sus facturas y cada año enseñan menos. ¿Y qué me dice de cómo se están poniendo las primeras comuniones?"; el pluriempleo marital: "¿Querrá usted creer que los niños no ven a su padre más que en los días de fiesta?"; los aparatos electrodomésticos: "Usted que es mecánico, ¿cuál cree que es mejor lavadora, la marca A o la marca B?"; de las rebajas en los grandes almacenes... Detalle curioso: casi siempre mis viajeros acababan echando pestes de la situación económica: "Esto es una carrera hacia el abismo. De pronto, hay créditos; de pronto, no hay créditos. ¿Es que estamos jugando a las comiditas o a los acertijos? A ver: de La Habana ha llegado un barco cargado de..."; de la situación política, del alcalde, del gobierno, de los deportes, de los Bancos, de la Universidad, de los colegios, de todo. De cuando en cuando me decía alguien confidencialmente que se esperaba un cambio de gobierno. "¿Qué le parece, eh?" Mi informador conocía los nombres de los nuevos ministros, uno de los cuales era íntimo amigo suyo, compañero de promoción. "¡Quién se lo hubiera dicho a él entonces!" Claro, los ministros todavía en el poder se creían muy seguros, eso pasa siempre, pero cuando leyesen cualquier día el Diario Oficial... Habría sustos, desmayos, indigestiones... "Es que debe ser tan apetitoso el mando, ¿sabe usted?" Pero lo más frecuente y lo que pudiéramos llamar trámite obligado consistía en preguntarme si yo era partidario del Real Madrid o de los colchoneros o si era partidario del Atlético de Madrid o de los merengues. La diferencia tenía su miga y significaba un pie para mi respuesta. Fuese cual fuese mi inclinación, el tipo se orquestaba una conferencia sobre fútbol o me contaba la historia melodramática del último quinielista afortunado. El fútbol, las futbolerías y los futboleros componían el capítulo interminable que pasaba de boca en boca desde la mañana a la noche, como si de la pelota y de los puntapiés dependiese el destino del país, salvo que tal verborrea futbolística, verdaderamente alucinante, entontecedora y absurda, casi casi oligofrénica, obedeciese al deseo de no incurrir en comentarios y críticas mucho más peligrosas. De paso, se tiraban coces a esto y a lo otro, pero era el fútbol el pagano. Cosa curiosa también era la reacción contraria. En ese caso, se acometía contra el extranjero y se proclamaba a los españoles superiores en todo: más valientes, más geniales, más hombres, más morales, más religiosos y, en definitiva, el pueblo elegido por Dios y envidiado por los demás. Por mi taxi pasaron innumerables personas de todas las edades, clases y condiciones. Unánimemente se mostraban descontentos, protestones, críticos acerbos, augures de catástrofes, debeladores rabiosos de famas y prestigios, irascibles, crispados, energuménicos... Y bien, ¿qué ocurría más allá de sus palabras? Según otras palabras, las de la Prensa, la radio y la televisión, no otra cosa que triunfos diplomáticos, industrialización, avances sociales, bienestar, inauguraciones de obras públicas, pensiones para los ancianitos españoles, viviendas para nuestros productores, aumentos de salario, paz y felicidad. En el pequeño comedor de mi pensión también se despotricaba sin rebozo. En cuanto aparecía el locutor de televisión para notificarnos las huelgas de Francia e Italia, la escasez de viviendas en Alemania, el bajo nivel en los países al otro lado del telón de acero, la agonía del imperio británico, el caos estudiantil y las revueltas de los negros y el desbarajuste socio-político en Estados Unidos, los espasmos subversivos en África y en Suramérica, estallaba la tormenta. "¡Ya está ahí el embustero!" Y de aquí, ¿qué? De esto ¿qué? De lo otro, ¿qué? De lo de más allá, ¿qué? ¿Qué? ¿Qué? ¿Qué? Aquí, todo marcha como la seda, ¿no? Estamos como queremos, ¿no? No pasa nada, ¿eh? Después, si no se rellenaba la quiniela, cada cual se iba a dormir o a sus quehaceres, como si tal cosa, para hacer y decir lo mismo al día siguiente. En los primeros tiempos, estas experiencias, nuevas para mí, me confundían y turbaban, incluso me atormetaban en sueños, pero a fuerza de oír tantas veces lo mismo, en todos los tonos, llegaron a ser para mí palabras, sólo palabras sin contenido, únicamente palabras, palabras, palabras. ¡Cuánta palabra inútil! ¡Qué guerra de palabras! ¡Qué país de parlanchines, voceras e histriones! Llegué a preguntarme, sin hallar la respuesta convincente: ¿existe o no existe una conciencia debajo de ese guirigay de corral? Y me dije un día: "Esto parece la algarabía de un mercado". Y me acordé del mercado de frutas y verduras de Legazpi.

De verdad, el taxi fue mi mejor escuela de la vida. Aprendí en él en un solo día, más que en todos mis años de camionero. Pronto conocí los nombres y situación de los principales restaurantes, salas de fiesta, *boîtes*, casas de cita y antros de toda clase. Durante el día, tomaba y dejaba gentes que bullían apremiadas por urgencias y necesidades ineludibles. Eran la espuma de la ciudad en pleno hervor vital, su energía desatada. De noche, en cambio, la clientela estaba constituida por gentes sin más preocupación que el placer inmediato, visceral y, en gran parte, clandestino. ¡Qué Madrid el de las tres de la madrugada! Golfos, prostitutas, viciosos, depravados, alcohólicos, aburridos, vagos... No digo que no hubiera entre ellos personas normales, de esas que tratan de escapar por unas horas de la rutina de sus jornadas laboriosas, pero eran excepción y, además, se las distinguía de las otras fácilmente. De noche recogíamos el légamo putrefacto, hediondo, de la ciudad. No me gustaba, aun cuando las propinas fuesen más generosas y las carreras mucho más rentables. No me gustaba, aunque me surgieran ligues con mujeres estupendas. "Pronto va a amanecer. ¿Por qué no nos bebemos juntos las últimas copas de la noche? Vivo sola. Anda." Así. Aventuras que terminaban, generalmente, al alborear la mañana. A veces, se repetían con la misma mujer. Todas ellas me recordaban a Lucy, la de "La casada infiel". Hasta hubo una que me propuso ser su chulo. "Tú me gustas y como, al fin y al cabo, una no puede vivir sin un hombre..." La dejé hablar:

—Puedo darte dinero para que compres un taxi, con licencia y todo eso... Tú trabajas con él por el día y, por las noches, me recoges a última hora y nos venimos a dormir juntos. A lo mejor llegas a tener varios taxis, ¿eh, machito mío?

—¿Y después? —pregunto.

—¿Después? No me hables de eso.

—Hay que hablar.

Se queda mirándome, perpleja. El alcohol y el cansancio la envuelven en un velo gris. Tiene unos ojos grandes, ribeteados de pintura. Es muy atractiva, sí. Y joven. ¿Veinticinco años? Tal vez menos. Se llama, o dice llamarse, Cleo.

—¿Hay después, cariño? —dice, tratando de sonreír.

—Claro.

—Pues entonces, como tú... Pero no. Tú no querrías casarte conmigo.

—¿Casarnos?

—¿Verdad que no?

Deniego con la cabeza.

—¿Con un virgo, eh?

—Ni contigo ni con nadie.

—¿Y si yo dejara esta vida?

—Tampoco.

—Pues es una lástima. Yo podría hacerte feliz. Soy buena. Aunque tú no lo creas, soy buena. Contigo sería muy buena. Estoy deseando ser buena, pero...

—Ya sé que eres buena.

—¿Verdad que sí? —los ojos le brillan de contento y abre sus brazos hacia mí—. Ven, te voy a contar una cosa, tonto.

Empiezo a vestirme.

—Anda, ven.

Sigo vistiéndome.

—Ven, hombre, no seas así.

Termino de vestirme. Descorro las cortinas. Está amaneciendo.

—Pero, bueno, ¿quién eres tú?

Sufro. Sufro hondamente y me siento amargo. Me vuelvo para decirle:

—Ya lo estás viendo. Nadie.

¡Qué inmenso asombro en el asombro de sus ojos! Sacude la cabeza.

—¿Es que estoy borracha?

—Tienes mucho sueño. Duerme, anda.

—¿Que no eres nadie? —insiste.

—Ya te lo he dicho. Nadie —repito.

—Está bien, está bien.

202

La arropo. Le acaricio suavemente los párpados, las mejillas, el cabello...

—Duerme, duerme...

Cierro las cortinas y me marcho sin hacer ruido.

No volví más con ella. La vi luego alguna vez, sola o acompañada, y siempre sus ojos se me adherían como para decirme, desesperadamente: "No hay después, no hay después", y yo sentía en esos momentos la amargura grande de mi pequeña victoria. ¿Por qué no tendrá uno cien vidas para poder repartir noventa y nueve y quedarse con una y vivirla libremente y sin tener que rescatarla cada día a costa del dolor ajeno y a costa de la propia amargura?

Algún tiempo después me tropecé con José y Gloria Puig. Los recogí a la puerta de una *boîte* célebre entonces. Acababa de dejar allí una pareja de trasnochadores cuando apareció una mujer del brazo de dos caballeros, bamboleante la cabeza, deshecho el peinado, borracha. "¡Taxi!" La subieron al coche entre los dos, pero sólo uno se quedó dentro.

—No acostumbra a beber y... —dice el de dentro.

—No tiene importancia. ¿Nos veremos mañana, no? —pregunta el que permanece en la acera.

—Naturalmente.

Se estrechan la mano. Oigo unas señas y partimos. Apenas hablaron en el trayecto.

—Ya te dije que bebieras con cuidado...

—Bah. Déjame... ahora, ¿quieres?

Al detenernos ante el portal, en la calle Montesa, el hombre me pidió por favor que le ayudase a sacar del automóvil y subir a su piso a la mujer. "Es mi esposa y no quiero que la vean en este estado ni el sereno ni la chacha, ¿comprende?" Y mientras hacíamos grandes esfuerzos para evitar que se golpease la cabeza con el techo y con la portezuela, siguió dándome explicaciones. "Mezcló bebidas sin darse cuenta y se mareó. Luego le hicieron tomar un té con limón, muy concentrado y se le revolvió el estómago." Estaba fría y sudosa. No se tenía en pie y hubimos de cogerla ambos fuertemente por la cintura y echarnos un brazo cada uno por encima del hombro. Apestaba a agrio. Yo sentía contraerse los músculos de su cadera y de su vientre bajo mis dedos y rozarme la mejilla la suavidad de su brazo perfumado. "Salimos a cenar con un personaje y su señora, cosa de negocios ¿sabe?, y luego se les ocurrió a ellas terminar la velada en una *boîte*. No sé por qué las mujeres decentes sienten tanta curiosidad por esos sitios, cuando nada se les ha perdido en ellos..." Yo le hubiera contestado que por la mitad de puta que tienen todas las mujeres, ¿a cuál de ellas no le gustaría ser puta siquiera por una noche?, pero me callé. ¿Qué me importaba a mí aquella estúpida historia? Habíamos llegado, entretanto, al ascensor, una frágil caja encristalada de antes de la guerra, que tembló y osciló bajo el peso de los tres. Allí, sin embargo, pudimos vernos las caras el hombre y yo, porque ella llevaba caída la cabeza sobre el pecho. "Vivimos en el ático. A mí me gustan las alturas. ¿Y a usted?" Le contesté que prefería los bajos. "Así no falla el ascensor." ¡Qué tonterías! El hombre tenía algunos centímetros de estatura menos y unos años más que yo, y unos ojos azules, claros, muy luminosos y fríos, y, en ellos, una mirada de asombro e ingenuidad. Se peinaba a raya el cabello semirrubio, escarolado, y vestía muy bien, quizás un tanto demasiado bien. ¿Y ella? No me atrevía a examinarla muy detenidamente ante la mirada tan grande de su marido, pero aun observándola de soslayo, disimuladamente, se podía apreciar que era una tipa apetitosa. Despejada y en su ser, una mujer de primera, una de esas mujeres capaces de enredar a un hombre. "En las alturas se respira mejor y se ve más. Y no le ven a uno tanto..." ¡Será idiota ese tío, con lo que me sale ahora! Qué majaderías dice. Pero, ¿será tonto de verdad o es que lo aparenta? El ascensor dio un saltito y se detuvo. Y otra vez tuvimos que cargar con ella. Todavía ignoraba su nombre. Pero en una chapita dorada, sobre la puerta de su piso, estaba escrito el de él: "José Puig. Contratista de obras". Vaya, contratista, constructor de casas, claro. Pues no lo parece. Los contratistas suelen ser gordos, de barba cerrada... ¡Ya estoy yo también pensando estupideces! ¡Qué más me dará a mí que sea constructor o perito agrícola, vamos a ver! Para que el Puig pudiese manejar la llave en la cerradura, cargué yo solo con su mujer, la sostuve, mejor dicho. "Estáte quieta un momento, por favor, Gloria." Ah, se llama Gloria, y lo es. La sentía sobre mis ingles, sobre mi vientre, sobre mi pecho, y su cabello en mi cara, y sus senos en el borde de mis manos... "Esto sí que es un suplicio, Enrique", me dije yo para mis adentros, pero ya estaba abierta la puerta del piso.

—Bueno —digo, dando por terminada mi labor de cirineo.

—No, por favor. Un poco más si no le importa. Ayúdeme a llevarla dentro.

No pude negarme. A buena hora ya. Al fondo del pasillo alfombrado estaba la alcoba matrimonial. Allí dejamos a la mujer, tendida sobre el amplio lecho. A ver si la desnuda... Pero el Puig la cubrió con una manta. "Ahora vamos a tomar una copa, ¿eh?" Apagó la luz y salimos. Me pareció una casa pequeña, amueblada a tope: cuadros, alfombras, tresillo, televisor, vitrinas y mil chirimbolos más. El saloncito comedor, donde entramos, tenía el aspecto de la trastienda de un chamarilero. El Puig salió al paso de mis mudas observaciones.

—No cabemos, ya lo sé. Pero es un piso de renta antigua y me interesa conservarlo. Ahora me estoy haciendo un chalé cerca de Colmenar...

Y a mí qué puñetas me importa.

—¿Qué prefiere: güisqui, ginebra, coñac, Málaga, Jerez...?

—Una copa de Málaga. Poco.

—¿No es usted bebedor?

—No.

—Es un buen detalle.

Me sirve la copa de Málaga.

—¿Casado o soltero?

—Soltero.

—Otro buen detalle. ¿No se sienta?

—Es muy tarde.

—No se preocupe. No va a perder nada.

Este hombre me mira como una amante y me apercibo. No faltaría más que... Pero de repente cambia su expresión de asombro por otra de ave rapaz. Su gran mirada, generalmente desparramada, se concentra, y sus ojos chispean reflejos metálicos, fríos, como agujas. Impone su mirada. Domina con ella. Es una persona con fluido, con garra. Me siento y él lo hace a mi lado. Yo ya estoy más tranquilo.

—¿Lleva mucho tiempo de taxista?

¡Qué le importará!

—No mucho. Dos años, más o menos.

—¿Y cuánto gana al día?

¡Este tío me está haciendo el padrón! Estoy por levantarme y dejarle plantado, por mandarle a la mierda sin palabras..., pero no puedo y respondo a su pregunta.

—¿Y se conforma con eso?

No me deja hablar. ¿Por qué y para qué este acoso de preguntas impertinentes?

—Mire, yo...

—Está bien, está bien, perdone —corta tajantemente y, después, me entrega un billete que extrae de su cartera—. Tome, por sus servicios...

El billete es de quinientas pesetas y yo busco en mi bolsillo el dinero necesario para devolverle el sobrante.

—No, no, quédese con el resto.

Y me clava su mirada. Pero ha llegado mi momento, majo. Ahora verás.

—Es demasiado. Le cobraré solamente lo que marcaba el contador y la espera. Yo no cobro los favores.

—¡Ese sí que es un detalle!

¡Atiza! Y el tipo muda otra vez de expresión. Ahora es cálida. ¿Se ha humanizado o es que lo finge también? Pero hay que oír lo que dice. Dice que encontrar un hombre como yo, al que no le gusta la bebida, soltero y desinteresado, es, hoy día, casi increíble. Yo soy para él un hombre honrado y la honradez es una cualidad que se desconoce en estos tiempos. "Sí, y verá por qué." Hombre que bebe, hombre irresponsable. Hombre casado, hombre que no es dueño de sí mismo. Hombre codicioso, de dinero, hombre que no es de fiar. Es bien sencillo según él. No falla. Él, José Puig, por sus negocios, se encuentra a merced de muchos. Él no puede estar personalmente en todo. Y atraviesa por un momento difícil, sí, pero también un buen momento. Por fin ha conseguido un obra importante, la construcción de doscientas viviendas protegidas. Cuatro bloques, el primero de los cuales ya está por la segunda planta. Y ahora tiene entre manos la concesión de otra contrata: un grupo escolar. Millones. Precisamente la cena de esta noche no tenía más objeto que conseguir la colaboración de un personaje muy principal. "Porque, ahora, los negocios no se ultiman en los despachos, sino en los restaurantes. Es la moda." Claro, el éxito en el negocio de la construcción depende del control de los materiales. Al menor descuido, desaparecen, y vaya usted a saber quién se los lleva. Nadie sabe nada, pero la verdad es que faltan cemento, hierro, bovedillas... ¡Qué sé yo! Y así, cuando echas cuentas, la obra te ha salido un diez o un quince por ciento más cara de lo previsto, cuando,

con una buena administración, con una buena economía en el empleo de los materiales, debe resultar todo
lo contrario. Ahí está el punto débil... Bueno, ¿y qué
tengo yo que ver con todo esto? ¡Vaya rollo! Y no está
borracho, no. Ca. Ni loco. O es un fanfarria o... ¿Cómo,
qué? Que piense bien, ¿qué? Ya, que si llega el día en
que me canse del taxi... Que si alguna vez quiero mejorar... Que a su lado...

—Usted no cobra sus favores, de acuerdo, pero yo
le pagaré bien su trabajo, mucho mejor que se lo pagan
ahora. Aquí tiene mi tarjeta. No se arrepentirá —me
dice.

Me dio la noche. Salí medio atontado, como si hubiese bebido una copa de más. Qué manera de cogerle
a uno por la solapa y zambullirle, quieras o no, en una
especie de batidora o torbellino de cuestiones y problemas completamente ajenos. Como si cada cual no tuviese bastantes con los propios. Pero al serenarme, de
vuelta ya al garaje para encerrar el coche, comencé a
ver más claro. ¿No sería que vivimos rodeados de gente, eso sí, pero solos a pesar de ello? ¿No obedecería
ese vicio de abrumarnos con confidencias no solicitadas
al deseo de que nos escuche alguien porque nadie quiere
oírnos? Yo, por ejemplo, ¿de qué hablo con los demás?
Verdaderamente, de cuatro simplezas que ni me van ni
me vienen. En cambio, lo que me preocupa, aquello que
bulle dentro de mí, mis dudas, mis flaquezas, mis rebeldías, mis sentimientos recónditos, los reproches que
me hago a mí mismo, las ideas peligrosas y los sucios
deseos que me flagelan, me lo callo. Por pudor, por co-

bardía, por soberbia, y porque a nadie le importa. Por esa razón, la gente está que revienta, que explota. No puede con tanta carga. Y en cuanto se presenta la ocasión, se descarga en ti. Eso hacen mis clientes en el taxi, porque allí no tengo más remedio que aguantarles y eso mismo ha hecho el Puig esta noche. El hombre se ha desahogado conmigo. Ha debido quedarse a gusto a mi costa. Qué se le va a hacer. Existen otras maneras de liberarse de ese peso. Así, "Ha ganado el Madrid" o "Qué hermoso tiempo tenemos", puede significar "Hoy me salen bien las cosas, sí señor. Mi hijo ha aprobado. Me han subido el sueldo. He ganado al dominó. Antonio me ha devuelto el dinero que le presté", y "¡Qué asco de tiempo! o ¡Vaya un petardo de equipo!" quizá sea la forma de acallar la voz de fracasos personales que sangran.

Pero entonces yo no sospechaba siquiera la cola que iba a traer la noche del Puig. Todavía no conocía yo a Victoriano ni a Tinín ni cómo les liaron, pero pienso que el haberles conocido no hubiese cambiado para nada mi suerte. ¡Otra vez la suerte! En este caso, la peor suerte correspondió a dos colegas míos. En menos de un mes les atracaron y casi les rompieron la nuca por menos de quinientas pesetas a cada uno. Claro, te paran un par de tipos a las dos de la madrugada y, cuando están ya dentro, te piden que los lleves a Carabanchel o a Vallecas y ¿qué haces? Negarte no puedes ni tampoco llamar a la policía. No tienes pruebas de que pretendan cometer un delito. A lo mejor son dos personas sin malas intenciones. No te queda, pues, más remedio que jugártela a ver qué sale, si cara o cruz. Puede que no ocurra nada, pero a esos dos taxistas les dieron un testarazo y les robaron la recaudación de su turno. Pudieron morir del golpe, y si hubieran muerto, ¿qué? Yo había pasado por trances parecidos, aunque sin tropiezo hasta entonces, pero tragando mucha bilis, porque es la hora de los lobos y tú llevas dos que pueden echársete encima, y vas indefenso. Por este motivo, la noticia de los atracos me puso a pensar. Morir por quinientas pesetas es tirar demasiado el género. No. Entonces me acordé del Puig. Hombre, a ver si es verdad lo que me dijo. Así se preparan las cosas... Antes de dejar el taxi, fui a verle una mañana a Carabanchel. Y resultó cierto. Efectivamente, a la entrada de unas obras podía leerse en un gran cartelón: "Constructor: José Puig". Un bloque, muy adelantado; otro, cubriendo la primera planta; los últimos, en fase de zanjeo. "Tendrá usted que esperar", me dijo un escribiente. Y esperé, oyendo mientras tanto las voces del Puig y de otro hombre en el compartimiento contiguo. "Has estado a punto de provocar un conflicto bien gordo en la colonia. Y eso no puede ser. Las cosas hay que hacerlas de otra manera, Paco." "Pero si llevaba tres semanas sin pagar, don José." "De acuerdo, pero hay que emplear otros métodos menos escandalosos." Siguió una pausa. Y otra vez la voz del llamado Paco. "¿Le he pedido aumento de sueldo alguna vez?" "No, pero ¿a qué viene eso ahora?" "Pues para aclarar las cosas. ¿Mando o no mando, don José? Si mando, déjeme usted a mí, y, si no mando, me importa un pepino la colocación. Se la queda para

usted y en paz." "Pero, hombre..." Paco levantó más
aún la voz. Desde que se le dio el mando en la colonia,
todo se ha hecho allí como Dios manda. Él sabía muy
bien cómo tratar a los tramposos, sin contemplaciones.
"Como en la mili, don José, como en la mili." Pero si
don José, por blandenguería, trataba ahora de mer-
marle el mando, él, Paco, no estaba dispuesto a continuar en el cargo ni un solo día más, y allá se las com-
pusiera don José con aquella cáfila. "Ya sabe usted,
don José, o mando o nada." Y don José se rindió ante
el ultimátum de su empleado. "Bueno, hombre, bueno,
pero procura evitar conflictos, porque ellos no tienen
nada que perder y nosotros, sí. No se pueden arrojar los
muebles por la ventana y tirar a una familia a la calle
en presencia de todo el personal de la colonia." El escribiente me miraba de cuando en cuando por encima de
los papeles, como si me espiase, pero yo no exterioricé
mis impresiones. Estaba tratando de compaginar lo
que oía con lo que me dijera el Puig aquella noche en su
casa sobre la sustracción de materiales y la escasez de
hombres honrados. "¿Mando, don José?" "Sí, hombre;
mandas." Se abrió la puerta y salió un hombre vestido
a la manera de los guardas jurados, aunque sin cara-
bina: ancho tahalí de cuero, sombrero con escarapela,
borceguíes de media caña y un bastón con contera de
hierro. El hombre nos miró desde lo alto de su dignidad al escribiente y a mí, encendió una radio de transistores que llevaba colgada al cuello, y cruzó la habitación como un mariscal, al son de una marcha de anuncios comerciales. Era un tipo grotesco, mal encarado,

212

quizás un Hitler de barriada. Cuando hubo desaparecido, el escribiente me miró, expectante, pero como yo me mantuve impasible, me indicó con un gesto que pasase al despacho del Puig. Puig me reconoció en seguida y me acogió con su faz más ingenua. "Sí, hombre, sí, el taxista. Vaya, vaya." Pues sí, tenía un puesto de confianza que ofrecerme. Condiciones, inmejorables. Ahora bien, a cambio de honradez y lealtad. Mi trabajo consistiría en recibir los materiales y llevar la cuenta de almacén. No se necesitaban muchas matemáticas para llevarlo en regla. "¿Has visto a Paco? —ya me tuteaba— Hombre de pelo en pecho y de toda confianza. Demasiado bruto, tal vez, pero tan leal como bruto. Con tal de verse con mando, no dudaría en saltar por encima de su propio padre. Lo tengo en Palomeras. Compré allí una finca, la parcelé y, luego vendí las parcelas a plazos. Era la única forma de que la gente que se venía de los pueblos dispusiese de tierra propia para construirse su casita, ¿comprendes?"

A los pocos días empezaba yo a desempeñar mi nuevo empleo que, aparentemente y así, de primeras, no ofrecía ninguna dificultad. Yo me hacía cargo de los camiones de material contra el correspondiente vale, les daba ingreso en el almacén y abonaba cada uno en su ficha. De la misma manera, pero a la inversa, los jefes de obra extraían del almacén los materiales precisos y yo los daba de baja. Entradas, salidas, existencias... Fácil. Pero, a los pocos días, entró un camión cargado de cemento y, a pesar del vale que le extendí al conductor, Juan, éste no quiso descargarlo en el almacén, y volvió a llevárselo. Traté de oponerme, pero Juan me llamó aparte y me dijo que aquel cemento estaba destinado a otro almacén que el señor Puig tenía en Colmenar. De eso no me había dicho el señor Puig ni una sola palabra. "Mira, Enrique, ese es uno de los trucos del patrón. Si no me crees a mí, consúltaselo a él." Y me dijo más. Él conocía al señor Puig desde el principio. Llegó a Madrid sin más que las cuatro perras que le dieron por una finca que tenía en el pueblo, heredada de sus padres. Con ese dinero y el que le prestaron, compró un erial en Palomeras, declarado "zona verde" en el plan municipal de ordenación urbana. Lo dividió en parcelas que vendió, en plazos semanales, a los inmigrantes del interior que no encontraban sitio donde levantar sus chabolas. Paco era su verdugo allí. Si el comprador dejaba de abonar puntualmente un solo plazo, a lo sumo dos, le quitaban la tierra y se la vendían en las mismas condiciones a otro. En caso de resistencia, porque ya el emigrante tuviese construida su chabola y habitase en ella, Paco, al frente de dos o tres peones, la destruía y dejaba a la intemperie a sus inquilinos. Con este tejemaneje, el señor Puig pudo reunir el dinero necesario para afrontar empresas como la construcción de doscientas viviendas protegidas. Ahora, con los materiales que sustraía de la obra, estaba construyendo un chalé para él y otro igual, pero en Aravaca, para un amigo suyo muy influyente al parecer. "Entonces, ¿qué pinto yo aquí? ¿Para qué tanto elogiar mi honradez y tanto hablar de buena administración?" El Puig me envolvió en su mirada más inocente. "¿Es que no lo comprendes? Son las mermas, hombre. Además, no tienes por qué preocuparte. Esto de las mermas es cosa mía, solo mía. ¿Qué por qué te tengo aquí? Pues es muy sencillo. Tú eres la garantía de que todas las mermas son para mí. "Pero no podrán salir bien las cuentas..." "Te equivocas. Si restas de lo que entra lo que sacan los jefes de obra, verás que queda un excedente, justamente las mermas. ¿Está claro?" Clarísimo. Las mermas representaban los materiales que se sustraían a la obra, el cemento y el hierro que faltaban en las masas de hormigón, en los encofrados, etc. Las deducciones del señor Plácido. "El que no deduce, no luce." Ya. Y comprendí otra cosa. Comprendí que mi honradez servía de tapadera al fraude. Que el Puig había comprado mi honradez para cubrirse con ella, por un lado, y para asegurarse de que nadie que no fuese él mismo podría llevarse de allí ni un solo ladrillo, por otro. Buena compra, sí, señor. Naturalmente, me indigné, aunque aquella semana, al ir a cobrar, me entregaron un sobre aparte conteniendo una buena propina. Devolví el sobre. "Esto no es para mí. Se ha equivocado." Discutí con el pagador. "Es orden del señor Puig." "Pues dígale que no lo quiero." Y otra vez a empezar. ¿Adónde ir? Pues al taxi, qué remedio. Mas, desgraciadamente, no me fue posible. Una tarde de aquellas y pocos minutos antes de dar de mano los obreros, cedieron los soportes de hormigón en el primer bloque, y se vino abajo media estructura. Yo estaba en el almacén cuando oí un estruendo pavoroso. La ola de aire abrió las puertas violentamente y levantó las chapas de uralita del tejado. ¡Dios! ¡Qué polvareda! ¡Qué gritos! ¡Qué espanto! Los hombres corrían y gritaban como locos ¡A descombrar, a descombrar! ¡Hay compañeros enterrados!" Era un trabajo muy peligroso porque el resto de la estructura se vencía. Hubo que llamar a los bomberos. Yo avisé a Puig telefónicamente. Me respondió la voz de una mujer. Era Gloria. Don José no había regresado aún de Aravaca. "¡Qué desgracia, Dios mío!" Sí, siete muertos. Siete cuerpos irreconocibles. Vi sus despojos, sus piltrafas, a la luz de los faros de los coches y ante el pasmo y el horror de sus compañeros. Cinco de las víctimas eran padres de familia. Algunos obreros lloraban por los muertos y quizá también porque podían ser ellos los muertos... Llegó la policía. Llegó el juzgado. "¿Quién es usted"? "¿Y el jefe, dónde está el jefe?" El Puig no compareció.

Y empezó el jaleo. La Prensa dio el grito y, aun cuando moderó el tono y dejó de hablar en seguida del asunto, el escándalo fue ya inevitable. Se recordaron otros siniestros de la misma índole, especialmente el de la calle Maldonado, y se clamó contra los responsables de la tragedia. ¡Ladrones! ¡Estafadores! Los estudiantes se solidarizaron con los obreros y pasearon pancartas por las avenidas de la Ciudad Universitaria, reclamando justicia rápida y ejemplar para los criminales. El informe pericial fue rotundo. fraude de cemento en las masas de hormigón y de hierro en el encofrado. El juez procesó a Puig, al aparejador y a los encargados de obra y decretó su prisión. Por su parte, los obreros acudían a la obra y no trabajaban en ella por falta de planes y órdenes, pero exigieron sus salarios. Gestiones en los sindicatos. Barullo. El caos. Nadie sabía qué hacer ni qué disponer. Y yo recibí la llamada telefónica de Gloria. "Venga usted a casa, por favor. Tenemos que hablar. Es urgente."

Es una bella mujer, fina, bien proporcionada, discreta. ¿Treinta y cinco años? Quizá. ¿Dónde habrá pescado el Puig una mujer de tanta clase? Me recibe ella en persona y me hace pasar al salón comedor, donde transcurriera mi velada con el Puig. Nos sentamos frente a frente. Ella, que viste una bonita bata de casa, presenta un aspecto descuidado, pero muy cuidado, que es el más atrayente. Sus ojos son grandes, oscuros, dulces. Tiene una boca de dientes blanquísimos, perfecta. Está ojerosa y pálida, y se advierte que sufre y que ha llorado mucho.

—Le he llamado, Enrique, porque Pepe me ha hablado maravillas de usted. Dice que es usted un hombre fabuloso.

No me gusta la entrada. No me gusta que me alaben así, de sopetón. Me hace sospechar que se quieren burlar o aprovechar de mí. Es la forma de prepararte, de cuadrarte, para la estocada. Gloria me envuelve en su mirada triste. Suspira. Sonríe.

—Creo que es usted la única persona en quien puedo confiar.

—¿Para qué? —pregunto.

—Para salvar a Pepe.

—¿El señor Puig dice?

—Sí, claro.

—¿Y cómo?

Hay una pitillera con cigarrillos rubios sobre la mesita. Me la presenta.

—No, gracias. Prefiero negro.

Fumamos. Ella, rubio; yo, negro. Me ofrece una copa. Rehúso.

—Tenemos que salvar a Pepe —repite— Verá...

Nos miramos frente a frente. Ella se inclina hacia mí y apenas quedan dos palmos de aire entre los dos. "Cuidado, Enrique." Pero no, no es mujer, o no es éste momento propicio, para hacerme perder la serenidad. Estoy frío y distante. Ella habla. El caso es que su marido tiene la clave, únicamente él, de sus negocios. Sin él, todo se vendrá abajo. Por supuesto que ha sido una desgracia terrible... ¡Pobres hombres y pobres familias! "Ya ve. Pepe tiene la intención de indemnizar a las familias por todo lo alto, que es lo único que se puede hacer ya por ellas." ¿Y qué pasa en la obra? Pepe piensa continuarla y emprender después otras más importantes aún y asegurar así el trabajo a sus obreros y empleados, por mucho tiempo, quizá para siempre, porque su marido es hombre de grandes planes. Pero, ¿cómo hacer todo esto estando él en prisión y bloqueadas sus cuentas? "Ya sabe usted cómo es la vida, cómo es la gente. Ahora, sus amigos y protectores se retraen. Les llamo por teléfono y nunca están. Les escribo y no me contestan. Voy a verlos y me reciben sus esposas, que sólo saben consolarme con palabras y aconsejarme que tenga resignación y no desespere, porque todo se arregla en esta vida." Pero nadie mueve un dedo en

218

favor del señor Puig. En cambio, si el señor Puig estuviese en libertad, como es hombre de muchos conocimientos y relaciones y sabe muy bien navegar entre peces gordos, a algunos de los cuales tiene en el saco, movería Roma con Santiago y en poco tiempo, en sólo horas seguramente, todo volvería a quedar como antes de la desgracia. Cada uno en su puesto y a trabajar.

—Tenemos que salvar a Pepe. De lo contrario, nos hundiremos todos —dice.

¿Hundirnos todos? ¿Yo? ¿Por qué? No lo entiendo. Son negocios del Puig, responsabilidades del Puig, culpas del Puig... Allá él.

—Nos hundiremos todos —repite Gloria.

Sí, porque las salpicaduras pueden llegar muy lejos.

—Hasta usted, Enrique, hasta usted.

—¿Cómo dice?

Se explica. Yo llevaba el control de los materiales, ¿no? ¿Adónde iban a parar esos materiales?

—A Colmenar —respondo, ya un poco encrespado.

—¿Tiene papeles que lo prueben?

—No, pero tengo un testigo.

—¿Qué testigo?

—Juan, el conductor.

—Juan tampoco tiene papeles y no sería difícil probar que eran ustedes dos, de acuerdo, quienes robaban los materiales. Ya sé que no, ya sé que no. Pero puestos a salvarse cada uno por su lado...

Gloria muestra los dientes, presta a morder, y descubre sus triunfos. Me está echando un dogal al cuello

219

suavemente, con reticencias y suposiciones... "Ojo, Enrique, que te lía." Me domino y hablo, creo yo, candorosamente.

—Ya sabe el señor Puig que yo soy un hombre leal...

—Pues por eso, Enrique. Ya le he dicho antes que Pepe me ha hablado maravillas de usted —me interrumpe—. Así que está dispuesto a hacer lo que sea, ¿no? Le advierto, por si no lo sabe, que Pepe es generoso, muy generoso, por eso se ve como se ve, y que, en esta ocasión, le dejaría a usted señalar el precio...

—¿Dinero?

—Con él libre, habrá todo el dinero que haga falta.

Muevo la cabeza negativamente y clavo mis ojos en sus ojos.

—Espere, espere. También sé —añade— que usted no cobra sus favores en dinero. No importa. Hay muchas maneras de pagar, ¿no le parece? —y es ella la que me interroga con su mirada hasta el fondo.

Es un floreteo de miradas. Un impúdico diálogo con los ojos, sin veladuras, descarnado. Asiento con la cabeza y Gloria prosigue:

—La culpa en todo este asunto me corresponde a mí. Sí, no lo dude.

—Eso sí que no lo comprendo.

—Es natural. Pero lo entenderá usted fácilmente si tiene en cuenta que mi marido me adora y que un deseo mío, por bobo que parezca, es una orden para él. Un día le dije, a lo tonto, que me gustaría poseer un aderezo de brillantes, me encantan los brillantes, y al siguiente me encontré un aderezo que vale una fortuna sobre mi tocador. Pues bien, en otra ocasión se me ocurrió decir que quisiera tener un chalé en las afueras de Madrid y, zas, compró inmediatamente un terreno cerca de Colmenar, sin que yo lo supiera, y al poco tiempo, cuando ya había construido medio chalé, me llevó a verlo y me dijo: "Ahí lo tienes". Si mi marido ha tenido que hacer lo que ha hecho por complacerme por amor hacia mí, no es culpable de las consecuencias. La culpable soy yo. Y claro, justo es que pague por él.

Era un argumento frío, aterrador, pero, en el fondo, emocionante como una operación quirúrgica. De manera que... La insinuación, clarísima, no podía ser tampoco más directa.

—¿Y usted sería capaz de...?

—De todo, si es preciso.

—No quiere usted a su marido, ¿verdad?

—Al contrario, le adoro. ¿No lo entiende?

Habla ahora vehementemente con acento levantino que engorda su voz. ¿Cómo podría amar a su marido estando él en la cárcel? ¿Y qué valía su amor si no podía comprar con él su libertad? Su amor no eran palabras. Su amor era una necesidad vital, más fuerte que todas las demás consideraciones. Estaba por encima del mundo. ¡Qué mujer! Me da miedo. Y sigo escuchándola, enajenado. Ella, Gloria, pertenece a una familia distinguida, sin fortuna, pero distinguida, de Tortosa. Puig, en cambio, procede de gentes humildes del Ampurdán. "Un corchotaponero del Ampurdán", decía de él, despectivamente, su madre. A los dieciséis años, durante la guerra, Puig hizo espionaje en la zona roja a favor de los nacionales y, luego, se unió definitivamente a éstos. Al terminar la guerra llegó a Tortosa como vencedor, de alférez provisional y con veinte años recién cumplidos. Gloria era entonces una chiquilla quinceañera. Se conocieron, se enamoraron y se comprometieron como novios clandestinamente. Se licenció del Ejército y obtuvo un empleo en la Comisaría de Abastecimientos, con lo que creyó llegado el momento de plantear a la familia de Gloria el problema de sus relaciones sentimentales con la muchacha. Fue un fracaso. Le echaron a voces, con insultos. "Gloria no se peina para corchotaponero como usted." A ella la encerraron en un círculo asfixiante de precauciones y vigilancias. "Yo estaba loca por Pepe y me negué a comer." Así obtuvo que se aflojasen las ligaduras. Él por un lado y ella por otro consiguieron ponerse en comunicación. Fue un largo invierno, durante el cual murió el padre de Pepe y los amantes se vieron limitados a verse ocasionalmente, y a distancia, y a mantener sus relaciones por escrito merced a la complicidad de una amiga de Gloria. Al llegar la primavera, comenzaron a verse en el huerto de la muchacha, por las noches. Entretanto Pepe vendió la parte de su herencia. "Ya tenemos dinero, Gloria." En aquel dinero podía estar la solución de su problema y, como se amaban ciegamente, rabiosamente, febrilmente, una noche, sin palabras, Gloria se entregó a su novio. Como consecuencia de ello, los padres de Gloria se avinieron a la boda. Gloria abortó poco después y quedó inútil para la maternidad. "No importa, Gloria. Es a ti a quien quiero por encima de todo." Abandonaron Tortosa y fijaron su residencia en Madrid. Pepe, que no quería hacer uso del dinero de la herencia —"De este dinero depende nuestro porvenir y no lo tocaré hasta que tenga un buen negocio a la vista. Vivirás como una reina, no te preocupes"— trabajó como un negro, al principio en cualquier cosa y, finalmente, en el Servicio Militar de Construcciones como administrativo. Padecieron estrecheces, calamidades y hasta hambre, pero ni él ni ella hincaron la rodilla. "No sé tirar la esponja, Gloria." Y un día, pasados unos años, Pepe compró, a muy bajo precio, los terrenos de Palomeras. Y de ahí salió todo lo demás, pero no volvieron a Tortosa hasta tener automóvil propio y dinero para gastar. "Toda mi familia ha venido a menos. Nosotros, en cambio, hemos ido a más, cada día a más. Y yo soy la envidia de todos mis parientes y de mis antiguas amigas."

—¿Comprende ahora?

Comprendo. Dos seres comprometidos, dispuestos a todo, por amor y por orgullo. Yo no sería capaz de una cosa así, pero comprendo. ¿Admirable, estúpido, vulgar? No lo sé. Cada persona es libre de jugar su carta. Hay quien juega comprometido ya de antemano. Yo juego a no comprometerme y, pese a ello, me siento atrapado. En realidad se debe a que estoy vendido. Yo me vendí al Puig.

—Haga lo que le aconseje nuestro abogado y no tema. Pagaremos su precio, el que usted mismo señale, tan pronto firme. Tenía razón Pepe. Es usted un hombre fabuloso.

Al día siguiente vino el abogado a la obra para hablar conmigo. El cerco se estrechaba. Si yo me declaraba culpable de la sustracción de materiales, quedarían libres y exonerados de culpa los demás. Entonces, el Puig pondría en juego sus influencias y su fortuna y a mí no me ocurriría nada. Si, por el contrario, rechazaba su proposición, el Puig y su equipo no saldrían tan bien librados, probablemente, pero yo nada me beneficiaría con ello. Yo no tenía excusa y el peso de la ley caería de todas maneras sobre mí. "El señor Puig sabía muy bien lo que se traía entre manos y dejó abierto un portillo de escape. Usted, no."

Accedí, pero no por Gloria, ni por el Puig, ni por ninguna otra de las razones que me expusieron. Accedí por cobardía y resulté engañado nuevamente. Me condenaron a doce años. Puig y su equipo recobraron la libertad, limpios de polvo y paja. Me visitó su abogado. "No se preocupe. Apelaremos. Ahora va a entrar en fuego la artillería gruesa del señor Puig. Ánimo, que pronto se encontrará usted en la calle. Confíe en nosotros." Ya era tarde para desconfiar. Transcurrió inútilmente el plazo para apelar y yo me quedé en la cárcel con doce años de condena a cuestas. Y no volví a tener más noticias ni del abogado, ni del Puig, ni de Gloria. Hasta hoy. Veinticinco mil pesetas. ¡Mi precio!

Vuelvo a Madrid y entro en la ciudad por la estación de Atocha, como hace casi treinta años. No ha mejorado mucho la estación. Más orden, más limpieza, menos humos y olores, eso sí, pero igualmente fea, anacrónica y destartalada, y con el mismo aspecto de nave industrial. Lo que sí ha cambiado es el público. Ya no lo forman aquellas gentes vocingleras y aturdidas, de saya y pañuelo a la cabeza, de gorra y pantalón de pana, con hatos de ropa y bultos envueltos en arpillera, estraperlistas, fugitivos de la gleba... Ya no es la marea del campo que asalta la ciudad. Ahora son viajeros que van y vienen, mejor o peor vestidos, más bien vestidos de todas las maneras. Viajeros. Lo que absorbe mi atención, y por eso no me fijo mucho en los demás detalles, es el gran número de moros y negros que veo sentados en los bancos, por los andenes y en la sala de espera. Permanecen callados, con la mirada perdida, impasibles. Son hombres jóvenes que visten a la europea, pero gente de África que, sin duda, no entiende nuestro idioma. ¿Qué esperan? ¿Adónde van? Se lo pregunto a un ferroviario, quien, tras encogerse de hombros, me informa vagamente. "Vienen casi todos de Marruecos o de por allí, y van a Francia, a trabajar. Ahora están esperando a sus guías, porque esta gente viaja en manadas..." Emigrantes del trabajo, pienso. Mano de obra barata, más barata que la de los emigrantes europeos. Maquinaria que no se amortiza. Hombres vendidos y comprados como fuerza motriz. En suma, la trata moderna. ¡Qué contraste el de estos hombres con el espectáculo que ofrece la glorieta de Atocha! ¡Y qué distinta esta glorieta de Atocha de la que yo vi por primera vez! Me dejan atónito tanto automóvil, tanto ruido y tanta luz. Los coches avanzan en formación cerrada. Son escarabajos veloces con los ojos encendidos. De pronto, se detienen. De pronto, a un guiño azul de los semáfo-

225

ros, emprenden otra vez la carrera. Es una caparazón múltiple de chapa, una ola de estruendo y de fulgores blancos y rojos, que cubren la calzada, que a veces se arrugan y a veces se estiran. Otra oleada de automóviles ruidosos e incandescentes discurre por los viaductos metálicos que retiemblan a su galope. Hay un solo clamor, un clamor tremendo, que cortan en tajadas los silbatos agudos de los agentes de la circulación. Los peatones se agrupan en regueros de hormigas que se rompen, se anudan, engordan y adelgazan, intermitentemente. Todo aparece, está, en figura de movimiento contradictorio, en figura de vaivén, de noria, de remolino, de vértigo. Movimiento. Luz. Movimiento, ruido, luz, movimiento, ruido, luz, movimiento, ruido, luz. Rostros pálidos, palabras que no suenan, criaturas que corren. Y unos látigos invisibles que chascan en el vacío, que azuzan, que conminan. El aire es vapor de petróleo; el cielo, una techumbre de humo condensado; la perspectiva, un revoltijo engañoso de árboles negros, muros negros, cascadas luminosas, reflejos y sombras; y el conjunto, un alucinante tiovivo de feria.

Aquí yo no soy nadie, nadie, nadie. No tengo nombre ni pasado. Un tipo más entre millones de tipos semejantes. Enrique Lorca. ¡Ja! Decido tomar un taxi e ir a un hotel. Pero no encuentro un taxi vacío. Seguramente, cada día hay menos taxis o más gente necesitada de usar taxis. Es igual. Para eso están los monopolios. Ahora, una licencia valdrá un millón. El negocio prospera. Pero ¿qué me importa a mí? Allá ellos. Unos y otros; los que

226

pagan y los que cobran. Yo estoy ya por encima de todo eso. Como me quedan pocos días, quiero vivirlos cómodamente y, para vivir cómodamente, nada mejor que un hotel de primera. Voy y pido una habitación con baño, con baño para mí sólo.

VIII

TUVE QUE ACUMULAR odio, porque mis provisiones de
odio se estaban volatilizando y ya eran insuficientes
para lo que yo quería hacer. Yo quería matar, y matar
de cerca, llevando la muerte en la punta de los dedos
después de sentirla correr por mi brazo como una corriente eléctrica. Una muerte con sangre y espasmos.
Una muerte que se la viera venir y penetrar en las entrañas, silbante, escurridiza, fatal. La que yo soñé durante dos mil ciento noventa noches. Y para matar así
es preciso tener almacenado mucho odio, un gran em-
balse de odio capaz de romper las esclusas y arrasar
todos los obstáculos.

Empecé por visitar a Juan, el conductor. Aguardé a
que fuera de noche, a la vuelta del trabajo, y le sor-
prendí en casa, cuando ya se disponía a cenar. Juan
tenía una esposa de aspecto agradable y, al parecer,
limpia y enérgica. Fue ella la que me abrió la puerta.

—Quiero ver a Juan —digo.

—¿Quién es usted? —pregunta ella.

—Dígale a su marido que quiere verle Enrique Lorca.

—Íbamos a empezar a cenar...

—No se preocupe, señora. Sólo son cinco minutos.

No tuvo tiempo de replicar porque apareció su marido apresuradamente. "Id cenando vosotros. Luego lo haré yo. Hombre, Lorca. ¡Cuánto me alegro de verte!" Estaba pálido, nervioso. "Tiene mala conciencia —pensé— y no lo puede disimular." Me presentó a su mujer, Julia, quien me lanzó una mirada recelosa. "Anda, Julia, déjanos. Es cosa de poco, ¿verdad, Lorca?" "Ya se lo he dicho antes: cinco minutos." Julia desapareció, no sin despedirse de mí con una última mirada de desagrado. Estábamos aún en la puerta. "Pasa, hombre." Del exiguo recibidor partía un pasillo estrecho, desde cuyo fondo, de la cocina seguramente, salía un rumor de palabras. "¿Quién es, mamá, quién es"? "Anda, come y calla." Juan me hizo pasar a una pequeña habitación donde había una cama portátil, una mesa camilla, sillas, el televisor y un estante con libros escolares, todo ello muy limpio y muy ordenado.

—Siéntate, Lorca.

Nos sentamos frente a frente, junto a la mesa camilla. No sé por dónde empezar y Juan aguarda a que empiece. Le ofrezco un pitillo y él busca en seguida un cenicero que está encima del estante y lo coloca entre ambos.

—No hay cosa que más rabia le dé a Julia que encontrar ceniza de cigarro por aquí o por allá —y se sonríe.

Fumamos. Juan no me sostiene la mirada y dice:

—Me alegro de verte en libertad, de veras —levanta la cabeza y añade—: Lorca, ¿cuántos años?

—Seis, Juan.

—¡Qué putada!

—Sí, qué putada.

Me mira atentamente y, al fin, se decide a afrontar la situación.

—Ya sé que no me porté bien contigo, que ninguno de nosotros se portó bien contigo. Todos sabíamos que tú eras inocente y yo, mejor que ninguno. Pero también yo estuve en peligro, no creas.

—Lo sé, Juan. Por eso no quise ponerte de testigo. Te hubieran empapelado también y sin ninguna ventaja para mí, ¿comprendes?

Eso mismo le dijo el abogado del Puig después de ponerle delante el jornal de un año, con todo, para que abandonase voluntariamente la empresa. "Tú no sabes más que lo que hacías: transportar materiales a la obra, como puedes justificar con los vales que Lorca te daba. De lo otro, ni una palabra. Y no te preocupes por Lorca. El señor Puig y yo nos encargamos de que salga con bien de este embrollo. En cambio, si te vas de la lengua, el asunto se pondría mucho más feo y seríais Lorca y tú los paganos. Y no podríais contar con nosotros. Al revés. Comprenderás que es más fácil tirar de uno que de dos."

—Además, no me dieron tiempo para nada. Y yo estaba muy asustado. De todas maneras fui un cobarde, lo sé. Pero cuando hay por medio una familia que mantener, uno ya no es el mismo.

Juan se siente avergonzado por su cobardía y, moralmente, está a mi merced, dispuesto a aceptar mis reproches y hasta mis insultos. Tiene miedo, esta vez de mí.

—Con cinco hijos, Lorca, todos pequeños —y me mira humildemente.

—No he venido a pedirte cuentas ni a echarte nada en cara. Aquello pasó. De cualquier manera, yo no podría recuperar los seis años de vida que he perdido en la cárcel.

Juan menea la cabeza, asintiendo.

—Tienes razón —dice—. ¿Y qué piensas hacer ahora? Si puedo echarte una mano... Haré por ti todo lo que esté de mi parte, claro que lo haré. Te lo debo...

Pero yo no he venido a su casa para pedirle ayuda ni exigirle el pago de la deuda moral que tiene conmigo. No.

—Puedes hacerme un favor, Juan.

—Hecho. ¿De qué se trata?

—Quiero que me digas, si lo sabes, cómo anda el Puig, dónde vive... A eso he venido.

—¿El señor Puig? Hecho un gran capitalista, Lorca. Millonario, muy millonario. Si te das una vuelta por las nuevas barriadas de Madrid verás la gran cantidad de obras en que está metido, urbanizaciones enteras. La "Inmobiliaria Puig" es suya. Ya te digo, un potentado. Lo sé muy bien porque la empresa de transportes donde

232

estoy, y donde podrías estar tú, si quisieras, trabaja mucho para él. Yo mismo le he hecho varios portes y le he visto alguna vez, pero el fulano no me ha reconocido o no ha querido reconocerme. Cualquiera lo sabe. Si quieres verle y hablarle, yo creo que lo mejor es que te presentes en las oficinas de la "Inmobiliaria Puig", en la calle de Concha Espina. ¿Sabes dónde es?

—Yo no quiero ver al Puig en su oficina, sino en su casa. Por eso necesito saber dónde vive, porque me supongo que ya habrá dejado la casa de la calle Montesa ¿no?

—Puede que en el chalé que se hizo en Colmenar, Lorca.

Eso mismo he pensado yo, pero ignoro su exacta localización. Entonces Juan me describe el chalé y me indica el quilómetro de la carretera donde se encuentra. Se llama "Villa Gloria".

—No hay que ser muy lince para dar con él.

—Gracias, Juan.

Pero Juan se queda después mirándome en silencio, interrogante, y yo descubro en su mirada una nueva desazón. "Lorca, no irás a hacer ninguna tontería, ¿eh? El señor Puig ya sabrá que estás en la calle." Afirmo con la cabeza. "Pues ten mucho cuidado. Es un mal bicho. Bueno, tú sabes mejor que nadie lo marrajo que es. Y ahora, con el dinero y la influencia que tiene..." Le tranquilizo, o trato de tranquilizarle.

—No, no pienso hacer ninguna tontería. Simplemente, cobrarme. El Puig me debe mucho y, como conozco sus mañas, no quiero que haya gente a su alrededor

233

cuando le eche las cuentas. Necesito pillarle a solas, cuando esté más descuidado. A ver si así es capaz de negarme lo mío.

—Después de todo, tú sabrás lo que haces.

—Lo único que te pido ahora, Juan, es que no digas a nadie que nos hemos visto y hablado. De esta entrevista, ni una palabra. Por tu bien, ¿Estamos?

—Descuida. Pero ten mucho cuidado, Lorca. No te confíes. El señor Puig es un canalla.

Y tan canalla. Y listo, y audaz. Un tipo muy peligroso. Y Gloria, una taimada. ¡Vaya pareja! Seguí el consejo de Juan y, en efecto, comprobé que el Puig abarcaba mucho terreno en la construcción. "Urbanización Gloria", "Colonia Gloria", "Barrio de la Gloria", "Ciudad Gloria", "Inmobiliaria Puig". En seis años había conquistado un imperio y llegado a la cumbre con que soñara, donde se respira mejor y se ve más y donde a uno le ven menos. Tendría apoderados, ayudantes, asesores, secretarias... ¡Cualquiera se acercaba a él! Indagué. El Puig era una verdadera potencia en Madrid. Fueron días en que yo saltaba de sorpresa en sorpresa, de asombro en asombro. Y cuanto más importante y poderoso aparecía, tanto más me alegraba, porque tanto más catastrófica sería su caída. No es lo mismo derribar a un hombre del primer peldaño que del último. Por supuesto que no. También localicé "Villa Gloria". No era una residencia lujosa. Claro, la había concebido y levantado antes de llegar al cenit en su carrera. Si la hubiese construido después, sería, sin duda, una casa ostentosa y espectacular. Ahora se reducía a un chalé de dos plantas, con piscina y una cochera de puertas metálicas. Un chalé sin fantasía, como suelen ser los construidos en serie por las inmobiliarias en las colonias veraniegas. Uno más. Seguramente, el Puig tendría ya planificada una nueva mansión más en consonancia con sus entorchados. Seguro. Pero no la disfrutaría, y ese era mi gozo. Merodeé varios días cerca de "Villa Gloria" antes de que amaneciese para averiguar su hora matinal de salida y cómo la efectuaba. Eso sí, el Puig, a pesar de sus millones y su preeminente situación, seguía siendo un hombre activo y madrugador. A eso de las siete de la mañana, todavía de noche, se encendían algunas luces en el interior de la casa y, a las ocho en punto, él mismo abría la puerta de la cochera, sacaba el coche y volvía a cerrarla, repitiendo esa misma operación al llegar a la verja del jardín, desde donde se volvía para saludar a una mujer, Gloria, cuyo rostro asomaba por entre los visillos de una ventana. Luego, partía hacia la ciudad, envuelto en la nube de destellos de su "Mercedes". Así siempre.

Pero no era precisamente odio lo que las huellas del Puig y su evidencia plural e insultante provocaban en mi ánimo. No era odio, no. Me di cuenta entonces de la verdad que encerraban las palabras de Victoriano, el barbero, cuando decía que no se es bueno o malo por voluntad propia, sino por la conjunción de circunstancias irresistibles, a consecuencia de un compromiso inevitable o por simple comodidad. El bueno quisiera dejar de serlo algunas veces y el malo desearía en algún momento abandonar la lucha y dormir su cansancio, pero se lo impide la razón de su vida. Actuamos por inercia, dejándonos ir por la vertiente más propicia. Por eso es tan difícil cargarse de odio destructor si no se ha ejercitado uno en él con una larga práctica. El odio es una fuerza en acción, nacida de un sentimiento absorbente, y yo no había odiado nunca. Así se explica que, para superar esa inercia y llegar al crimen o al heroísmo, cuando no se es por inclinación ni criminal ni héroe, el hombre recurra a estimulantes como el alcohol que nublan su conciencia y lo transportan a un plano irreal. En vez de odio, yo empecé a sentir por el Puig más bien admiración. Sí, admiración. Una admiración inconfesable, que me avergonzaba a mí mismo, patológica. El Puig aparecía ante mí como un tipo humano excepcional, fuera de serie. No era como los demás hombres, no. O era mucho más o mucho menos. Sobre todo, el Puig significaba una fuente explosiva de energía arrolladora, como esos chorros de petróleo que brotan salvajemente en medio del desierto, pero aplicado al mal, claro, y ese era el problema. De ahí que, pese a mi admiración por su fuerza y a no poder odiarlo con la intensidad pretendida, no se alterase mi propósito de aniquilarle. Si no acumulaba suficiente odio para provocar una descarga, sí hacía acopio de datos y argumentos convincentes para llegar a una decisión. No iba a vengar en el Puig mis personales agravios tan sólo, no, sino a saldar una terrible cuenta, la del Puig, con sus innumerables víctimas, entre ellas los estafados y expoliados de Palomeras. Así, mi decisión, a la vista de las evidencias de culpa acumuladas, se hizo

236

irrevocable, sin saber ni sospechar yo que ese no era mi camino, sino el de Pepe Migas, el bueno.

Preparo mi navaja albaceteña de siete muelles, la que compré a un gitano en la prisión y la oculto a mi espalda. Espero a que el Puig abra las puertas de la cochera y, quince segundos después, me deslizo dentro, en el mismo instante en que él coloca su mano sobre la manija de la portezuela de su automóvil.

—¡Hola, Puig! —digo.

El Puig me mira, aterrado. Yo me aproximo más a él. Estamos ya a la distancia de mi brazo. Me siento alegre, y la estupefacción y el miedo que refleja su mirada me llenan de gozo. ¡Qué pequeño, qué cobarde, qué miedoso, y qué vil es el fulano! Se ha puesto amarillo y le tiemblan las quijadas. Apenas puede balbucir:

—¿Qué quieres, Lorca?

Se recuesta sobre el coche en busca de protección y yo avanzo unos centímetros hacia él.

—Cobrar lo que me debes, Puig.

Puig jadea. Suda. Casi llora.

—¿Cuánto dinero? Pide —implora.

—Más. Quiero mucho más. Son seis años.

—Puedo darte... un millón. Ya ves, un millón.

Me sonrío y guardo silencio.

—Dos millones... Tres. ¿Sabes lo que podrías hacer con tres millones?

—Más.

—Cinco. No tengo más dinero en efectivo ahora.

—Te he dicho que más.

—¿Más?

—Sí, ya sabes que no me importa el dinero.

Se queda sin sangre en la cara.

—Entonces... —gime.

—Seis años, con sus réditos.

—¡Dios mío! —e intenta retroceder, pero el "Mercedes" le corta la retirada.

Yo siento la muerte correr por mi brazo. Es un escalofrío que centellea en la punta de mi navaja.

—¡No! ¡Eso, no...! ¡Lorca...! ¡Lorca...! ¡Lorca!

Tres relámpagos de la albaceteña, tres descargas, tres heridas, tres gritos, y el Puig cae ensangrentado, con la boca abierta, mirándome con la muerte estupefacta en sus pupilas.

No pierdo tiempo. Abro la puerta que hay al fondo del garaje y corro, escaleras arriba. Un vestíbulo. Veo avanzar hacia mí una criada con la intención de interceptarme el paso y la aparto de un empujón.

—¡Señorita! ¡Señorita! —grita la criada escandalosamente, haciendo estallar el silencio de la casa.

Más escaleras, las que conducen, seguramente, a las alcobas. Una escalera noble, alfombrada, con barritas de latón dorado. No vacilo ni un segundo y emprendo a grandes zancadas la ascensión por ella.

—¡Señorita! ¡Señorita!

Antes de alcanzar el rellano aparece ante mí Gloria, demudada, con el cabello suelto, vestida con una bata más lujosa aún que la de la calle Montesa. Al verme, se queda inmóvil y blanca como la nieve.

—¡Enrique! —murmura—. ¿Qué quieres?

238

Ya no me dice lo que debo hacer. Han desaparecido su orgullo y su seguridad. Ahora es una criatura asustada, indefensa, a mi merced. Si se lo ordenase, caería de rodillas delante de mí. Es mi momento. Y la humillo, la humillo, la humillo, con los ojos, con la sonrisa y con las palabras:

—Cobrarme.

La casa se ha quedado sumida en ese silencio vacío que sigue al estampido de un disparo. Avanzo lentamente con la albaceteña a la espalda. Gloria retrocede y se apoya en la pared, bajo un cuadro que reproduce un paisaje de árboles. Entonces, nuestras miradas reanudan aquel diálogo a fondo y es nuevamente un floreteo rápido, fulgurante. Y ella abre su bata silenciosamente, sin quitar sus ojos de los míos. Está al alcance de mi brazo por el que corre la muerte, pero me detengo uno, dos, tres segundos, para ver su cuerpo desnudo, desnudo, desnudo, tembloroso, tembloroso, tembloroso, blanco, blanquísimo, ebúrneo. Y cierro los ojos. Las descargas. Una, dos, tres. Y ya está.

Este era mi plan que estuve ensayando imaginariamente hasta que aprendí bien mi papel y logré coordinar perfectamente todos los detalles. A partir de ese momento me sentí descansado, como cuando uno ha dormido sin interrupción varias horas.

Llegado a este punto muerto, quise aprovechar los pocos días libres que me quedaban para conocer dos cosas que siempre me habían atraído y que nunca pude ver ni de lejos. Sus nombres, la Universidad y el Museo del Prado, eran dos nombres mágicos y significaban dos cumbres inaccesibles, tan inaccesibles como el cielo o la remota antigüedad del hombre. En mis noches de cárcel, tan indagadoras y meditativas, yo pensaba que si hubiese pasado por la Universidad, mi vida habría tomado otro rumbo. Eso, por una parte. Por otra, yo sería también un hombre distinto. Me llamaría Enrique Lorca igualmente, pero entre el Enrique Lorca universitario y el Enrique Lorca camionero, apenas si habría más identidad que la de la partida de nacimiento. Tanto era para mí la Universidad. Maestros ejemplares, llenos de generosidad, transmitiendo el saber, la ciencia, las grandes verdades, a sus alumnos, y éstos, jóvenes y libres, recibiendo las preciosas semillas como un campo húmedo, esponjoso y bien abonado. Las únicas referencias directas que yo tenía de la Universidad las personificaban Manolo, el hijo del señor Plácido, y don Sixto, el amante de Maribel, pero tanto el uno como el otro no eran espiritualmente universitarios, sino unos intrusos sin vocación, meros polizontes en un barco que no era el suyo. En cambio, había visto otros muchos estudiantes que encarnaban perfectamente el tipo de universitario que yo intuía, en la calle de la Princesa, cuando repartía paquetes, formando grupos, discutiendo acaloradamente, o a solas con sus libros y sus papeles junto a la mesa de un café. ¡Cómo los admiré entonces y siempre! Era el suyo el único privilegio indiscutible, el único privilegio por el que yo hubiera sido capaz de jugarme el todo por el todo y reñir quizás una batalla tan imposible como la de Don Quijote contra los molinos de viento. Ah, ya sé que es un privilegio reservado casi exclusivamente para los hijos de ciertas familias. Eso precisamente me excluyó a mí de la Universidad. Pero esos muchachos son inocentes de ese pecado. Ellos no tenían ni tienen la culpa de que las cosas sean así. La culpa es de sus padres, de la sociedad, de todos nosotros. Ellos eran y son, por encima de todo, estudiantes a quienes envidiaba sanamente, como se envidia al sol. No sé que hubiera dado yo, años de mi vida porque no tenía otra cosa que dar, por haber sido uno de ellos, el último de todos. Hay quien ambiciona ser rey, financiero, obispo o capitán general. Yo hubiera querido ser sabio, como Pasteur, Ramón y Cajal, Flemming y tanos otros, aunque me dé vergüenza confesarlo. Y ese mismo respeto y esa misma distancia y esa misma vergüenza me impidieron, siempre que me lo propuse, pisar los umbrales de la Univeridad. En cuanto al Museo del Prado, tenía leído tanto acerca de sus riquezas pictóricas, de que si era el templo del arte, de que si allí se congregaban los genios universales de la pintura, de que si en sus cuadros estaba expresada insuperablemente la belleza del mundo y la historia del hombre, y otras frases superlativas, que no me atreví nunca a visitarlo. ¿Qué iba a hacer yo, ignorante de mí, entre tantas obras maestras del genio humano? No podría entender nada. Yo sería como un ciego y sordo y mudo. Como una piedra. El miedo al fracaso, que yo creía inevitable, es lo que me detuvo a sus puertas. Y más aún. "Hasta llegué a temer que, si me atrevía a entrar en el museo, me saliese alguien al paso para preguntarme a qué iba yo allí, a ver con qué títulos, que si tenía conocimientos de pintura, y como yo no podría alegar ningún mérito, me pusiera de patitas en la calle, más corrido que una mona."

No obstante, empecé por el Museo del Prado. Lo intenté una mañana y nadie me detuvo ni me preguntó nada. Eso me tranquilizó. Ya había público. Los visitantes, en grupos o por separado, se detenían ante los cuadros, como los penitentes en las estaciones del vía crucis. En los grupos siempre era una misma persona la que hablaba y explicaba las particularidades de la obra y de su autor. Así, oyendo a prudente distancia las palabras del explicador, logré situarme y perder el miedo, porque, por lo visto, muchas de aquellas personas sabían de pintura tanto como yo. Poco después, abandoné los grupos y me lancé a descubrir pintores y cuadros por mí mismo, y llegué a la conclusión de que no es tan difícil como yo temía apreciar la belleza de la pintura. Uno no podía entrar en detalles ni describir punto por punto sus méritos, ni siquiera expresar lo que estaba viendo y sintiendo, pero sí disfrutarlo, de la misma manera que cuando uno ve pasar a su lado a una mujer hermosa y desconocida o contempla una puesta de sol, un amanecer a la orilla del mar, un huerto de naranjos en flor, una tormenta, un campo nevado y tanto otros fenómenos de la naturaleza y de la vida. Es una sensación triste y gozosa a la vez, de esperanza y de peligro, que casi te ahoga, que te hace olvidarte de todo y te lleva a otro mundo, que te estruja y te hincha, que te sacude y amaina, que te estremece y enerva, y que te deja sin palabras. Recuerdo que después de ver tantas imágenes de Dios, de papas, reyes, santos, guerreros, mujeres desnudas y vestidas, niños, batallas, paisajes y bestias, me senté en un banco para descansar y volver en mí. Recuerdo que cerré los ojos y que entonces, poco a poco, como un viento que crece, se me empezó a llenar la cabeza de imágenes, voces, ruido y movimiento. Todo aquel abigarrado conjunto fue tomando vida, como si despertara. Los personajes hablaban, sonreían, cambiaban de postura y continuaban la escena interrumpida por el pintor. Del mismo modo, las cabalgaduras y los demás animales galopaban, jadeaban, corrían, relinchaban, ladraban o se desperezaban; y el viento estremecía los árboles y encrespaba el mar. Las tres formas del tiempo se confundían en una sola. Carcajadas, voces, risas, gritos, rumores y palabras, perfectamente discernibles, sonaban, sin embargo, a la vez, se atropellaban, se retorcían y se mezclaban. Recuerdo que, al cabo de no sé qué tiempo, oí unas palmadas y una voz, clarísima, dominando el tumulto. Recuerdo que abrí los ojos y me encontré con los de un conserje que me miraba desde una de las puertas. "Vamos a cerrar, señores." Estaba yo solo. El más rezagado de los visitantes salía ya. Recuerdo que hasta hallarme de nuevo en el paseo no recobré la conciencia de la realidad. Supe entonces que escapaba de un encantamiento, que salía de un mundo desconocido en el que yo era un espectador fuera del tiempo y por encima de mi propia vida, pobre vida, y de las preocupaciones, tristes preocupaciones que ni aun en sueños dejaban de atormentarme. Comprendí asimismo que para conocer el Museo del Prado no bastaban unas horas, ni unos días, ni tal vez uno meses. Así, pues, debía renunciar al goce completo del espectáculo. Ya no me quedaba tiempo. Reconocí que mi vida estaba equivocada y que yo era un hombre burlado. Y no pude resolver algunas dudas que me surgieron. ¿No sería todo aquel mundo una mentira más? Aquellos reyes, papas, guerreros, santos y mujeres hermosas, ¿fueron así realmente? ¿Vivieron libres o encadenados? ¿Se sintieron también frustrados y perdidos? ¿Testimoniaban lo que fue, lo que pudo ser o lo que se quiso que fuese? ¿Quién podría saberlo? En cualquier caso, valía la pena que estuviesen allí en esas formas. Sí, valía la pena verlos e imaginarlos en la realidad, pensar que habían existido así de hermosos y triunfantes, por sobre la vida y la muerte.

Fui dos días a la Universidad. En el primero me limité a pasear por sus avenidas y a contemplar sus edificios y el ir y venir de los estudiantes, a pie, en coche, en motocicleta. Me gustó mucho todo lo que vi, especialmente la juventud. ¡Quién fuera ellos! ¡Quién tuviera sus años! Me sorprendió mucho su vestimenta. Capotes, jerseis, camisas sin corbata, cabellos largos y barbas, en los chicos; pantalones, ponchos, chaquetillas de punto, zapatos de tacón bajo y melenas descuidadas, en las chicas. ¡Qué diferentes eran en esto de los universitarios de diez años antes, tan peripuestos y aseñoritados! ¿Serían los de ahora procedentes de las clases inferiores de la sociedad? Al segundo día, me atreví a sentarme en un banco junto a dos chicos y dos

244

chicas. Escuché disimuladamente. Hablaban del plan para la tarde. Uno de los varones propuso llevar a todos en su coche. No, al menos éstos no eran hijos de gente obrera. Por supuesto que no. Seguí escuchando. Una chica expuso el tema de un examen parcial. "¿A que no sabéis qué se le ha ocurrido preguntarnos al tío? Pues nada menos que los nombres de los pretendientes de Isabel la Católica. Como si nos importase eso mucho a nosotros, o si Isabel se cambiaba frecuentemente de camisa o no. Asuntos de cotilleo o de higiene. ¿Es que así se puede aprender Historia?" Los demás se carcajearon. Entonces me decidí a hablar.

—Estudiantes, son ustedes estudiantes, ¿verdad?

Era preguntar una simpleza y ellos se me quedaron mirando con aire de burla. Yo me sentí enrojecer y en ridículo.

—Y a usted, ¿qué le parece? —me dice una de las chicas, descaradamente.

—Ustedes perdonen —me excuso.

—No hay por qué, hombre, no hay por qué —dice el del coche.

—Usted no será periodista, ¿eh? —me pregunta el otro—. Porque hoy no estamos para follones.

—Pero, ¿no estás viendo lo que es, despistado? —dice el del coche y me pregunta a mí—: Obrero, ¿no es eso?

—Pues sí —contesto.

—Bien jodido entonces —dice el otro muchacho.

—¿Obrero? —y la descaradilla se dirige a su compañera—: Mira, Rosa Mari, un obrero de verdad. A lo mejor, un enlace.

—O un chivato —dice Rosa Mari.

—No, no soy ni enlace ni chivato —digo yo—. Admiro a los universitarios y...

—Ya —dice la descaradilla.

—¿No trabaja? —quiere saber el del coche.

—Ahora estoy disfrutando el permiso.

—Y ha venido a ver lo que pasa por aquí. Vaya. Pues hoy no ocurre nada. Mala suerte —y el otro muchacho sonríe—. Quizá dentro de unos días. Bueno, cualquier día. Nunca se sabe.

Me dieron un cigarrillo y después se interesaron por mi vida. Yo les conté algunos percances de mis tiempos de camionero, que escucharon con exclamaciones y miradas significativas entre sí, y procuré, finalmente, llevar la conversación al tema de la Universidad, y conseguí que, poco a poco, empezasen a contarme cosas que a mí me parecieron increíbles. Catedráticos que no aparecían por clase, otros que se ufanaban de suspender al noventa y cinco por ciento de sus alumnos y algunos que no explicaban más que la mitad del programa; profesores que apenas percibían haberes por su trabajo —"Hay que hacerle la pelota al cátedro, amigo, si quieres llegar un día a catedrático"—; prácticas irrealizables por falta de material y de personal docente; incomunicación entre profesores y estudiantes; atonía y rutina en las clases; incapacidad de las instalaciones; miedo a hablar y a dejar hablar; desinterés por la investigación; gamberrismo en algunos y desmoralización en los más; poder en vez de autoridad y sumisión en vez de respeto; desorden, cachondeo e ira.

—Total, una mierda —resume el del coche—. No hay nada que hacer en la Universidad tal como se encuentra. Es una antigualla, ¿comprendes? De los años cataplum.

—Entonces, de la generosidad de los maestros, del entusiasmo de los discípulos, de la sabiduría, de las grandes ideas, de la forja del porvenir y de todo eso, ¿qué?

—Ni Pum —dice el del coche.

—Fijaros en lo que ha dicho —apunta la descaradilla—. Ha hablado de la sabiduría. Y eso, ¿con qué se come? Cómo se conoce que no ha pasado usted por aquí. A la Universidad, amigo, no se viene a aprender, sino a aprobar, y vas que te matas. ¡Un asco!

—O a aburrirte, porque la vida de estudiante es un aburrimiento —añade el otro muchacho—. Que no, hombre, que no. Mientras no se cambie de arriba abajo, la Universidad seguirá siendo para los pelotas y para los don Sí. Si te resignas, bien; pero si te sientes un poco digno, se acabó. O tragas o te vas a la mierda. Y como muchos no queremos tragar así porque sí... Pues ahí está el lío.

—Lo que te digo, una mierda.

Los vi desmoralizados, resentidos. Los vi desilusionados, impotentes. Si a su edad y en esa situación frente a la vida pensaban y sentían de ese modo, frustrada su vocación, ¿qué aguardaban? ¿Qué les esperaría cuando saliesen de la Universidad con su título? El adoceñamiento, la lucha por el dinero, la mentira, el yugo y la claudicación. Si la Universidad era como ellos decían, todo lo contrario de lo que yo imaginara y creyera, no valía ningún sacrificio, ni merecía la admiración y el respeto que yo siempre tuve por ella. No debía, pues, lamentar mi exclusión de su mundo. Pero me apenó el haber descubierto el fraude, porque me dejaba más confuso y más desamparado que nunca. ¿Dónde estaban la libertad del espíritu y la dignidad del hombre? ¿Era necesario, inevitable, someterse a la farsa, venderse al mejor postor? Los estudiantes se fueron como gorriones alegres, a pesar de todo, pero yo me quedé triste, muy triste, absolutamente inseguro. ¿Sería yo el equivocado? Esta reflexión me hizo acelerar los trámites de mi desquite. Al menos yo no claudicaría. José Puig simbolizaba precisamente la fuerza corruptora, sojuzgadora, enemiga de la libertad y la dignidad humanas, que convierte la sociedad en un mercado de hombres y conciencias. Y puse en práctica mi plan.

Preparo mi navaja albaceteña de siete muelles y la oculto a mi espalda. Espero a que el Puig abra las puertas de la cochera y, quince segundos después, me deslizo dentro, en el mismo instante en que él coloca su mano sobre la manija de la portezuela de su automóvil.

—¡Hola, Puig! —digo.

El Puig se vuelve y me muestra su más cándida expresión de asombro. Los ojos azules ocupan toda la cara.

—¡Caramba, Lorca! Te esperaba cualquier día de

248

éstos, pero no aquí. ¿Por qué no has pasado por mi oficina? Hubiéramos podido hablar más cómodamente, hombre.

Pretende disimular su miedo, su enorme miedo, con palabras y palabras. Sabe muy bien que no he venido a hablar. ¡Qué astuto, qué hábil y qué peligroso es este hombre! Como le deje hablar...

—Vamos, di qué es lo que quieres. Tengo prisa.

Tiene mucho miedo. Palidece sin querer. Pero yo también tengo miedo, mucho miedo, y me siento frío. Debo matarle, lo sé, pues para eso he venido aquí. No me queda más remedio que matarle, lo sé. Sin embargo, no acuden ni la rabia ni la cólera. No corren calambres de muerte por mi brazo. ¿Qué me sucede? Y tengo que hacer algo, porque si no... Continúa con la mano sobre el tirador de la portezuela y ha cambiado su expresión de asombro por otra de apercibimiento, escrutadora, atenta.

—He venido a cobrar lo que me debes, Puig.

Puig alumbra una sonrisa helada.

—Bien, hombre. Me parece muy bien. Supongo que habrás recibido las veinticinco mil pesetas que hice ingresar en tu cuenta de la prisión. Claro, se trata tan sólo de un anticipo, Ahora, señala tú la cantidad total y no dudes de que llegaremos a un acuerdo.

No puede con su miedo y trata de envolverme, de corromperme, de comprarme otra vez. No.

—Son seis años con sus réditos —digo.

— No te preocupes. Pide.

Me yergo ante él todo lo que puedo, temblando. Siento la punta de mi navaja en los riñones.

—No se trata de dinero, Puig.

He alzado la voz y su tono me asusta. El Puig fija entonces en mis ojos una mirada punzante, que apenas puedo resistir.

—Quieres decir que vienes a matarme, ¿no?

Hay un segundo de silencio y de quietud e, inesperadamente, se vuelve de espaldas a mí.

—Un asesinato a sangre fría, ¿eh? —me increpa.

Se aleja unos pasos y, de pronto, me da otra vez la cara. Yo permanezco inmóvil, indeciso, confuso, casi amedrentado.

—¿Y qué vas a conseguir con matarme? ¿Recuperar esos seis años? No. Nada de eso. La muerte para ti también o la cárcel para toda la vida. Un mal negocio para los dos. ¿Comprendes? No, Lorca, no; piénsalo bien.

Sé que es la desesperación, el verse acorralado, lo que le da fuerza. Y, lamentablemente, le admiro en ese momento. Lamentablemente. Es un animal de pelea y está jugándose el todo por el todo. Lo sé, como sé que debiera acuchillarle sin más dilaciones, pero... Pero no soy capaz de hacerlo. Muestro la mano que empuña la albaceteña, pero de ahí no paso. Y sé que me va a ganar la partida.

—Escucha, Lorca. ¿Crees que hice aquello por gusto? Pues no. Yo hice aquello por salvar la empresa. No era cuestión de hombre a hombre, sino de hombre a empresa. Si a mí me hubieran condenado entonces, me habría quedado solo, abandonado por todo el mundo a

250

mi mala suerte, aunque yo no quise el hundimiento, y se hubiera perdido en un instante lo que tantos esfuerzos, sacrificios y horas, míos y de otros, míos y de mis obreros y empleados y colaboradores, había costado reunir. En cambio, de la otra manera...

Su cinismo me horripila. Me da asco. Es por ahí por donde puede llegar mi decisión final. Aprieto la navaja y no sé cómo le miro, pero él ha debido ver la muerte en mis ojos, porque levanta las manos, rindiéndose, y trata de calmarme.

—Ya sé, ya sé que a ti te ha costado muy caro. No creas que no lo siento. Pues sí, lo siento, y mucho. De veras. Te lo juro. Pero no lo has perdido todo. Para eso está la empresa, para compensarte como te mereces.

Y yo me pregunto mientras tanto: ¿Voy yo a matar a este individuo y pagar otra vez por todos? ¿Crees que vale la pena, Enrique? Tienes sólo cuarenta años y todavía...

—Eres un canalla, Puig, un miserable —y muerdo las palabras.

—Te equivocas, te equivocas. El canalla y el miserable es el mundo. ¿Crees que no me costó sufrimiento el echarte a ti la culpa? Pero, ¿qué otra cosa podía hacer para salvar la empresa? Yo me pongo en tu lugar y sé lo que te pasa. Ponte tú en el mío y trata de comprender.

—¿Y qué me importa a mí la empresa?

—A ti, puede que nada, pero a la empresa, todo. ¿Es que no lo comprendes? ¿No entiendes que la empresa es una cosa y nosotros otra? ¿Que es ella la que manda?

¿Estoy soñando o despierto? ¿Qué dice este hombre? ¡La empresa, la empresa, la empresa! No entiendo nada, nada.

—¿Crees que yo puedo hacer lo que quiera? No. Me debo a la empresa: créditos, deudas, intereses, beneficios, salarios, seguros sociales y edificios, muchos edificios, barriadas de casas, colonias enteras. ¿Tú sabes cómo crece y crece? ¿Y a costa de qué crece, eh, a costa de qué crece? De mí, en primer lugar. No tengo tiempo para nada. Tú has pasado seis años en la cárcel. De acuerdo. Pero yo llevo varios años más atado a la empresa, sujeto, teniendo muchas veces que retorcerme la conciencia, y hacer lo que no me gusta... Uno empieza a crear una empresa y, luego, la empresa se lo come a uno. Es como una casa que no se termina nunca y que se sostiene mientras tú continúas construyéndola y que, si te paras, se hunde y te entierra a ti entre sus escombros. Ah, si uno pudiera largarse y dejarla sola. Pero no. Has de estar allí hasta que te queden fuerzas, hasta que no puedas más, y entonces es para morir. El monstruo es la empresa, Enrique. Ella es la que no tiene entrañas ni conciencia. Yo sabía que vendrías a vengarte y que tú no querrías dinero. Que querrías mi vida. ¿Y qué he hecho yo? Esperar al pie del cañón. De buena gana me hubiese marchado. De buena gana hubiese abandonado todo. Tengo lo suficiente, y más que suficiente, para vivir sin preocupaciones económicas. Y me he quedado, ya ves, me he quedado. ¿Por gusto? No, por obligación. Es así. Tiene que ser así. De otra forma nadie podría hacer nada, crear nada, conseguir nada importante. Yo no impuse esas condiciones. Me las encontré ya impuestas y, una de dos, o las aceptaba o las rechazaba. En el primer caso, se me permitiría llevar adelante mis ideas; en el segundo, se me condenaría a merodear por fuera de donde se convierten los proyectos en realidades. Y las acepté, y esa es mi culpa, pero las acepté sin saber sus consecuencias, las consecuencias que descubrí más tarde, pero ya no tenía yo otra alternativa, no tenía escapatoria...

Se ha transfigurado. Habla elocuentemente, con convicción. Parece otro. Y no sé cómo cortar el chorro. "Habrás observado que muchas personas honorables, particularmente incapaces de robar un céntimo ni de faltarle el respeto a un semejante, que son tímidas, yo soy tímido, Enrique, cuando se ponen detrás de una mesa de dirección expolian, avasallan e incluso deciden sin piedad el destino de otros hombres. ¡Cuántos que no matarían personalmente un pájaro, condenan a muerte a millones de hombres! ¿Dónde estaría hoy Rusia si Stalin no hubiese fusilado, torturado y deportado a millones de rusos?"

Se calla de pronto y me mira. Yo no sé qué replicarle. Sí, le diría muchas cosas. Que esa suplantación es monstruosa, que hay que rebelarse contra ese encadenamiento brutal, que el hombre es antes que todo, que el hombre es real y la empresa una ficción, que la empresa debe servir al hombre y no lo contrario... Le diría... Pero, ¿para qué? Puig no entiende y es irredimible ya. Lo que sí sé es que no puedo matarle. Lo siento, me avergüenza, pero no puedo matarle.

—¡Pepe! ¡Pepe! —grita una voz de mujer en la casa.

El Puig corre hacia la puerta que hay al fondo del garaje, y pregunta en voz alta:

—¿Qué, cariño?

—¿Te pasa algo, Pepe?

—No, no, me voy ahora mismo. ¡Adiós, cariño!

—Ten mucho cuidado en la carretera.

—Descuida.

—Y ven pronto. ¡Adiós!

El Puig vuelve hacia mí.

—Es Gloria. Se extrañaba de no haberme visto salir todavía.

Guardo silencio y él me invita a subir a su automóvil. "No conviene que te vea Gloria. Se asustaría. Te llevo hasta donde quieras." Y subo al coche y me siento a su derecha, automáticamente. Saca el automóvil del garaje. Cierra las puertas y llegamos a la verja del jardín, donde repite la maniobra y se vuelve a saludar a Gloria. Yo también miro atrás y veo a la mujer agitando las manos en el aire. La carretera.

—Para, déjame aquí.

—Ya te he dicho que te llevo hasta donde quieras...

—Pues hasta aquí. Quiero pasear un rato, y pensar.

—Está bien. Y ya sabes que la empresa está dispuesta a indemnizarte, a indemnizarte con larguza.

Callo y me apeo. Arranca el coche y corre hacia Madrid entre brillos de níqueles y cristales. Yo me siento

vacío, completamente hueco. Derrotado. Burlado. Todavía llevo la navaja abierta en la mano. La cierro y
oigo los siete chasquidos de sus siete muelles. Después
la arrojo lejos de mí y cae en un matorral.

IX

Yo CONOCÍ A ENRIQUE Lorca una mañana de agosto en
que se celebraba el mercadillo semanal, en el bar de
Felipe. El bar de Felipe está situado a la sombra del
castillo de Carlos III, remate de uno de los cuernos de
la bahía, y enfrente, por lo tanto, de la roca llamada la
"Aguilica", por su semejanza a un águila gigantesca
echada panza arriba al sol, que cierra el otro extremo de
la media luna. Alrededor del bar se extiende la glorieta
de Alfonso Escámez, por un lado, y, por el otro, la ex-
planada del puerto. En éste se hallan instalados los
artilugios mecánicos de feria: caballitos, norias, carru-
seles, coches de choque, y los puestos de churros y
dulzainas.

Felipe, que viste unos calzones cantinfleros, es uno
de los hombres más populares de la población. Pequeño, fuerte, de ojos risueños y burlones, socarrón y, a
veces, misterioso, Felipe tiene una larga y pintoresca
historia de espiritista y curandero. Lleva el padrón de

257

sus paisanos y conoce a todos los veraneantes. Escucha, sabe lo que se dice y hasta lo que se piensa en el pueblo y es, de hecho, el delegado de información para turistas y traseúntes. Quien pregunta a Felipe, sea indígena o forastero, recibe siempre una respuesta, aunque, a veces, resulte sibilina e indescifrable.

Los pescadores recosían sus redes, un barco soviétivo cargaba cemento en el muelle comercial, circulaban los veraneantes con sus cestas llenas de fruta, humeaba la churrería, iban y venían coches, motos y furgonetas, con abastecimientos, y se oía el guirigay de los huertanos y cortijeros pregonando sus productos. Yo contemplaba una vez más la estampa de la bahía. Sobre la mar, tan intensamente añil como en un mal cromo, se desbordaba una luz irresistible, de oro derretido, casi blanca. El agua era como la arena azul de un gran anfiteatro con una primera escalinata de caserío, una segunda de colinas y rocas peladas, y un cerco final de serranías evanescentes. Algunas palmeras y el suspiro vegetal de frondas diminutas interrumpían felizmente, de cuando en cuando, la monotonía incandescente del paisaje.

—¡El progreso es inevitable! —dijo Felipe en alta voz, tal era su saludo habitual, y me volví para saber a quien iba dirigido.

El que acababa de entrar era un hombre alto, mimbreño, de ojos grises, abundante cabellera todavía oscura, moreno, de movimientos pausados y expresión concentrada.

—¡Hola, Felipe! —correspondió, y fue a tomar asiento junto a una mesita.

Llevaba en las manos un cucurucho de papel con churros y, bajo el brazo, un libro en rústica.

—¿Café? —preguntó Felipe.

—Sí.

El recién llegado colocó sobre la mesita el cucurucho y el libro y, luego, paseó su mirada por el contorno, deteniéndola en mí un instante, un solo instante, y fijándola, por último, en Felipe, que preparaba su café.

—¿Qué tal se da la cosa? —preguntó Felipe mientras manipulaba en la cafetera eléctrica.

—¡Psché! —contestó el hombre.

—Pues este año ha venido mucho personal...

Pero el recién llegado abrió el libro, buscó en él una página y pareció concentrarse en su lectura, hasta que Felipe le puso delante el servicio. Entonces, cerró el libro y comenzó a desayunar mojando los churros en el café, lentamente, sin mirar a nadie.

A mí me extrañó mucho su afición a la lectura. No es frecuente ver a un hombre con un libro en la mano en una circunstancia así. Su edad descartaba el supuesto de que fuese un estudiante, y, su apariencia, de que se tratara de un intelectual en vacaciones. Sin ser rústico como un campesino, su aspecto tampoco coincidía con el de un profesional de las llamadas actividades liberales o con el de un burócrata. Por ese motivo, y con el pretexto de ofrecerle un cigarro, me acerqué al mostrador y pregunté a Felipe:

—¿Quién es ese hombre?

Felipe se encogió de hombros y me contestó, entre dientes:

—Sólo sé que se llama Enrique Lorca, que es feriante y que trabaja en los coches de choque como mecánico. Apenas habla y se le ve casi siempre solo o con un libro bajo el brazo.

Era un tipo insólito y excitó mi curiosidad, me intrigó, pero hube de contentarme con lo poco que de él pudo informarme Felipe, porque la actitud esquiva y reservada del desconocido, que seguía comiendo, absolutamente ajeno a cuanto le rodeaba, me impedía intentar cualquier forma de abordaje. Y me marché, observando de reojo que ni siquiera merecía el más mínimo movimiento de interés por su parte.

Acostumbro a tomar mi primer baño en la mar a hora muy temprana, con el fin de gozar casi a solas del agua limpia y fresca y del silencio y abandono de la playa. Suelen acompañarme algún que otro madrugador o madrugadora, generalmente extranjeros.

A la mañana siguiente de haber visto a Enrique Lorca en el bar de Felipe, y al salir del agua, encontré a aquél tendido en la arena junto a mi toldo. Sin duda, estaba esperándome, porque se incorporó al verme avanzar hacia él y me mostró su cigarrillo apagado.

—Usted perdone —me dijo—. ¿Podría darme lumbre?

A poco, nos encontrábamos los dos fumando.

La mañana era tan hermosa como un despertar en el paraíso. La mar estaba callada, quieta, tenuemente verde. El horizonte, sin veladuras, no tenía fin. El pueblo, a mi derecha, aparecía deshabitado aún. A mi izquierda, por sobre la "Aguilica", asomaban los resplandores del sol, que ascendían y se desparramaban por la curva débilmente azul del cielo. Detrás, se escalonaban, sobre cabezos y alcores, unos cuantos chalés blancos y silenciosos. No lejos de mí yacían sobre la arena los cuerpos jóvenes y semidesnudos, de uno y otro sexo, y de carne vivamente sonrosada, de unos bañistas nórdicos que parecían dormidos.

—Buscadores de sol —dije, señalándolos.

—Son alemanes, de Hamburgo —y Lorca añadió—: Quieren almacenar en quince días sol para todo el año y por eso se están en la playa desde que sale hasta que se pone.

Seguimos fumando en silencio. Los minutos discurrían perezosamente y yo gozaba ese bienestar imponderable de sentirse penetrado, transido, por el gozo de vivir. Vale la pena, pensaba yo, soportar durante el resto del día la carga abrumadora de tantas obligaciones, pesares y fracasos, por un momento como éste, en que se es uno mismo, casi como un dios en la primera mañana del mundo, libre y sin memoria del pasado. Atrás, en el olvido, quedan la historia, la cultura y la civilización, como una noche de pesadilla. Yo no recordaba nada, concentradas todas mis facultades en el presente instantáneo, total y único, irrepetible, panteístico.

—Me ha dicho Felipe que es usted escritor. ¿Es cierto?

Había olvidado completamente a mi vecino y sus palabras me sobresaltaron. Me miraba, de codos sobre la arena, brillantes los ojos grises, muy atentamente.

—Sí —contesté—, soy escritor.

—¡Hermoso oficio!

—¿Por qué?

Me contestó sin vacilar, con palabras que sugerían hondas cavilaciones. Para él, el escritor poseía los dos atributos más envidiables a su juicio: el de poder comunicar a sus semejantes lo que pensaba y sentía, y el de ser libre.

Le hice ver que, por desgracia, el escritor también se ve condicionado por muchas circunstancias, unas subjetivas y objetivas otras, que el escritor raras veces consigue decir lo que quiere y como quiere. A veces, porque sus facultades no llegan a tanto y, a veces, porque la sociedad no se lo permite.

Me miró un momento en silencio, movió la cabeza dubitativamente y, por último, me preguntó:

—Entonces, ¿por qué escribe?

No es fácil encontrar la razón de las vocaciones que son, por naturaleza, irrazonables. Sin embargo, le contesté:

—Por la misma razón que vivo, aunque sepa que tengo que morir.

—¿Y queda satisfecho?

—No, nunca. Después de cada fracaso, repetimos la aventura una y otra vez, de la misma manera que intentamos cada día vivir la vida que queremos. Por eso, escribir es como vivir.

Mi interlocutor guardó silencio mientras enterraba

en la arena la punta de su cigarrillo apagado y luego me preguntó:

—Quiere decir que la vida no tiene sentido, ¿no es eso?

—La que nos dan, dudo que lo tenga; en cambio, la que deseamos creo que sí. Por eso vivimos.

—Ya. Según usted hay que vivir a pesar de todo, ¿no?

—Claro, porque es la única posibilidad de que disponemos.

Volvió a quedarse en silencio. Los alemanes seguían inmóviles bajo el sol. Se oían ya los estampidos de las primeras motocicletas y se veían figuras humanas moverse en el puerto. Comenzaba una nueva jornada para todos. Enrique Lorca se dejó caer de espaldas sobre la arena y cerró los ojos. A mí se me hacía tarde y me levanté.

—Tengo que irme —dije.

Él abrió los ojos, que parpadearon, y me sonrió.

—Gracias, profesor.

¿Profesor yo? Me sonaba a burla el título.

—Yo no soy profesor de nada, amigo.

—Para mí, sí.

A la mañana siguiente, a la misma hora y en idénticas circunstancias, volvimos a encontrarnos, como si acudiéramos a una cita previamente concertada. Él mostró en seguida su deseo de hablar, porque inició rápidamente la charla. Sin embargo, lo que él pretendía era más bien oír, porque su cuestionario estaba compuesto únicamente de preguntas. ¿Existía la libertad?

¿Era necesario que el hombre se comprometiese aun a costa de limitaciones en su libertad? ¿No podía uno fabricarse su propio destino con independencia de los destinos ajenos? ¿No es cierto que la transformación del hombre se realiza a través de su conciencia y que la historia de aquél es la historia de ésta? En definitiva, las preguntas que uno se viene haciendo a lo largo de la vida, preguntas ante las que la razón flaquea y enmudece y deja al hombre a merced de sus impulsos e improvisaciones. Demasiadas preguntas y excesivamente complicadas y misteriosas para que yo pudiese contestarlas mediante expresiones concretas. Me hubiera callado, pero su humilde y apremiante expectación y, por otra parte, el deseo de hacer partícipe a alguien de nuestras propias angustias y el pensar que tal vez mis palabras sirviesen para rescatar a aquel hombre de algún extravío, me movieron a darle mi opinión sobre la libertad, bien relativo, no absoluto, aunque el más excelso; y de la vida, nuestro bien primordial, aunque incierto y finito. Procuré, naturalmente, aclararle mis ideas, en la medida de lo posible, con ejemplos y comparaciones más o menos ilustrativos. Él me escuchó atentamente y, aunque no me planteó ninguna objeción, comprendí que no estaba conforme con mis opiniones. Me dijo, en cambio, que él había abandonado Madrid, precisamente a causa de que en la ciudad todo tiende a sujetarle a uno, a esclavizarle, a enajenarle, bajo mil formas distintas.

—Yo he visto allí a los vencedores —prosiguió diciendo—. Los he visto ir y venir, insensibles, obstinados, como autómatas; unos, en metro y en autobús; otros, en sus propios automóviles. Aquellos eran los vencedores últimos, recién llegados del campo, uncidos al movivimiento continuo, al pluriempleo y a la tiranía de las horas, por un piso, un televisor y otros trofeos semejantes. Y a los otros, a los grandes, encadenados al ritmo incontenible de sus deseos convertidos en realidades tiránicas, agotadoras, deshumanizadas. ¿Qué victoria es esa que no permite al hombre disponer de sí mismo para nada que no esté previamente programado por fuerzas extrañas a él? Hay que correr más y más, subir más y más peldaños, sin detenerse, casi sin respirar, por miedo a ser arrollado y superado, marginado y olvidado. ¿Vale la pena? Yo creo que no.

Algo así me dijo, estoy seguro, aunque en términos menos precisos y en forma quizá más atropellada y confusa, pero con un acento de inconmovible convencimiento, como una declaración de fe, y añadió:

—Si usted conociera mi historia, comprendería mi actitud. Quizá yo no sea más que un egoísta y un cobarde. Quizá. Pero...

Durante varias mañanas consecutivas, Enrique Lorca me fue contando sus experiencias, a trozos, entre paréntesis de observaciones y preguntas, de vacilaciones y silencios repentinos. A veces, cortaba la narración para excusarse:

—No sé por qué le digo todo esto. A lo mejor le estoy dando la tabarra, profesor.

Yo entonces le tranquilizaba con mis mejores argumentos y él decía:

—Es usted muy amable al escucharme. Gracias —pero dejaba el relato en suspenso hasta la mañana siguiente.

Enrique Lorca era, sin duda, un hombre inteligente, dotado de una gran sensibilidad, introvertido, sincero, con una cultura fragmentaria y obsesionado por una escrupulosa exigencia de autenticidad. Su historia me demostraba que había sufrido muchas y dolorosas decepciones en la vida y que, por ello, desconfiaba de los hombres, les temía y, en lo posible, huía de ellos, o, cuando no, interponía entre él y los demás una línea divisoria inviolable. ¿Egoísta y cobarde como él se calificaba? Yo diría que era más bien un escéptico, reacio a las abstracciones y, por consiguiente, incapaz de entregarse a nada ni a nadie sin una previa prueba experimental. Encerrado en sí mismo, pero, al mismo tiempo, deseoso de encontrar una razón convincente para salir de su aislamiento. Voluntad analítica la suya en contradicción con su tendencia a la emotividad y al ensueño. Era lo contrario a un fanático y, en suma, un idealista sin ideal. Si hizo de mí su confidente fue por dos razones distintas, una consciente e, inconsciente, la otra. Por la primera buscaba que yo, por mi experiencia y supuestos conocimientos, le sirviera de puente en su tránsito hacia una reconciliación con la vida, y por eso preguntaba y preguntaba, incansablemente; y, por la segunda, pretendía descargar en alguien el peso irresistible de su soledad y sus dudas. Al principio sospeché que Lorca presentaba un comienzo de esquizofrenia, pero hube de desestimar en seguida tal suposición, porque Enrique Lorca no se encubría ni se justificaba, ni tampoco confundía la ficción con la realidad. Por el contrario, rechazaba sistemáticamente cualquier deformación de ésta. Propendía al realismo y prefería la verdad, por muy dolorosa y desagradable que fuese, a la mentira más reconfortante. "La verdad ante todo, aunque hiera", le oí decir repetidas veces.

Confieso que fui tomando nota de sus confidencias, y no tanto por la originalidad de las anécdotas como por su significación en la vida de aquel hombre, porque parecía como si el destino hubiese querido demostrar con él su omnipotencia. ¿Era una víctima del *fatum* al igual que los héroes griegos? Precisamente, el ejemplo de Enrique Lorca venía a confirmar la teoría fatalista y, por lo tanto, la inoperancia de la voluntad humana y la irresponsabilidad del hombre. Se me presentaba, pues, un argumento vivo en contra de mi creencia en que la vida es voluntad, en que el hombre se hace a sí mismo, en que no son las circunstancias las que forjan al hombre, sino en que es el hombre quien se aprovecha de las circunstancias, incluso de las adversas, para crearse su propia vida. ¿No se ha servido el hombre, dominándolas en gran parte, de las energías ciegas y brutales de la Naturaleza para vivir mejor? ¿No ha hecho del rayo luz, teléfono, televisión y máquinas trabajadoras? ¿No ha desviado los ríos y transmutado los mares y el aire en vías de comunicación? ¿No combate las falanges enemigas de microbios, bacterias y bacilos con otras falanges de los mismos microbios, bacterias y bacilos previamente domesticados?

Entonces, ¿por qué no admitir que el hombre pueda someter en su provecho las fuerzas que le hostigan y transformar en positivos los factores negativos? Cierto que no hubiese sido posible un Napoleón Bonaparte sin el antecedente inmediato de la Revolución Francesa. Cierto, pero no pasa de ser un lugar común, porque es evidente también que esas mismas circunstancias favorables se brindaron a innumerables posibles napoleones y que fue uno solo, Bonaparte, el que supo conjugarlas a su favor. ¿Por qué? Sencillamente, porque la voluntad de Napoleón Bonaparte era más fuerte, más activa y más perseverante que la de sus presuntos competidores, que los tuvo, y muy capaces y encarnizados, pero más confiados en el azar que en sí mismos. Porque no basta con querer. Es preciso que el deseo vaya acompañado de la acción, es decir, que se manifieste mediante la voluntad desencadenada. Claro es que llevamos la muerte, el fin, agazapada en las entrañas. Pero, ¿qué es la muerte? No lo sabemos. Forma parte de la inmensa galería de nuestras ignorancias. Llamamos muerte a un factor inexplicable, como llamamos tiempo y espacio a otros factores igualmente ciertos e indefinibles. En todo caso, la muerte es el más poderoso acicate para vivir, como el dolor lo es para el placer. Respecto a Enrique Lorca cabía la pregunta: ¿es que carece de voluntad? El que pretendiera seguir su propio rumbo, el señalado por él mismo, sin dejarse extraviar por interferencias ajenas, demostraba lo contrario. Ahora bien, Enrique Lorca olvidaba que, a veces hay que seguir la línea curva o la quebrada y atravesar, incluso, un laberinto de avances y retrocesos, para alcanzar el fin propuesto. Enrique Lorca quería realizarse, pero sin ceder nada de lo suyo ni aceptar nada de los demás. Sin toma y daca.

Descartada la locura, quedaban únicamente la ingenuidad y la inocencia como explicaciones de su actitud. Bien. Pero Enrique Lorca estaba ahí, viviente, pensante, volente. ¿Cómo, por dónde y hasta qué punto lograría resolver su problema? He aquí el enigma, lo que me intrigaba, la razón de que yo fijase en notas extensas sus confesiones. Por el resultado. Por el final. ¿Fracaso? ¿Victoria? En cualquier caso, era un hombre combatiendo contra el mundo que querían imponerle los demás y, como yo he creído siempre que la grandeza del hombre radica en su lucha contra el destino, la historia de Enrique Lorca me apasionó.

Recuerdo que, a veces, se interrumpía para preguntarme:

—¿Cree usted que vale la pena lo que le estoy contando?

En otro momento me dijo:

—A lo mejor saca usted a relucir todas estas cosas en una de sus novelas, ¿eh?

—¿Le importaría? —le pregunté yo.

—Hombre, si puede sacarle algún provecho... Por mí no hay inconveniente alguno, profesor.

Le expliqué que el novelista es como un papel secante. Absorbe todo lo que ve, oye, huele, siente e, incluso, lee o imagina. Todo ello va a parar al fondo de su memoria, que es como un desván. Allí se remansa y se sedimenta y yace olvidado hasta que, en cualquier momento, una corriente de aire del exterior abre sus puertas y remueve su contenido. Entonces, algunas de esas remembranzas se convierten en imágenes luminosas, en impresiones vivas o en ideas radiantes que, luego, el novelista reproduce en sus obras, sin saber casi nunca de dónde provienen. Esta es la regla general, con muchas y variadas excepciones. A veces, se toman apuntes directos que se guardan en una carpeta y puede ocurrir que queden sepultados en ella para siempre o que sean aprovechados por el escritor en crudo o recreados por su mente, es decir, trasudados por su fantasía. Le advertí que anotaba sus recuerdos, mezclados con algunas otras ideas y pensamientos ajenos a su historia, y que quizás algún día salieran a la luz como me los relatara o hasta tal punto transformados que ni él mismo podría reconocerlos. El resultado no dependía de mí, sino del mecanismo de la creación literaria, por el cual el autor no es libre más que para detenerse o seguir, pero nunca para vulnerar deliberadamente las leyes internas de la obra, so pena de frustrarla.

No sé si me entendió, pero, tras un silencio, me dijo:

—Pues a ver si se decide algún día a servirse de mis recuerdos, como usted dice, porque me gustaría comprobar cómo los cuenta y los interpreta usted.

Cuando me explicó la escena del garaje con José Puig, se mostró más vehemente y excitado que nunca.

—Es una monstruosidad —dijo—. Yo no admito la fórmula hipócrita de echarle la culpa a una organización, la que sea, para tranquilizar la propia conciencia

—le brillaban los ojos con reflejos acerados y todo su ser vibraba de indignación—: Por ese camino se llega a quemar seis millones de judíos o a delatar y fusilar al propio padre.

Y se calló, como si ya no le quedase más que decirme. Ni al otro día ni a los siguientes apareció por la playa, y fui a ver a Felipe en demanda de noticias.

—Yo tampoco he vuelto a verle más. Según me han dicho los dueños de los coches de choque, se fue sin despedirse y sin cobrar. Vamos, que desapareció de la noche a la mañana. Era un tipo raro, ¿verdad?

En vista de ello puse un rótulo a su carpeta, que decía: "Historia de Enrique Lorca. Falta el final", y la archivé junto a otras que contienen esquemas y apuntes de obras que tal vez no escriba nunca, y, poco a poco fui olvidándome del asunto, aunque no del personaje, porque éste continuó acompañándome a la hora de mi primer baño matutino.

Transcurrieron el otoño, el invierno y la primavera y Enrique Lorca pasó a la galería de mis personajes nonatos, como uno más, cubierto de polvo y telarañas. Y llegó el nuevo verano y, con él, la anual resurrección de mi espíritu y mi carne. Soy hijo del sol y amante de la mar, a la que siento resonar dentro de mí, a la que escucho y hablo y cuya cambiante belleza me fascina. Es blanda, acogedora, envolvente, y uno se hunde, se funde y desaparece en ella para recobrarse luego, calmado, transido de una laxitud inexpresable.

Encontré la playa como siempre. El mismo contorno, la misma placidez de ambiente, la misma fascinación erótica en la mar, los mismos grupos de bañistas extranjeros e, incluso, el mismo acompañante, Enrique Lorca, pero un Enrique Lorca en figura de fantasma, es decir, etéreo, inaprehensible, al igual que todos los fantasmas de la imaginación. Era un fantasma mudo, sonriente y burlón, desafiante.

—¿Qué, adivina lo que ha sido de mí? ¡A que no!

Así un día y otro día y tal persistencia me indujo a abrir de nuevo su carpeta, a releer mis notas y, por último, a ponerlas en orden y reescribirlas, reconstruyendo pacientemente, a través de minuciosas pesquisas en mi archivo mnemotécnico, su relato. Fue una tarea apasionante que me hizo participar intensamente en la vida de Enrique Lorca, hasta el punto de sentirme él mismo en algunos de sus pasajes. Me duró todo el mes de julio y gran parte de agosto, pero, al terminar la escena del garaje con José Puig, me detuve. Era un punto en que se abrían ante mí varias perspectivas y caminos diferentes. ¿Cuál de ellas seguir, cuál de ellos tomar? El fantasma no quiso ayudarme y hube de archivarlo de nuevo en espera de que algo imprevisto viniera en mi ayuda.

Y eso ocurrió. Casi ya al final de mis vacaciones, recibí una extensa carta con matasellos de Munich, sin nombre ni señas del remitente, que decía así:

*Respetado profesor: Le ruego que me perdo-
ne por haberme despedido de usted a la francesa, mejor dicho, a la alemana. Porque tuvo la
culpa una de aquellas muchachas que veíamos
tendidas en la arena durante nuestras conversaciones y que más de una vez merecieron su admiración.*

*Yo ligué con Heidi, veintiocho años, rubia
trigueña, pernilarga, ancona, de buena pechera,
boquigrande, con ojos dorados y muy, muy cariñosa. Aunque yo ignoraba el alemán y ella
sólo conocía quince o veinte palabras de nuestro idioma, nos entendíamos lo suficiente para
nuestro negocio. Una noche, en la playa, solos
los dos, me propuso que nos marcháramos inmediatamente a su país. Yo ni siquiera lo pensé.
Heidi comunicó nuestra decisión a sus compañeros y, tras una breve despedida, salimos aquella misma noche en su automóvil, un Volkswa-
gen que todavía tiraba como un demonio, con
rumbo a Barcelona. Allí, qué recuerdos de Lucy,
arreglé mis papeles, mejor dicho, me valí del
pasaporte falso que había comprado en Madrid,
para legalizar mi salida y, después de un par de
días de cama y paseos, qué palizas, se lo juro.
tomamos el camino de Alemania. Yo no llevaba
arriba de mil pesetas, pero no era ningún problema porque Heidi pagaba todo. Así llegamos
a Hamburgo, una hermosa e importante ciudad,
cuyos lagos interiores son una mavarilla. Y aho-*

ra viene lo bueno. Heidi tiene un hijo de diez años, producto de sus relaciones con un marinero que no volvió nunca, y sus padres explotan un bar de su propiedad en el puerto. Claro, de entrada me agarré a lo que se me ofrecía, que no era otra cosa que vivir con Heidi en casa de sus padres y trabajar en el negocio. Es un bar, más bien taberna, de marineros, donde acuden también algunos españoles empleados en las industrias portuarias. Gracias a estos compatriotas pude irme enterando de algunas cosas y aprender algunas palabras en alemán, qué idioma, profesor, que, cuando lo hablan parece que muerden o que arrancan bocados a una manzana con pellejo y todo. También Heidi me servía para eso, por señas y gestos, pero como exageraba tanto para que la entendiese mejor, se ponía muy fea y la molestaba lo menos posible. Tanto ella como sus padres se deshacían en atenciones conmigo, claro, como que tramaban nada menos que casarme con Heidi. «Qué más puede desear este latino, pobre como una rata, que casarse con una chica como la nuestra, que está como un tren», pensaba yo que pensarían los viejos. Y empecé a mosquearme, pero no tuve que esperar mucho tiempo, no, para confirmar mis sospechas. Me lo dijo Heidi así, de sopetón, una noche, en la cama, ¿y cómo no en la cama?, antes de empezar el jaleo y, a los pocos días, su padre me dio a entender que, en cuanto me desenvolviese un poco mejor en el idioma alemán, me dejaría el negocio, porque él ya estaba harto de bregar con la clientela. No tenía más herederos que Heidi y el hijo de Heidi, su nieto, y, como yo iba a ser pronto padre legal del muchacho, era lógico que tomase la dirección de sus asuntos. «¡Alto, Enrique, que te trincan como no andes con ojo!» Naturalmente, les dejé creer que estaba conforme con el plan, pero procurando dar tiempo al tiempo a ver si, entretanto, me orientaba un poco en el país. Y sí, no tardé en darme cuenta de que en Alemania también se vende todo el mundo, mejor o peor, y de que te embrollan por menos de nada.

Yo tenía otros propósitos, pero como el invierno es muy duro por estas tierras, decidí aguantar con Heidi hasta que se me presentase la oportunidad de realizarlos. Porque lo que yo quería era embarcarme para alguna isla del Pacífico y lo venía pensando desde mis tiempos de dependiente en «Ultramarinos Ureña». Me veía convertido en un personaje respetado y admirado por los indígenas. Tendría cuantas mujeres quisiera, sin compromiso, y cubiertas todas mis necesidades, que serían muy pocas, sin gran esfuerzo. Vivir sin obligaciones, sin luchas, sin agobios, en paz y armonía con todo el mundo, sin nadie a quien obedecer y sin nadie a quien mandar. Clima cálido, brillantes mañanas, tardes lentas y suaves, noches íntimas y silenciosas. ¿Qué mayor felicidad? No pensaba noche y día en otra cosa y me desinteresé de todo lo que me rodeaba hasta tal punto que Heidi empezó a desconfiar de mis intenciones. Y tuve que disimular, qué remedio, profesor, justificándome con el aprendizaje del alemán. Pero ellos no se dejaban engañar así como así. Y arreciaron en su acometida, llegando a comunicarme que el casorio se celebraría en la primavera. Y no fue eso lo peor, sino que Heidi, para contar con más triunfos en la mano, quiso maniobrar calladamente y obtener un hijo de mí, cosa que ella misma había evitado hasta entonces por todos los medios imaginables. Menos mal que yo descubrí a tiempo su plan que, si no, me hubieran echado la perpetua. Ni quiero ni puedo decirle las mañas de que me tuve que valer para evitarlo, pero le aseguro que fue un forcejeo vergonzoso por parte de los dos. Por otro lado, el embarcarse no era, ni mucho menos, un asunto fácil para un hombre como yo. Requería tales requisitos personales y reglamentarios que me estaba vedado prácticamente. Entre unas cosas y otras transcurrieron unos meses de angustia y desesperación para mí. De nuevo me encontraba sin saber qué determinación ni qué camino tomar. E, inevitablemente, llegó la primavera, que no es tal primavera, sino que se *alargan los días y se deshielan los lagos interiores de la ciudad, pero con frío y sin verse el sol, y se fijó el día de la boda, el veintinueve de abril, para aprovechar dos fiestas seguidas, la del treinta, domingo, y la del uno de mayo, día del trabajo. Por supuesto, yo, aunque dije que sí, pensaba que no. Ni hablar del asunto. Estaba dispuesto a dar la espantada, fuese como fuese. Por fortuna, apareció en la taberna un grupo de jóvenes estrafalarios, hombres y mujeres de varias nacionalidades: franceses, ingleses, norteamericanos blancos y negros y holandeses. Vestían vistosas indumentarias y se mostraban alegres y despreocupados. Había, entre ellos, dos que tocaban la guitarra, uno la armónica y el negro, la trompeta. Reían, cantaban y, de pronto, sin importarles que hubiese alrededor mirones y curiosos, se ponían a bailar. Yo tenía mucho oído de los jipis, de su modo de vivir errante, como los gitanos, de sus costumbres y aficiones y los había visto en mis paseos por Hamburgo, pero no los tuve nunca tan cerca ni percibí esa aura extraña que los envuelve. Producen, al menos en mí, una impresión turbadora, inquietante, y al mirarlos me parece estar en presencia de seres salidos del bosque y del mar y traídos y llevados por el viento. Seres exentos de la vejez y de la tristeza, del hambre y del frío. Una de las muchachas, fina, esbelta, de ojos verdes, nariz pecosa y me-*

lena leonada, vistiendo pantalones ajustados y chaquetón de piel con flecos, fijó su mirada en mí desde el primer instante de una manera tan pegajosa que llegó a encalabrinarme. Se enroscaba a mí con los ojos, sonriente, plácida, imperturbable, ensimismada, y se marchó mirándome. Al día siguiente me buscó con los ojos y ya no me perdió de vista, ajena a todo. Al tercer día, mientras les servía unas jarras de cerveza, me cogió por la nuca, me atrajo hacia sí y me besó en la boca. Yo, que no me hubiera opuesto, no pude oponerme, ni tampoco colaborar, porque me pilló por sorpresa y con las manos ocupadas. Sus compañeros acogieron con risas y aplausos la acción de la muchacha. Luego, habló ella en un tono cantarín y gangoso. Me preguntó si era italiano y, al saber mi nacionalidad, gritó: "¡Okey!", exclamación repetida, con más entusiasmo aún, cuando, a otra pregunta suya, le contesté que no tenía esposa. Después, me tomó de un brazo y me obligó a sentarme junto a ella, "¡Okey!", y me hizo beber de su jarra, "¡Okey!", y "¡Okey!" al brindar, y "¡Okey!" al besarme nuevamente en la oreja y en la mejilla. Entonces apareció en escena Heidi, tal vez advertida por su padre y se armó la marimorena. Lo que comenzó tan jovialmente, tuvo un desarrollo grotesco y un final inesperado. Heidi, fuera de sí, prorrumpió en denuestos ininteligibles contra la extranjera e intentó

arrancarme de su lado. ¡Qué escena, profesor!
Yo me resisto enérgicamente. Los compañeros
de Okey se interponen entre Heidi y yo. Heidi
grita. Acude su padre. Los marineros nos ro-
dean. El padre de Heidi me amaga y me in-
sulta e intenta expulsar de la taberna a toda la
pandilla. Los marineros nos jalean. Heidi grita
más. Nadie se entiende y el negro toca la trom-
peta. Los marineros aplauden. Yo pienso que es
la mía. Hago una seña a mi nueva amiga para
que me espere y, abriéndome paso a empujones
corro en busca de mi zamarra impermeable,
vuelvo, tomo de un brazo a Okey y me dirijo
con ella a la calle. Todo sucede rápidamente
en medio de un griterío plurilingüe y un trom-
peteo atronador. En la calle, nos recibe una
fina lluvia que nos aplaca. La mujer pasa su
brazo alrededor de mi cintura. Yo la estrecho
contra mí y la miro a los ojos, y advierto en su
mirada el gozo uterino de haber robado un
hombre.

Aquella noche... Tenían el campamento en
las afueras de la ciudad, en pleno bosque. Des-
pués de montar las lonas, guardadas en una
furgoneta, y de celebrar mi incorporación al
grupo con alcohol, guitarreo y canciones alre-
dedor de una fogata, nos dispersamos por pare-
jas. Éramos cinco hombres y cinco mujeres.
Aquella noche yo dormí con mi raptora en su
colchón neumático. Aunque con dificultades, me

279

enteré de que Okey se llamaba Jenny, que era norteamericana, de Oklahoma, divorciada, con un hijo de seis años interno en un colegio, que su ex marido, un rico industrial, le enviaba todos los meses un cheque importante, que había quedado de non en la panda pocos días antes y de que era una mujer a pleno rendimiento.

En el grupo no existían ni el tuyo ni el mío, no se hablaba de dinero ni de obligaciones y cada cual era libre de hacer lo que se le antojara, siempre, claro está, que no perjudicase a ningún otro miembro de la comunidad. Las funciones indispensables se repartían entre los que voluntariamente se ofreciesen a desempeñarlas. Así, Billy, un norteamericano, administraba la bolsa común, y el negro, Clarence, se encargaba del avituallamiento y, los demás hombres, de extender y recoger las tiendas. A mí, como experto en mecánica, se me confió, a petición propia, la furgoneta para cuidarla y conducirla. La limpieza harto simple de nuestros pocos utensilios corría a cargo, indistintamente, de los hombres y las mujeres. Las relaciones hombre-mujer eran completamente libres y la fidelidad entre parejas dependía de la voluntad de los interesados, que los demás respetaban. En este aspecto, la paz era absoluta, si bien supe después que esta cuestión había provocado situaciones conflictivas, resueltas con la expulsión del miembro responsable de la ruptura de la paz.

Recorrimos gran parte de Alemania, siguiendo las márgenes del Rin, realmente maravillosas, casi inverosímiles. Atravesamos la Selva Negra. Bosques profundos, blandos, esponjosos; ríos, pequeños lagos, praderas... Y siempre el Rin trajinante, majestuoso, bordeando colinas y castillos legendarios. Acampábamos junto a alguna corriente de agua, cerca de las poblaciones. Después de montar las tiendas alrededor de una gran hoguera, porque las noches eran frías, cenábamos y, luego, sucedía una larga velada de música, canto y baile. Corrían el güisqui, la ginebra y otra bebidas fuertes como el licor de cerezas. Algunos bebían moderadamente, pero, los más, hasta la embriaguez. Yo apenas probaba el alcohol. En cambio, hubo muchas noches en que tuve que llevar en brazos a Jenny hasta nuestra yacija, completamente ebria. El despertar en pleno bosque era para mí el acontecimiento más emocionante de la jornada. A veces, echado boca arriba, escuchaba el tamborileo de la lluvia sobre la lona de la tienda y permanecía así largo tiempo, quieto, al calor del cuerpo abandonado de Jenny. No tenía nada que hacer ni desear y el tiempo era sólo un gran instante sin principio ni fin. A veces, la algarabía de los pájaros anunciando una mañana temperante o de sol me inundaba de fuerza como si me entraran en el pecho todo el aire y los aromas del bosque. Entonces despertaba a Jen-

ny. Salíamos de la tienda casi desnudos y corríamos al agua. Nos perseguíamos y chapoteábamos entre gritos de alborozo. Después, jadeantes, tiritando y, en ocasiones, morados de frío, nos secábamos y nos calentábamos junto a la hoguera reanimada para terminar consumando nuestra unión en la tienda, furiosamente.

El verano nos sorprendió en los alrededores de Baden-Baden. ¡Qué mañanas aquéllas! Nos bañábamos desnudos. Nuestras veladas concluían en la dispersión por entre los árboles y los sotos. Dormíamos a la intemperie, bajo el cielo estrellado...

No obstante, este modo de vivir que, en sus comienzos, me parecía la realización superlativa de mis propósitos, fue perdiendo su hechizo, su magia o su alcohol, y provocando en mí, poco a poco, reflexiones y escrúpulos. Inicialmente, aparecían y desaparecían como ráfagas de sombras. Más tarde, me inquietaron y, con la culminación de los días veraniegos, llegaron a preocuparme seriamente, obligándome a realizar un examen de conciencia a fondo. ¿No había más? ¿Hasta cuándo duraría la misma situación? ¿Y después?

Jenny seguía siendo apasionada, pero no tanto por mí como por ella misma. Era una mujer veleidosa, insegura, con alternativas de exaltación y decaimiento, de frigidez y de inagotable *deseo. En el fondo, una criatura insatisfecha que buscaba algo fuera de la realidad. Como el diálogo entre ambos era imposible, por ignorar yo el inglés y ella el español, suplíamos esta incapacidad de comunicación por medio de gestos, miradas e insinuaciones mímicas, pero siempre con un pobre resultado en lo que se refiere al contraste y coordinación de nuestras ideas. A veces, utilizábamos en el amor nuestros respectivos lenguajes y entonces yo recibía la impresión de que, tanto ella como yo, nos dirigíamos a otras personas. Lo mismo ocurría cuando discutíamos, aunque coincidiéramos al final en un beso o en una caricia. Llegó el momento en que advertí en ella un vacío misterioso y, entre los dos, una distancia estelar.*

Los demás componentes del grupo también me eran ajenos. No convivíamos, nos conllevábamos. En los trances de exaltación alcohólica o musical, el distanciamiento entre ellos y yo llegaba a un punto en que nos ignorábamos mutuamente.

Éramos libres, pero libres ¿para qué? Llegaría el momento en que nuestra unión, sin ninguna finalidad, se disolviese tan fácilmente como se inició. Nuestro modo de vivir, pues, no tenía sentido. Por otra parte, yo dependía de Jenny, me había vendido a ella, y mi libertad, por consiguiente, no pasaba de ser una ficción. Entonces, ¿qué?

Estábamos acampados junto a Munich y una mañana, al despertarme, no hallé el cuerpo de Jenny a mi lado. Me levanté y fui hacia el río creyendo que habría preferido bañarse sola. Y la descubrí, pero no en el agua ni sola, sino yaciendo desnuda con el negro Clarence sobre la hierba. Grité para que me viesen, como un estúpido. El hombre se levantó inmediatamente. Recordaré siempre que sonreía, también como un idiota. Ella, en cambio, me gritó, encolerizada: "¡Get out!", acompañando las palabras con el ademán de su brazo extendido en dirección al campamento. Me echaba de allí, como a un inoportuno cualquiera. Entonces empezaron a estallar en mi cerebro las exclamaciones "¡Okey!", "¡Get out!", "¡Okey!", "¡Get out!", y no pude dominarme. La cogí de un brazo y la obligué a levantarse. «¡Puta!» *Jenny me apuñalaba con su mirada encendida.* «¡Soy libre, soy libre!» *La tumbé de una bofetada. Clarence arremetió contra mí. Luchamos. A los gritos de Jenny acudieron los demás y los hombres se aliaron con el negro Clarence.* «¡Ha roto la paz! ¡Ha roto la paz!» *Sentí golpes terribles. Se me oscureció la mente y, cuando abrí los ojos, me encontré en una cama de hospital. Supe entonces que me habían recogido al borde de una carretera, medio desnudo, indocumentado con tres costillas y un brazo rotos y una intensa conmoción cerebral. Como se presuponía que se trataba de un he-*

cho delictivo, en cuanto recobré el conocimiento se presentó la policía para tomarme declaración, pero los agentes desconocían mi idioma más aún que yo el suyo y tuvieron que suspender el interrogatorio, sin sacar en limpio nada más que un dato: que yo era español. Antes de marcharse me advirtieron, sin embargo, de forma que yo lo entendiese, que volverían con un intérprete. Yo me alarmé y empecé a pensar febrilmente en el asunto. Comprendí en seguida que, si se averiguaba la verdad, podrían sobrevenirme serias complicaciones. Por otra parte, ni yo mismo sabía exactamente hasta dónde habían llegado las cosas en el campamento. ¿Y si había habido más víctimas? Y en caso contrario, ¿qué inventarían contra mí mis antiguos compañeros si los enfrentaba con la policía? «¡Cuidado, Enrique, cuidado. Tienes que andar con pies de plomo!» Y se me ocurrió fingirme desmemoriado para evitar que continuase la investigación. En efecto, el intérprete no pudo arrancarme ningún dato concreto sobre mí y mi vida anterior. Ni siquiera mi nombre. Nada. Absolutamente nada. Me dejó por imposible y, dos días más tarde, me visitó un funcionario del consulado español con el mismo propósito e idéntico resultado. Lo único evidente era mi condición de español. Por ello, el consulado tenía la obligación de protegerme. Pero, ¿cómo repatriarme, por ejemplo, sin saber quién era

ni de dónde venía ni qué hacía en Alemania?
¿Quién era yo, eh? «Usted comprenderá que nos
presenta un problema muy difícil de resolver.
Tendremos que consultar al ministerio y esperar su respuesta. Y ya veremos qué solución
se nos ocurre cuando le den de alta en el hospital.»

Lo que piensen, puedan o quieran hacer los
del consulado es, ahora, para mí, lo de menos.
Durante estos días de inmovilidad y silencio he
pensado mucho, después de repasar otra vez mi
vida de rabo a cabo. Y lo importante es la conclusión a que he llegado, aunque me cueste admitirlo, y me cuesta mucho, profesor, nada menos que cuarenta y dos años perdidos, quizá no
tanto como perdidos, porque el saber lleva su
tiempo, pero, de cualquier modo, malgastados.
Concretamente, que la vida es como es y que
para vivirla hay que luchar por ella, y no dejarla ir como el agua entre los dedos. Usted nunca podrá saber, profesor, con qué emoción fui
recordando sus palabras sobre la libertad y la
vida. Las reconstruí una a una, creo que fielmente. Se las voy a repetir para que vea que es
cierto: «Tanto la libertad como la vida absolu-
tas son dos aspiraciones irrealizables. A pesar
de ello, es necesario luchar hasta el fin por la
una y por la otra si queremos ser como dioses,
libres e inmortales». También me dijo usted

algo parecido a esto: «No podemos vivir de no-
sotros mismos, porque nos conocemos y nos
realizamos en los demás». ¡Qué razón tenía
usted!

Pero, ¿sabe lo que me hizo recordarlas? Sus
frases yacían, olvidadas, en el fondo de mi me-
moria, y así hubieran permanecido a no ser por
esta experiencia mía del hospital, que, como un
viento de fuera, las removió y las desempolvó.
De verdad, de verdad, no existe nada tan ejem-
plarizante como un hospital, ni tampoco nada
tan convincente. Sin interrupción, de día y de
noche, unos hombres y unas mujeres luchan
aquí ardorosamente, ilusionadamente, contra el
dolor y la muerte, es decir, por la vida humana,
a sabiendas de que sólo pueden conseguir efíme-
ras victorias y que, al final, resulta inevitable
la gran derrota. Ellos mismos, esos hombres
y esas mujeres que se esfuerzan en salvar las
vidas ajenas, acabarán sucumbiendo también,
como sucumbieron sus predecesores y sucumbi-
rán los que los remplacen. Morirán, claro que
morirán. Y ellos lo saben y, sin embargo, obran
como si no lo supieran, y creyesen en la gran
victoria. Son admirables, y su ejemplo me ha
hecho pensar que la libertad depende asimismo
de que haya quien crea en ella y trate de conse-
guirla para sí y para los demás, porque, en el
fondo, libertad y vida son una misma cosa, por
lo menos para mí. ¿No, profesor? Yo no quise

287

admitirlo entonces, pero ahora veo que no puede uno echarse fuera. Hay que comprometerse, venderse; venderse, sí, pero venderse a la causa común, a la causa grande, como estos médicos y estas enfermeras, y no por mezquinas compensaciones, que es, en realidad, lo que yo he venido haciendo hasta aquí.

He perdido mucho tiempo, profesor, y eso es lo más lamentable para mí, pero, como dice el refrán, nunca es tarde si la dicha es buena. Por eso, ahora que soy un hombre recién nacido, como quien dice, y sin nombre todavía, ¿sabe lo que voy a hacer cuando salga del hospital? Muy sencillo. Pasearme por la ciudad con un cartel a la espalda que diga: «Se vende un hombre», y poner varios anuncios en la Prensa con el mismo texto, se vende un hombre, se vende un hombre, se vende un hombre, hasta que me salga una oferta de alto valor humano, a ver si así logro darle un sentido al resto de mi vida.

¿Y después? Ah, ésa será otra historia que ni usted ni yo conocemos. Quizás algún día vuelva a escribirle para contársela. Pero si no recibe mi carta, porque no se la escriba, piense misericordiosamente, se lo ruego, que no habrá sido por mi culpa, por falta de valor o de fe, sino por culpa de esa gran derrota que nos aguarda a todos, y en la que no hay que pensar, ¿eh, profesor? Y, ¿sabe?, me da miedo compro-

meterme, pero me digo: «Adelante, Enrique, es
la última oportunidad de ser un hombre, hom-
bre, hombre, y libre, libre, libre, como un dios».
Con mis mejores sentimientos,

ENRIQUE LORCA

"Los Angeles". Águilas.
Verano de 1972.

Índice

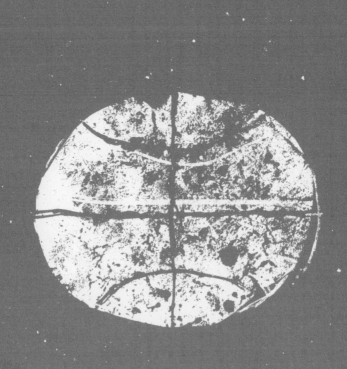

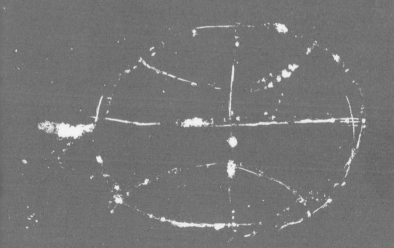